# 가난한 사람들

가난한 사람들

1쇄 발행일 | 2011년 11월 1일

지은이 | 김용운
펴낸이 | 정화숙
펴낸곳 | 개미

출판등록 | 제313－2001－61호 1992. 2. 18
주소 | (121－736) 서울시 마포구 마포동 136－1 한신빌딩 B－122호
전화 | (02)704－2546, 704－2235
팩스 | (02)714－2365
E-mail | lily12140@hanmail.net


ISBN 978－89－94459－15－8 03810

값 12,000원



이 책은 한국문화예술위원회 문학창작지원금을 받아 출간되었습니다

# 가난한 사람들

김용운 장편소설

개미

| 작가의 말 |

# 탄생은 축복인가?

해마다 겨울철이면 꽁꽁 얼어붙은 소양강에서는 '빙어축제'가 열리곤 한다. 전국에서 몰려든 낚시꾼들이 드넓은 얼음판 위에다가 여기저기 동그랗게 얼음 구멍을 뚫어놓고 그 앞에 쭈그리고 앉아서 빙어 낚시를 즐긴다.

낚시질은 간단하다. 미끼를 꿴 여러 가닥의 낚시가 매달린 견지 낚시줄을 얼음 구멍 속으로 길게 드리운 채 가만히 앉아서 기다리기만 하면 된다. 까딱까딱 어신이 오면 얼른 줄을 끌어올린다. 그러면 빙어가 줄줄이 낚여 올라온다.

그 방금 낚아올린 싱싱한 빙어를 낚시꾼들은, 준비해 가지고 온 초고추장에 산 채로 듬뿍 찍어 입 안에 넣고 우직우직 씹어 먹는다. 싱그러운 그 맛이란!

하지만 빙어로서는 입장이 다르다.

빙어氷魚는 몸매가 가늘고 긴 작은 민물고기이다. 그만큼 연약한 물고기이다. 얼음 구멍 속에서 낚여 올려지는, 투명하여 내장까지 내비칠 정도로 그만큼 깨끗하고 그만큼 예쁜 물고기다.

그렇듯 작고 연약하고 깨끗하고 예쁜 빙어— 미선은 바로 그런 여자이다. 그녀의 어머니도, 그녀의 친구인 현애도 역시 힘없는 그런 '빙어족氷魚族'이다.

이 소설은 민물의 폭군인 '가물치족'에게 시달리는 빙어족, 특히 그들의 갖가지 폭력에 짓밟히는 가난한 한 소녀의 정신적인 충격과 좌절, 고통이 담긴 '잿빛 일기장'이다.

어쩌면 인간은 '선택된 존재'이기에, 이 세상에 태어난 것부터가 크나큰 '축복'이다. 그런 만큼 그 인생은 '축제'이며, 그 즐거운 축제의 연속이어야 한다. 그러나 그렇지 못한 경우가 많다. 탄생은 축복이 아닌 불행, 나아가 저주일 수도 있다.

우리는 지금 어디에 있는가.

카인의 도시—에서 살고 있다. 그 도시는 에덴의 동쪽—에 있다.

2011년 10월

김용운

| 차례 |

# 겨울이 오는 소리

학교에서 돌아온 내가 집 앞에 다다랐을 때, 대문은 빠끔 열려져 있었다. 누가 잠깐 밖으로 나간 모양이었다. 대문 안으로 들어서자, 주인집의 안방과 건넌방은 아무도 없는지 조용하고, 우리가 세를 들어 살고 있는 문간방 앞에는 엄마의 신발 말고 웬 남자의 신발도 한 켤레 놓여 있다. 나는 주춤거렸다. 누구지?

내가 방문 앞으로 살금 다가서자, 갑자기 방 안에서,

"이러시면 안 돼요."

낮은 목소리로 여인이 버텼다. 그건 분명 엄마의 목소리였다. 그러자,

"가만 있으라구!"

다급하게 남자가 중얼거렸다. 어디선가 들어본 귀익은 음성이다. 그래, 맞아! 그건 '해구 영감'이었다. 동네 어른들, 특히 아낙네들

은 그를 이름 대신 그렇게 불렀고, 그러자 아이들은 누가 일러주었는지는 몰라도 한술 더 떠서 '물개 영감'이라고 불러댔다. 물론 어른이나 아이들은 그가 듣지 않는 데서만 그랬다.

"우리 미선이가 올는지도 몰라요."

"그러니까 빨리……."

"이러시면……."

"어허, 가만 있으래두!"

"점잖으신 분이 자꾸 이러시면……."

"어쩔 텐가?"

"……."

"허허허. 이번엔 내가 참지. 그러나 다음에는……."

나는 그 자리에 선 채 옴짝달싹도 할 수 없었다. 잔뜩 숨을 죽이고 있었다. 도둑질하다가 들킨 아이처럼 가슴이 발랑발랑 뛰었다. 그러다가 엉겹결에 대문 밖으로 뛰어 나와 골목으로 몸을 숨겼다.

조금 후에, 누군가 잽싸게 대문을 나섰다. 생각했던 대로 그는 다름 아닌 해구 영감이었다. 작년인가, 동네 사람들을 집으로 불러다가 환갑잔치를 크게 벌인 영감이었다. 나이는 그랬어도 몸피가 실하고 얼굴이 피둥피둥 나이답지 않게 건강해 보였다. 언제, 누가 붙여놓았는지, 왜 그런 별명이 붙었는지는 정확하게 몰라도 동네 어른들, 특히 아낙네들은 자기네들끼리 이야기를 하다가도 걸핏하면,

"해구 영감을 닮았나?"

하며 키들키들 웃어대곤 했다. 어림 짐작으로, 해구 영감은 늙었지만 아직도 힘이 넘친다는 뜻 같았다.

들리는 말로, 해구 영감은 늙은 본부인 말고도 마누라가 몇 명이

나 된다고 했다. 옆 동네의 누구, 시장바닥에서 그의 가게를 빌려 장사를 하는 술집 여자와도 보통 사이가 아니라며 동네 여인들이 수군거렸다. 그랬건만, 영감의 본부인은 이를 모르는지, 혹은 워낙 영감의 성격이 꺽지자 알면서도 짐짓 모르는 체하는 건지, 영감의 행위에 대해서는 일절 간섭하지를 않는다는 것이다.

해구 영감은 우리 동네에서 가장 큰 부자였다. 집도 컸지만, 산등성이 너머의 시장에는 가게를 몇 채, 뿐만 아니라 서울 근교에는 부모로부터 물려받은 땅(밭)도 가지고 있으면서, 가게들과 땅을 모두 남들에게 빌려주어, 거기에서 나오는 수입만 가지고도 편히 놀고 먹을 수 있다고 했다.

그러나 그의 집 별채는 가게였다. 이것저것 잡동사니를 벌여놓고 팔고 있는, 요즘에는 작은아들이 한쪽에 만화도 진열해 놓은 가게였다. 그 가게에 대해서도 동네 여인들은 이러쿵저러쿵 말들이 많았다. 생계수단으로 하는 가게가 아니라, 해구 영감이 그저 소일삼아 벌여놓은 것이라고 했다. 또 어떤 이는, 가진 사람이 더 무섭다고, 해구 영감은 부자이지만, 한 푼이라도 더 벌겠다는 욕심으로 벌인 가게라고도 말했다. 그럴 것이, 해구 영감은 엄청난 부자였지만 '구두쇠'라는 또 다른 별명답게 영감은 단돈 한 푼을 헤프게 쓰지 않는 인색한 사람으로 소문나 있다. 그러나 자기가 마음에 둔 여자를 후릴 때는 그렇지도 않다고 했다.

오늘, 해구 영감은 무슨 일로 우리집에 왔으며, 우리 엄마는 언제부터 그 영감과 저렇게…… 내 머릿속은 어수선했다. 얼른 해답이 나오지 않았다. 그리고, 내가 방금 전에 대문을 나간 해구 영감을 보았다고 해야 좋을지, 아니면 못 본 체 시치미를 떼야 옳은 건지…….

나는 한참 후에야 마당으로 들어섰다. 그러고는 학교에서 방금 돌아오는 길인 양 시침을 떼며 문간방으로 들어갔다. 엄마는,

"인제 오니?"

평소처럼 다정한 음성이었다. 그러나 표정은 썩 밝지를 못했다. 그런데, 방바닥 한쪽에 놓여있는 흰 종이봉투가 얼른 내 눈에 들어왔다. 무엇이 들어있는지 두툼했다.

"엄마, 저게 뭐야?"

내가 묻자, 엄마는 화들짝 놀란 표정으로 얼른 그 봉투를 집어 감추듯 등뒤로 밀어놓으면서 얼버무렸다.

"으응, 이거……?"

"응, 그거!"

"돈인데……."

"웬 돈이야?"

"방금 전에 누가……."

"누군데?"

내가 다그치듯 물어보자, 엄마는 잠시 어설픈 웃음을 보이면서 말했다.

"해구 영감님이 오셨다 가셨다."

"그분이 왜?"

"전에, 내가 부탁한 것 알려주려구."

"무슨 부탁인데?"

"어디 일자리를 좀……."

"그 돈은, 무슨 돈인데?"

"그분이 주고, 아니…… 빌려주고 가셨다."

엄마가 얼른 말을 바꿨다.

"주었다면서?"

"아깐 내가 말을 잘못한 거야. 돈 부탁은 하지 않았는데, 불쑥 꺼내주시지 않겠니. 처음엔 거절하다가……그렇다면 빌리기로……돈 벌면 갚아야 해."

얼굴이 붉어지며 엄마가 대꾸했다. 퍽 난처해하는 엄마의 표정을 보자, 난 왠지 모르게 짓궂은 마음이 일었다. 그래서 또 물어봤다.

"돈을 왜 빌렸는데?"

"왜기는……."

"왜 필요한데?"

거듭된 나의 질문에, 엄마는 주저하다가 입을 열었다.

"몰라서 묻니? 우리 형편이 지금……."

엄마의 표정이 몹시 흐려졌다. 앞으로 그런 돈 받지 마, 엄마! 하지만 나는 엄마의 어두운 표정을 보자, 마음속에 든 말을 차마 입 밖으로 내지를 못했다.

아빠의 고향은 시골로, 친가는 농사를 짓는다지만, 비좁고 다 쓰러져가는 집으로 보아 퍽 가난한 형편인 듯했다. 나는 전에 아빠를 따라서 친가에 한 번 다녀온 적이 있을 뿐, 이후로는 가 본 적이 없다. 뿐만 아니라, 그쪽에서도 서울에 살고 있는 우리집에 누가 찾아온 적이 없다. 아빠네는 그렇다 치고, 엄마네도 그건 마찬가지였다. 엄마의 고향도 아빠처럼 시골인데, 엄마는 고향에 대해서 이야기를 하지 않았고, 다니러 가지도 않았다. 그러고 보면, 엄마도 아빠와 비슷한 처지인 모양이었다. 왜 우리는 남들처럼 왕래를 하며 살지 않을까. 아마도 이쪽이나 그쪽 모두 이래저래 그럴 형편이 못되는가 보다.

비록 남의 집 문간방을 빌려 세를 들어 살고 있었지만, 우리는 엄마랑 아빠랑 세 식구가 별로 쪼들리지 않던, 그런 대로 화목한 가정이었었다.

어느 봉제공장에서 일하던 아빠는 키가 크고 성격이 활달했다. 노래를 잘 불렀으며 술을 좋아했다. 집에 들어올 때는 벌써 술 냄새가 입에서 풀풀 풍겼고, 어쩌다가 집에서 쉬는 날도 그냥 지내지를 않았다. 집에서도 소주를 사다가 혼자서 마실 정도였다.

술은 그랬지만, 더없이 착한 아빠였다. 누구보다도 나를 귀여워해 주던 아빠였다. 외동딸이라서 더 그랬을까, 눈에 띄지 않으면 당장 조바심을 보일 정도로 나를 곁에 끼고 살다시피 했다. 술에 기분이 얼큰해질 때마다, 아빠는 나에게 같은 말을 되물어 보곤 했다.

"이담에 커서, 우리 미선이는 뭘 하고 싶지?"

"글쎄."

"옳지, 옳지! 우리 미선이는 엄마를 닮아서 얼굴이 아주 예쁘고, 아빠를 닮아서 키도 크고…… 영화배우나 탤런트가 되는 거 어때?"

말이 난 김에, 우리 엄마 칭찬을 좀 해야겠다. 엄마는 얼굴이 정말 예뻤다. 집에서 살림을 하느라고 별로 얼굴을 가꾸지 않아서 그렇지, 모처럼 외출을 할 때 화장을 하고 나면 저렇게 예쁠 수가 있을까, 나는 한동안 멍하니 바라다볼 정도였다. 이웃집 여인들은, 미선 엄마 같은 미인이 어쩌다가 가난뱅이에 술꾼인 미선 아빠 같은 남자를 만나 살게 되었느냐고 농담을 할 때도 있는데, 그러면 엄마는 착하고 성실한 남자라서 그이와 결혼을 했다며 그때마다 아빠를 감싸곤 했다. 그렇듯 마음씨도 고운 엄마였다. 한 가지 흠이 있다면, 몸매가 가냘픈 엄마는 조금 무거운 것도 힘겨워할 만큼 다른 여인들처럼 튼튼하지를 못하다는 점이다.

아빠뿐 아니라 동네 여인들도 내가 엄마를 닮아서 예쁘다고 말하곤 했다. 뿐만 아니라, 나는 키도 또래들에 비해 머리 하나가 더 얹혀 있을 정도로 컸다. 그건 아무래도 아빠를 닮은 것 같다.

"아빠는 내가 그러기를 바래?"

"아니면, 가수를 하든지. 우리 미선이는 아빠를 닮아서 노래도 아주 잘 부르니까 말야. 하하하."

"난 이담에 초등학교 선생님이 되고 싶은데?"

"응?"

"난 커서, 일학년 때 우리 담임선생님처럼 될 거야!"

"아직도 그분을 잊지 못하는 걸 보니, 그 선생님이 네겐 퍽도 인상적이었던 모양이로구나. 하하하."

"참말야. 두고 봐!"

내가 그러면, 아빠는 슬며시 표정을 바꾸면서 말했다.

"그래, 그래! 영화배우나 탤런트나 가수도 좋지만, 넌 공부 열심히 해서 이담에 박사를 하라구. 아빠는 공부를 많이 못해서 이 모양으로 산다는 걸 명심하라구. 네가 원한다면, 내가 무슨 짓을 해서든지 대학도 보내 줄 테니까. 알겠니?"

"참말이야, 그게?"

"아암, 참말이고말구. 지금은 이렇게 살지만, 아빠가 열심히 벌면 우리도 곧 잘살게 될 거라구. 두고 보라니까!"

그랬던 아빠에게 어느 날 밤에 큰 불행이 찾아왔다. 직장의 동료들과 어울려 술을 마시고 밤늦게 집으로 돌아오던 길에, 거리에서 교통사고를 당한 것이다. 통보를 받고 엄마와 내가 병원의 응급실로 달려갔을 때, 아빠는 이미 숨져 있었다. 알아보니, 아빠는 어느 뺑소니차에 목숨을 잃었다. 작년에, 그러니까 내가 초등학교 오학년 때의 일이었다.

아빠는 벌어놓은 돈이 없었다. 이제부터는 엄마가 가족—그래 봤자 엄마랑 나뿐이지만—의 생계를 책임져야 했다. 처음에는 공장에서 조금 보내준 것 등으로 생활을 꾸려 가는 듯했다.

얼마쯤 지난 어느 날 밤이었다. 나는 방 안에서 숙제를 하다가, 마당에서 엄마가 안집(집주인) 아줌마와 도란도란 나누는 말을 엿들었다.

"알아볼 만큼 알아봤어도, 마땅한 일자리가 없으니……."

엄마의 말에, 안집 아줌마가 중얼거렸다.

"미선 엄마가 무슨 큰 기술이나 있어야 말이지. 그렇다고 한창 꽃다운 나이도 아니고, 장사를 할 밑천이 있나, 몸이나 튼튼한가……."

"그러니, 어쩌면 좋죠?"

"내 말이 그 말이우."

"곰곰이 생각해 본 건데……."

"말해 봐요, 어디."

조금 후에, 엄마가 힘들게 말을 꺼냈다.

"방을…… 전세 대신에 사글세로 바꾸어 주셨으면…… 어떨까요?"

"사글세로 말이우?"

"네. 그래야 당장……."

그러자 안집 아줌마가 물어봤다.

"그렇게 급박하우?"

"몇 달 전에, 시댁의 시누이가 결혼할 때, 가진 돈은 없지만, 그렇다고 장남인 자기가 모른 체할 수도 없다면서, 미선 아빠가 한사코 우겨서 혼수 장만하라고 돈을…… 친구 두 사람한테 어렵사리 꾸어다가 시댁으로 부친 돈인데, 그것도 갚아야 하고……."

"그때, 그랬다는 건 나도 알고 있수. 그게 얼마였더라?"

"오백……."

"맞아, 오백만 원이었지. 미선 아빠도 그렇지, 자기도 넉넉지 못한 살림에 그렇게나 많은 돈을 꾸어다가…… 사람이 좋다 보니, 결국 미선 엄마한테 빚만 남기고……."

"할 수 없죠, 뭐."

"전세를 사글세로 바꾼다 쳐도, 그 빚 갚고, 그리고 사글세 보증금에 다달이 세를 물면, 남은 돈으로 몇 달이나 버티려누?"

"어쩌겠어요. 그것 말고도, 우선 당장……."

"알았수. 내 이따가 우리집 양반 들어오면 의논해 보리다. 그렇지 않아도 요즘에 이런 변두리 동네의 전셋값도 부쩍 올랐다고 복덕방에서 말하더라만……. 그렇다고 미선네더러 전셋값 올려달라고 말할 수도 없고, 우리도 마냥 봐줄 수만은 없는 처지였는데……사글세로 바꾸면, 전셋돈 빼서 빚 갚고 남은 돈으로 우선 당장 생활해 나갈 수가 있으니 미선네 좋고, 그러면 우리도 서로가 좋은데……."

"부탁 드려요."

"알았수."

거기서 두 사람의 이야기는 끝났다. 방 안에서 그런 말들을 우연찮게 엿들은 나는 볼펜을 놓고 눈만 말똥거렸다. 그랬었구나! 없는 줄 알았는데, 빚이 많구나. 앞으로 어쩌지?

그러고 몇 달이 지났다. 아직까지 우리가 이 집에서 살고 있는 것으로 보아 안집과는 얘기가 잘된 모양이었다. 그동안, 엄마는 나름대로 열심히 살아보려고 무척이나 애를 썼다. 동네 사람의 소개로, 어떤 사람 대신으로 들어가 요구르트 배달을 하게 되었다. 처음에는 그런 대로 재미가 있는지, 엄마는 힘이 들어도 웃는 얼굴이었다. 그러나 날이 갈수록 집에 돌아온 엄마의 입에서는 한숨이 잦았다. 뜻대로 안되는 모양이었다.

"엄마, 왜 그래?"

"뭘?"

"걱정하는 얼굴인데?"

"그럴 일이 있어."

"뭔데, 그게?"

그러자 엄마는 하소연할 데라도 찾은 듯 고충을 털어놓았다. 이 집, 저 집을 돌아다니며 요구르트를 배달하는 피로는 그런 대로 참을 만하다고 했다.

그런데 어제 아침까지 그 집에 살던 사람이 오늘 들르면 감쪽같이 이사를 가버리고, 날이 갈수록 그런 경우가 한두 번이 아니라는 것이다. 그러면, 그때마다 엄마는 수금을 못한 만큼 손해를 봐야 했다. 떼어먹고, 혹은 잊어먹고 이사를 간 그들은 그까짓 것일는지 몰라도, 가난한 엄마에게는 그게 얼마나 큰 돈인가! 그럴 때마다 엄마는 얼마나 속이 상했을까. 엄마는 차츰 맥이 풀려 보였고, 그러다가 어느 때부터인가 그 일을 그만 두었다.

그리고 또 몇 달이 지나갔다. 엄마는 내가 학교 공부에 들어가는 돈은 늦지 않게 그때마다 꼬박꼬박 주었다. 그러나, 집안이 날로 궁해간다는 것을 나는 직접 피부로 느꼈다. 쓸쓸찮은 학용품값이라든가, 전에는 이따금씩 주곤 하던 용돈이 언제부터인가 야금야금 줄어들더니, 이즈막에는 그나마 아예 끊기다시피 했다. 그랬었는데…… 결국 엄마는 해구 영감한테 일자리를 알아달라고 부탁을 했고, 그러자 해구 영감이 다녀가고, 돈까지 주고 가고…….

요즘의 우리집 형편은 그랬다. 하루, 하루가 힘겨웠다. 겨울이 오려면 아직도 멀었건만, 생활은 겨울나기처럼 힘이 들었다.

# 개미귀신

며칠 후부터 엄마는 일을 하러 나다녔다. 해구 영감이 마련해 준 일자리였다. 시장에는 여러 채의 그의 가게가 있는데, 그 중의 한 곳은 음식점이었다. 해구 영감은 과부인 그 음식점 여주인과 그렇고 그런 사이라고 소문이 나 있었는데, 영감이 그 여주인에게 말해서 엄마를 그곳에서 일하도록 취직을 시켜준 것이다.

아침 열 시쯤 가게로 나가서 점심과 저녁은 그곳에서 먹고, 밤 열한 시가 넘어서야 집에 돌아오곤 했다. 엄마는 일자리를 얻은 게 여간 다행이라 싶었는지 퍽이나 좋아했다. 무엇보다 다른 집(음식점)에 비해 월급이 후한 편이라면서 흡족해했다.

"엄마."

"응?"

"그 집에선 무얼 팔아?"

"해장국도 팔구……."

"또?"

"막걸리도 팔고, 소주랑 맥주도 팔구……."

"엄마가 하는 일은 뭔데?"

"주인아줌마를 도와 음식도 만들고, 손님들한테 음식도 나르고……."

"그것뿐이야?"

"설거지도 하고, 청소도 하고……."

"종업원이 많아?"

"큰 음식점은 아니고 아주 작은 집이야. 주인아줌마와 나, 둘뿐인걸. 전에 있던 여자가 그만 두자, 내가 대신……."

"힘들지 않아?"

"견딜 만해."

그러면서 엄마는 내게 당부를 했다.

"해장국은 아침에 찾는 손님들이 많아. 그러니까 나도 일찍 나가야 하는 건데, 주인아줌마가 우리집 사정을 아니까 봐줘서 좀 늦게 나오라고 한 거야. 만약에 내가 일찍 나간다면, 잠꾸러기인 네가 허둥지둥 아침밥 찾아먹고 학교에 가느라고 얼마나……. 그게 하루이틀도 아니고 보면, 학교생활이 엉망이 될 거라며 내가 걱정을 하니까, 음식점 주인아줌마가 큰마음 먹고 허락을 한 거란다. 그러니까 너도 그리 알구, 학교 가서 공부 더 열심히 하구, 저녁밥은 알아서 차려 먹구…… 알겠지?"

"알았어, 엄마."

점심은 학교에서 주니까 해결이 되었고, 저녁밥은 아침에 남은 밥이 있으면 그걸 먹든가, 아니면 내가 새로 지어먹든가 했다. 그뿐 아니라 엄마가 일하러 나간 후부터는 방 청소는 내가 해왔기 때문에 별로 새삼스러울 것도 없었다.

엄마는 밤 열한 시가 지나서야 집에 돌아와 그때부터 밀린 집안일을 하고 잠자리에 들곤 했는데, 보름쯤 지나서였을까, 자리에 누운 엄마가 이따금 끙끙 앓는 소리를 입 밖으로 냈다. 음식점 일이 힘겨웠던 모양이었다.

"엄마, 어디가 아파?"

걱정스러워서 내가 묻자,

"괜찮아, 어서 자."

"다리 주물러 줄까?"

"괜찮대두."

그러면서 엄마는 더는 앓는 소리를 내지 않았다.

"억지로 참는 거지?"

"아냐. 다 나았어."

"아프면서도 억지로 참는 거 같은데?"

"그러는 걸 보니, 우리 미선이가 다 자란 거 같구나. 엄마 걱정을 저렇게 하는 걸 보니……."

곁에 나란히 누워 있는 내 얼굴을 새삼스레 돌이켜 보며 엄마가 흐뭇해했다.

그런 지 한 달쯤 지났다.

아빠는 없고, 엄마는 밤늦게 돌아오고……. 나 혼자 사는 방, 식구라곤 나 혼자뿐인 느낌이 들었다. 그런 속에서, 나는 나 혼자만의 생활에 이미 익숙해 있었다. 학교에서 돌아오면 우선 숙제부터 해치웠다. 그러면 그럭저럭 저녁때가 되었다. 그제야 나는 방 청소를 하고, 저녁밥을 먹었다.

저녁밥을 먹고 나면 그때부터 심심했다. 엄마가 돌아올 때까지는 몇 시간을 더 기다려야 했기 때문이다. 텔레비전이 있긴 했다. 그러나 그건 작고 또 퍽 오래 된 것이라서 색깔도 선명하지를 못했고 이따금 지글지글 잡음을 토해 내서 짜증스러워 얼른 꺼버릴 때가 많았다. 아빠가 큰 것으로 새로 바꾸겠다고 했는데, 그만 그러기 전에 죽었다. 방 안에는 동화책이 몇 권 있긴 했지만, 다 읽은 것들뿐이었다. 그러니, 차츰 심심할 수밖에 없었다.

'옳지!'

문득 좋은 생각이 내 머릿속에 떠올랐다.

서울의 여느 변두리 지역처럼, 우리 동네에도 만화가게가 한 군데 새로 생겼다. 바로 해구 영감네 가게였다. 별채의 그 가게는 넓었다. 가게에는 작은 방도 딸려 있었다. 처음에는 그냥 이것저것 물건을 파는 가게였었는데, 어느 땐가 내부수리를 하더니, 가게 한 켠에 만화를 진열해 놓았다. 더구나 그쪽에다가는 큼직한 텔레비전도 들여놓고 이따금씩 비디오도 틀어주자, 동네 아이들은 너도나도 그곳으로 모여들었다. 동네 꼬마들은 자기 집보다도 오히려 그 만화가게에서 보내는 시간이 더 많을 정도였고, 그러자 어떤 엄마는 저녁밥 먹으라면서 아이를 그곳으로 찾으러 올 때도 있었다.

'만화를 보러 가자.'

아무도 없는 방에 혼자 있자니 심심하고, 나도 해구 영감네 만화가게를 찾아가기로 했다. 그곳은 한 오십 미터쯤, 우리집에서 멀지 않은 곳에 있었다.

택환 아저씨—동네 아이들은 그를 그렇게 불렀다—는 해구 영감의 작은아들이었는데, 만화가게는 그가 우겨서 차린 것이라고 했다. 그는 서른 살쯤 들어 보였는데, 무슨 이유인지 아직 총각이라고 했다. 그런데 동네에서 그에 대한 평은 그다지 좋지를 않았다. 어려서부터 공부가 신통치를 못해 중학교를 다니다가 집어치우고 건달 생활을 하면서 교도소에도 들락거렸다는, 한동안 얼굴이 통 보이지 않았던 것은 그동안 또 교도소에 들어가 있었기 때문이라고 수군거렸었다. 얼마 전에 집으로 돌아온 그가 심심하다면서 만화가게를 차려 달라고 했다는 것이다. 그러자 해구 영감 부부는 저 녀석이 마음을 고쳐먹으려나 보다 싶어 부랴부랴 서둘러서, 가게 한켠에 만화가게를 차려준 것이라고 동네 여인들이 수군거렸었는데, 어쨌거나 택환 아저씨는 그 자신도 만화를 아주 좋아하는 것 같았다. 아이들 틈에 끼어 앉아서, 만화책을 들여다보다가 킬킬 웃기도 하는 것을 그 가게 앞을 지나칠 때 유리창을 통해 나도 한두 번 본 적이 있었으니까.

내가 가게의 유리문을 열고 들어서자, 택환 아저씨는,

"어서 와!"

반기더니 대뜸

"네 이름이 미선이지?"

내게 물어봤다.

나는 흠칫하며 되물어봤다.

"내 이름을 어떻게 아셨어요?"

"왜 몰라. 난 이 동네 아이들 이름을 다 안다구."

그러면서 싱긋이 웃어댔다.

키가 작달막하고 딱 벌어진 두 어깨를 가진 그는 얼굴이 밉상은 아니었으나, 두 눈꼬리가 치켜져서 인상이 퍽 날카롭게 보였다. 게다가 알 듯 모를 듯한 웃음이 그리 내키지가 않았으나, 그가 대뜸 내 이름을 기억하고 있다는 점에서 내 기분은 그리 나쁘지는 않았다.

가게 안에는 생각했던 대로 내 또래의 동네 아이들 몇 명이 이미 와 있었다. 소파에, 또는 긴 나무의자에 앉아서 만화를 보고 있었다. 저쪽은 본래의 가게였는데, 평소에는 해구 영감 아니면 그의 부인이 지켰었지만, 지금은 이쪽 저쪽을 택환 아저씨가 혼자서 다 지키고 있었다.

"애들아, 이거 먹으면서 봐라."

무슨 생각이 들었는지, 택환 아저씨가 저쪽 가게로 가서 과자를 가져다가 바로 내 앞의 탁자 위에 풀어놓으며 말했다. 그러자 아이들은 우르르 내 앞으로 모여들었고, 그중의 한 아이가 중얼거렸다.

"미선아, 너 이곳에 자주 와라!"

"응?"

의아해하며 내가 묻자, 그 애는

"그래야 우리도 과자를 얻어먹지. 히히."

웃어대자, 다른 아이들도 따라 웃었다. 그러고 보면, 택환 아저씨는 전에 없었던 서비스를 한 것 같았다.

이후로 나는 그 만화가게를 자주 찾았다. 집에 있으면 심심할 뿐더러 그곳에 가면 아이들도 만나고, 또 새로 나온 만화를 볼 수 있었기 때문이다. 택환 아저씨는 이따금씩 아이들에게 과자도 내주고, 때로는 컵을 돌린 다음 마시라면서 시원한 사이다를 따라 주기도 했다. "미선이, 네가 온 다음부터 서비스가 달라졌다"고 어떤 아이는 빈정거렸다.

만화가게는 아이들이 학교에서 돌아와 저녁밥을 먹을 때까지, 그리고 식사 후 한두 시간쯤 붐비다가 차츰차츰 줄어들곤 했다. 집으로 돌아가서 숙제를 해야 했고, 또 밤에는 아이들의 외출을 금지시키는 집도 있어서였다. 나처럼 엄마가 돌아오는 늦은 시간까지 만화가게에서 시간을 보내는 아이는 거의 없었다.

어느 날 밤에, 한 명 남아있던 아이마저 집으로 돌아가자, 택환 아저씨가 내게 은근히 물어봤다.

"엄만 요즘 몇 시쯤 집에 들어오시냐?"

"열한 시쯤…… 헌데 그걸 어찌 아세요?"

고개를 갸웃하며 내가 되물어보자, 그가 싱긋이 웃으며 말했다.

"무얼 어찌 안다는 말이냐?"

"우리 엄마가 늦게 들어온다는 걸요."

"거야 다 알고 있지."

담뱃갑에서 한 개비를 꺼내 입에 물고 얼른 라이터로 불을 붙인 그가 이어 중얼거렸다.

"너네 엄마가 요즘 일하러 다니신다는 걸 나도 알고 있다구."

"어떻게요?"

"내가 네 이름을 알고 있듯이, 난 우리 동네 사람들이 그동안 어떻게 지냈으며, 요즘에 무얼 하고 있다는 것까지 다 알고 있다구. 한동안 떠나 살다가 돌아왔지만 말야."

"그럼 우리 아빠에 대해서도……?"

"물론이지. 전에, 난 그분을 형님이라고 불렀다구. 술도 같이 마신 적이 있는 걸. 그러던 분이 교통사고로 돌아가셨고, 그래서 누님이 대신 돈을 벌러…… 아니냐?"

"……."

"전에 내가 네 아빠를 형님이라고 불렀으니까, 네 엄마는 내게는 당연히 누님인데, 그러니까 앞으로 미선이는 나하고 친하게 지내자구. 어떠냐?"

"……."

"누님은 아직도 빼어난 미녀라구. 그런 엄마를 닮아서 너도 그렇구. 아니, 넌 더 예쁘지! 핫핫하."

새삼스런 시선으로 그는 나를 지켜보며 웃어댔다. 그가 아빠와 술도 같이 마신 적이 있고, 엄마를 칭찬하자 난 기분이 나쁘지 않았다. 전에 없이 그에게 야릇한 친밀감을 느꼈다.

그런 일이 있은 후로, 그는 나를 끔찍이 귀여워했다. 우리집 형편이 어렵다는 걸 알아서였을까, 그는 이따금 내게는 만화를 공짜로 보게 했다. 그러더니 어느 날은 이런 말을 했다.

"넌 다음부터는 얼마든지 공짜다. 알겠냐?"

"네?"

"네가 만화를 얼마든지 봐도, 돈을 한 푼도 받지 않겠다는 말이다."

"……."

만화를 공짜로 보게 해준다는 것은 고마운 일이다. 하지만 그건 아무래도 그만큼 부담스러운 느낌이 들었다. 그래서 내가 아무 말도 못하고 우물거리고 있으니까, 재빨리 눈치를 챈 그가 다정하게 말했다.

"짜아식, 그게 어때서 그래. 넌 아직 내가 어떤 사람인가를 몰라서 그러는 모양인데, 내가 그까짓 아이들한테서 받는 코 묻은 돈 바라보고 사는 시시한 놈인 줄 아니? 이까짓 만화가게에서 나오는 돈이 얼마나 된다구…… 지금은 이렇게 만화가게에 들어앉아 있지만, 당분간만 이러는 거라구. 때가 오면, 이런 시시한 곳에서 썩을 내가 아니라구! 지금은 그저 심심풀이로……더군다나 넌 다른 애들과는 달라. 형님과 누님의 딸이니까 내게는 동생인 거라구. 동생한테 돈 받는 거 봤니? 핫핫하."

"……."

참말인지 아닌지는 잘 모르겠지만, 알고 보니 그는 나를 동생처럼 여기고 있었던 모양이다. 그의 말이 사실이라면, 그의 말은 옳았다. 동생한테 돈을 받는 사람은 없으니까.

어쨌거나 그런 말을 듣자, 나는 싫지가 않았다. 나도 모르는 사이에 그에게 더욱 친밀감을 느꼈다. 알다시피 난 집에서 외동딸이었다. 그래서 외로웠다. 형제들이 있는 아이들이 은근히 부러울 때가 많았었다. 나도 오빠나 언니가 있었으면, 말썽꾸러기라도 좋으니 동생이 하나라도 있었으면 했었는데, 그가 나를 동생으로 여기고 있다니 나쁠 것이 하나도 없었다. 그의 나이가 너무 많다는 것이 조금 불만스럽긴 했어도, 어쨌든 든든하기까지 했다.

내가 집으로 돌아가려고 하자, 문득 생각난 듯 그가 주머니 속에서 무엇을 꺼내더니

"이거 받아 둬."

얼른 내 손에 쥐어주었다. 그건 돈이었다. 천 원짜리 지폐 석 장이었다. 돈을 얼떨결에 받아든 내가 이러지도 저러지도 못하고 잠시 머뭇거리고 있자, 그가 재빨리 말했다.

"어른들이 몰라서 그렇지, 너희들 나이 때는 나름대로 돈 쓸 일이 많아. 다만 한 가지 약속을 하자구. 내가 돈을 주었다는 말은 누구한테도 해서는 안 돼. 엄마한테도 말야. 알겠냐?"

"네."

"한 가지 더 약속하자구. 만화는 얼마든지 그냥 봐. 그러나 다른 애들한테는 그런 얘기를 하지 말라구. 걔네들이 알면, 내가 곤란하니까 말야. 그것도 약속할 수 있지?"

"네!"

"됐어! 그럼 또 봐."

"네."

만화가게를 나선 나는 기분이 몹시 좋았다. 아까 한 그와의 약속을 꼭 지키리라 마음먹었다. 그의 말은 모두가 옳다. 내가 만화를 공짜로 본다는 것을 다른 애들이 알면, 걔네들은 보나마나 토라질 것이다. 어쩌면 아이들은 만화가게를 찾아오지 않을는지도 모르고, 그래서 만화가게는 문을 닫을는지도 모른다.

그리고 또 한 가지 약속…… 그가 내게 돈을 주었다는 것도 비밀로 하리라. 엄마한테도 말하지 않을 것이다. 택환 아저씨는 어쩌면 내 마음을 그렇게도 잘 알고 있을까 모르겠다. 그의 말마따나, 우리 나이 또래는 어른들 모르게 돈이 필요할 때가 많다. 학교가 끝나면, 친구들과 어울려 집으로 돌아올 때가 많은데, 그러다 보면 길거리의 떡볶이가 그렇게도 먹고 싶다. 용돈을 가지고 있는 아이가 떡볶이를 사서 친구들과 같이 나누어 먹곤 하는데, 나는 요즘에는 늘 얻어먹기만 했다. 그게 안 내켰었다. 네가 한 번 사면 다음번에는 내가 사고, 그렇게 나도 남에게 사주기도 해야 하는데, 요즘의 내 형편은 그러지를 못했다. 그래서 친구들한테 늘 미안했었는데, 오늘 택환 아저씨는 그런 내 마음을 훤히 꿰뚫고 있었다는 듯 군것질할 돈을 준 것이다.

남에게서 공짜로 돈을 받는다는 것은 떳떳한 일이 아니다. 하기에 아마 그가 오천 원짜리를 주었다면 난 놀라서 결코 받지 않았을 것이다. 반대로, 천 원을 주었다면 그까짓 것도 받지 않았을 거다. 그런데 그는 그런 내 마음을 다 알고 있다는 듯이 많지도, 적지도 않은 삼천 원을 주었다. 그러자 받을까 말까 망설이던 내 마음이 결국 허락을 한 것이다. 이걸 엄마가 알면, 달가워하지 않을 것이다. 왜 받았냐는 둥 남한테 쓸데없이 신세를 지면 안 된다는 둥, 그러면서 그 돈을 도로 돌려주라는 둥……. 말하지 않는 편이 아무래도 좋겠다. 또 이미 엄마한테도 말하지 않겠노라고 택환 아저씨에게 약속을 했으니까!

주머니 속에 삼천 원이 들어있다는 것이 나를 몹시 흐뭇하게 만들어주었다. 이 돈을 어디다가 쓸까? 얼른 생각이 나지 않았다. 쓸 데가 없어서가 아니라, 이것도 하고 싶고 저것도 하고 싶고, 그만큼 쓸 데가 너무 많았기 때문이다.

며칠 뒤였다.

오늘도 엄마는 밤늦게 집으로 돌아왔다. 그런데 오늘따라 엄마의 입에서는 야릇한 냄새가 풍겼다.

"엄마, 술 마셨어?"

내가 대뜸 물어보자, 엄마는 당황해하며

"아아니!"

얼른 부인했다. 그러나 나는,

"내 코는 못 속일걸!"

물러서지를 않자, 비로소 엄마는 어색한 웃음을 보이며,

"술꾼 딸이 아니랄까봐."

고개를 끄떡거렸다.

"조금 마셨어."

"얼마나 마셨는데?"

"맥주 한 잔……."

"어디서, 누구랑 마셨는데?"

"가게에서, 손님이 자꾸 권해서 마지못해……."

"손님이?"

"가게엔 단골손님들이 꽤 많아. 차츰 얼굴이 익다 보니, 손님들이 억지로 술을 권할 때도 있다구."

"그랬다고 마셔?"

"그 손님들을 다른 집(음식점)에 빼앗기지 않으려면, 그들의 비위를 너무 거슬러서는 안 돼."

"아무리 그랬다고 해도…… 엄만 술을 못 마시잖아?"

"그러니까 시늉만 한 거야. 겨우 한 잔…… 하지만, 다음부터는 손님이 권해도 안 마실게."

엄마의 말에, 나는 이번만은 용서해 주기로 했다.

"알았어."

그러나 바로 다음날에도 엄마의 입에서는 또 술 냄새가 풍겼다. 이번에는 어젯밤보다도 냄새가 좀 더 진했다.

"엄마, 또 술 마셨지?"

그러자 엄마는 어젯밤과는 달리, 이번에는 선선히 대꾸했다.

"그래, 조금 마셨다."

"오늘은 몇 잔을 마셨는데?"

"석 잔……."

"석 잔씩이나?"

"왜, 난 그러면 못쓰니?"

술에 취했는지, 엄마는 쌈닭처럼 보였다. 전에 없는 엄마의 어투에, 당황한 사람은 오히려 나였다.

우리 엄마는 술을 마실 줄 몰랐다. 만약에 엄마가 술을 잘 마셨다면, 아마 우리집은 진작에 '술집'처럼 되어버렸을 것이다. 전에 아빠는 좀 술을 좋아했었나. 엄마마저 술을 좋아했다면, 그런 아빠랑 죽이 맞아서…… 그런데 다행히도 엄마는 술을 싫어했다. 그러면서, 제발 그만 마셔요, 당신의 간肝도 생각을 해야죠. 가난할수록 건강하게 살아야…… 그렇듯 술 좋아하는 아빠에게 싫은 소리를 늘어놓곤 했었고, 그러면 아빠는, 누군 그런 걸 모르는 줄 아나? 하지만 말야, 좋아서 한 잔, 싫어서 한 잔, 이놈의 세상 술 없으면 무슨 재미로 사나. 그렇게 흥얼거리며 허허허 웃어대곤 했었는데, 어쨌거나 지금 알고 보니, 엄마도 술을 마실 줄 아는가 보다. 그러면서도 짐짓 못 마시는 체했었나 보다. 어쩌면 술 마시는 아빠가 싫어서라도 엄마는 술을 미워하고, 싫어하다가…….

사뭇 안 내킨 표정을 짓고 있는 내 얼굴을 바라보며 엄마가 말했다.

"내가 전에도 얘기했잖아. 단골손님이 자꾸 권하면 어쩔 수 없이 마셔야만 되는 경우도 있다고 말야. 내가 그 집에 나간 뒤부터 음식점에 손님이 부쩍 늘었다고 주인아줌마는 아주 좋아해. 그런데, 손님 중엔 점잖은 손님도 있지만, 짓궂은 손님이 더 많아. 억지로 술을 권하는……. 그랬어도 내가 그동안 완강하게 버텼으니까 안 마셨던 거야. 그런데……어떤 날은 나도 술이 먹고 싶을 때가 있잖겠니. 이상하게도 말야!"

"정말?"

"그래."

"그게 어떤 땐데?"

"다른 날보다 일이 힘들다 싶은 날, 그런 데다가 짓궂은 손님이 여느 날보다 많은 날……. 참 이상도 하지. 그런 날은 나도 모르게 오히려 술이라도 좀 마셔야 살 것 같은 야릇한 생각이 들지 뭐니. 전에 네 아빠가 왜 그렇게 술을 마셔야만 했는지, 조금은 이해가……."

"……."

"그렇다고 염려하진 마. 내가 앞으로 술을 마시겠다는 게 아니니까. 다만 도저히 어쩔 수 없는 경우에만 조금…… 그럴 땐 엄마를 이해해 달라는 거니까. 알겠니?"

"알았어."

말은 그랬지만, 여전히 내 마음은 풀리지 않았다. 엄마가 아빠하고 같은가? 아빠는 남자고, 엄마는 여자 아냐? 자꾸 술을 권하면, 안 마시겠다고 버티면 그만이고, 그런 손님이 많으면 그런 손님이 없는 집으로 옮겨가면 되잖아!

이틀 후였다.

요즘은 장마철이었다. 아침에는 멀쩡하더니, 점심때부터 비가 내리기 시작했다. 그러다가 잠시 주춤, 햇빛이 잠깐 비치는가 싶더니 이내 또 하늘이 얼굴을 찌푸렸다.

오늘은 만화가게에 가지 않았다. 숙제가 많았다. 학교에서 돌아오면 숙제부터 해치웠는데, 오늘은 웬일인지 공부가 통 하기 싫었다. 그래서 미적거리다가 밤에 하게 된 것이다.

그런데 여느 때 같으면 집에 돌아올 시각이 되었는데도, 엄마는 아직도 오지 않고 있었다. 방문을 열어보자, 비가 다시금 내리고 있었다. 나는 엄마가 걱정이 되었다. 비를 맞고 올는지도 모르기 때문이다.

'마중을 나가자.'

생각하며, 내가 마당으로 나서서 우산을 막 챙겨 들고 대문 앞으로 다가갔을 때였다. 밖에서 인기척이 일더니, 웬 남자의 목소리가 들렸다.

"들어가라구."

"고마워요."

그건 엄마의 목소리였다. 나는 대문 앞에 바투 붙어서서 틈새로 밖을 엿보았다. 밤이 늦은 데다가 비까지 내리고 있어서 조금 저쪽의 큰 골목길에는 행인이 끊겨 고요했다. 대문 가까이 우산을 받치고 있는 사람은 해구 영감이었다. 그러고 보면 엄마는 그의 우산을 함께 쓰고 온 모양이었고, 그러자 그에게 고맙다고 말한 듯싶었다.

나에게 대문을 열어달라고 할 적에, 엄마는 좁은 골목길로 들어가 우리 방의 들창을 똑똑 두드려서 내게 알리곤 했었다. 지금도 엄마가 막 들창 쪽으로 가려는데, 해구 영감이 불쑥 말했다.

"앞으로 그러지 말라구."

"뭘요?"

"품행 조심하란 말이지."
"제가 무얼 어쨌게요?"
"그럼 아닌가? 이 사람 저 사람하고, 마구……."
"제가 언제……?"
"아니란 말인가! 이놈하고도 한 잔, 저놈하고도 한 잔……."
이에 엄마가 무슨 말을 하려고 하는데, 해구 영감은 우산을 쓰고 휙 대문 앞을 떠나 자기 집 쪽으로 가버렸다.
엄마는 그 자리에 그냥 서 있었다. 비를 맞으며 움직일 줄을 몰랐다. 한동안을 그랬다. 더는 안 되겠다 싶어 나는 얼른 대문을 열었다. 그러자 엄마가 비로소 깜짝 놀라며, 우산을 손에 들고 서 있는 나를 발견하고는 얼른 대문 안으로 들어서면서 말했다.
"나를 마중 나오려고 그랬었구나?"
"응."
"얼른 들어가자."
엄마가 내 등을 밀었다. 내 뒤를 따라 엄마가 방 안으로 들어왔다. 엄마의 입에서는 또 술 냄새가 풍겼다. 하지만 나는 다른 때처럼 또 술을 마셨느냐고 물어보지 않았다. 오늘따라 엄마의 표정이 너무 슬퍼 보였기 때문이다. 우물쭈물하고 눈치만 살피고 있는 내게 엄마가 먼저 말했다.
"해구 영감님이 집 앞까지 우산을 받쳐주어서 비를 맞지 않았다."
"해구 영감님이?"
나는 시침을 떼고 물어봤다.
"그래. 그 영감님이……."
"어디서 만났는데?"

내가 조심스럽게 물어보자, 엄마는 감추려 들지 않았다.

"가게에서……."

"그 영감님이 가게에 왔단 말야?"

"몰라서 묻니? 그 가게는 원래 해구 영감네 것이고, 세를 들어 장사를 하고 있다구. 그러니까 자주 들르신다."

"그래서 오늘은 해구 영감과 술을 마셨어?"

"할 수 없이, 조금……."

"그런데, 엄마 기분이 왜 그래?"

"뭐가?"

"아주 안 좋아 보이는데?"

나의 물음에, 엄마는 잠시 말이 없다가 화가 나서 참을 수 없다는 듯이 입을 열었다.

"오늘밤엔 날씨 탓인지 손님이 뜸했어. 그러자 영감님은 주인아줌마하고 나를 마주 나란히 앉혀놓고 술을 마셨어. 그러면서 주인아줌마한테 따끔하게 주의를 주더라. 미선 엄마는 술을 못하니까 손님들이 술을 권해도 그러지 못하게 말리라구 말야. 난 그런 영감님이 고마웠다구. 그런데…… 함께 우산을 쓰고 오면서, 영감님은 나를 마구 꾸짖지 뭐니."

"왜?"

"손님들하고 술을 먹는다고 말야."

"그래서?"

"영감님도 아시다시피, 어쩔 수 없는 경우, 그럴 수밖에 없어서 그랬다고 말씀을 드렸는데도, 영감님은 자꾸 반복하면서 나를…… 행실을 조심하라느니, 어떻구 저떻구…… 내가 어쨌기에…… 지까짓 게 뭔데, 나한테…….”

엄마의 그 말에 나는 깜짝 놀랐다. 전에 엄마는 아무리 화가 나도 그런 말은 입에 담지를 않았었기 때문이다. 지금 엄마는 그만큼 잔뜩 화가 나 있었다.

나는 혼자 생각했다. 해구 영감이 엄마한테 질투가 나서 심술을 부렸구나! 말하자면 해구 영감은 엄마가 자기하고만 어울리고, 다른 남자 손님들하고는 술을 마시면 안 된다는…… 욕심쟁이 영감!

“미선아!”

“왜, 엄마?”

“넌 공부 열심히 해서 이담에…… 네가 되고 싶어하는 학교 선생님이 꼭 돼야 해. 알겠니?”

“갑자기 그런 말을 왜……?”

“그저 해본 소리야.”

엄마가 조금 전까지의 성난 표정을 풀며 조금 웃어 보였다. 그러나 지금 엄마의 입은 웃고 있지만, 두 눈은 울고 있는 것처럼 보였다.

다음날, 엄마는 몸이 아프다며 음식점에 나가지 않고 집에서 쉬었다. 그러고 밤에는 나에게 이런 말을 했다.

“하루종일 생각해 본 건데, 난 내일부터 다른 집으로 옮길란다.”

“다른 집에서 오래?”

내가 묻자, 엄마가 고개를 끄덕거렸다.

“오라는 데가 있어. 그러니까 내가 갈 마음만 있으면 얼마든지…….”

엄마는 다음날 아침에, 여느 때처럼 음식점으로 나갔다. 그러나 그 음식점을 그만 두지 못했다. 주인 여자가 만류를 하자, 그만 다른 집으로 옮기겠다던 마음을 접은 듯싶다. 아니, 어쩌면 일자리를 옮기겠다는 말을 꺼내지도 못했는지 모른다. 엄마는 그렇듯 마음이 약한 여자였다.

오늘도 하루종일 비가 오락가락했다. 그러더니, 초저녁부터 빗줄기가 조금씩 굵어지기 시작했다.

지난 며칠 동안 나는 만화를 보러 가지 않았었다. 이래저래 그랬었다. 문득 만화가 보고 싶어졌다. 또 그곳이 궁금하기도 했다. 그래서 비가 내리고 있었지만, 밤에 우산을 펼쳐 받고 만화가게를 찾아갔다.

가게 안은 썰렁했다. 비가 내리자 아예 오지를 않았는지, 왔던 아이도 그만 가버렸는지, 만화를 보고 있는 아이는 한 명도 없었다. 그렇다고 물건을 사러 오는 사람도 없고 보니 심심했는지, 택환 아저씨는 혼자서 맥주를 마시고 있었다.

"어서 오라구!"

그가 크게 반기며 이어 물어봤다.

"그동안 왜 안 왔지?"

"그럴 일이 있어서요."

"어쨌든 반갑다구!"

술컵을 쭉 비우더니 그가 말했다.

"미선이와 술을 같이 마시자고 할 수도 없고…… 넌 술 대신 사이다나 콜라를 마시라구. 어떤 걸로 마실래?"

조금 주저하던 나는,

"콜라로 주세요."

하며 웃어 보였다.

그는 저쪽으로 가서 냉장고를 열고 콜라병을 꺼내왔다. 그리고 가까운 곳에서 컵을 가져오더니, 얼른 따라주었다.

후텁지근한 날씨에 냉장고에서 꺼내온 콜라를 마시자 몸은 물론 정신마저 상쾌해지는 것 같았다. 나는 만화 진열대 앞으로 가서 그동안 보지 못했던 만화책 한 권을 얼른 꺼내 들고 소파로 가서 앉으려고 하는데, 무슨 생각을 했는지 그는,

"이럴 게 아니라 방으로 들어가자구."

얼른 옆방을 손가락으로 가리켰다.

"왜요?"

"비는 내리고, 손님도 없고, 하도 심심하고 따분해서 혼자 술을 마시고 있었다구. 그런데, 혹시라도 손님이 오면 이건 보기에 좋지가 않아. 그래서 막 방으로 들어가려던 참이었는데, 네가 온 거야. 하지만 나 혼자서는 심심할 것 같고, 그러니 너도 들어가서 보라구. 네가 보고 싶은 만화를 다 뽑아 가지고 어서 들어와!"

그가 술병이랑 컵이랑 챙겨 들고 먼저 방 안으로 들어갔다. 나도 가만히 생각해 보니, 아무도 없는 가게에 혼자 앉아서 만화를 보고 있다는 게 남들 보기에 그리 좋게 보일 것 같지 않았다. 그래서 만화책 두 권을 더 뽑아 들고 뒤따라서 방 안으로 들어갔다.

그는 다시 밖으로 나가더니, 과자랑 이것저것을 듬뿍 가지고 들어와서 내 앞에 펼쳐놓고는 심심할 테니 먹으면서 보라고 권했다. 친절을 베푸는 그가 고마웠다.

나는 벽에 등을 기대고 앉아서 과자를 씹으며 만화책을 보기 시작했다. 술 한 컵을 쭉 들이킨 그가 은근히 물어봤다.

"엄만 요즘도 늦게 들어오시냐?"

"네."

"어디, 아픈 데는 없고?"

"요즘엔 괜찮나봐요."

"다행이로구나."

그가 엄마 걱정을 해주었다.

"우리 누님은 미녀시지! 몸이 좀 약해서 탈이지만……."

엉뚱한 말을 혼잣말처럼 내뱉으며 그는 담배를 피워 물었다. 그러고는 두 다리를 쭉 편 채 맞은편 벽에 몸을 기대고 앉아서, 무슨 생각을 하는지 한동안 말없이 담배를 피우고 있던 그가 슬며시 몸을 추스르더니

"어? 술이 떨어졌네? 과자만 먹으면 목이 멜 텐데, 미선이한테도 마실 것을 더 가져다 줘야겠군."

중얼거리면서 가게로 나갔다.

조금 후에 그가 맥주병과 콜라 한 컵을 들고 방 안으로 들어왔다. 그가 콜라 컵을 내 앞으로 내려놓자, 그렇잖아도 목이 메던 나는 얼른 그 콜라를 단숨에 다 마셔버렸다.

그는 아까와는 달리 이번에는 나랑 나란히 벽에 등을 기대고 앉아서 맥주를 마셨다. 그러더니 조금 지나자 그의 한쪽 팔이 나의 두 어깨에 슬며시 어깨동무를 했다. 여느 때 같았으면, 남자가 나의 몸에 손을 대면 얼른 뿌리쳤을 것이다. 그러나 나는 지금은 그러지를 못하고 있었다. 만화도 공짜로 보게 해주고, 또 용돈까지 주었었고, 오늘도 이렇듯 먹을 것과 마실 것까지 주며 친절을 베푸는 그였기에, 미안해서라도 나는 그러지를 못했다. 내가 마다하면 그는 얼마나 무안해 할까. 어쩌면 그는 성을 내며 토라져서 다시는 내게 친절

하지 않을 것 같고, 그러면 나는…… 이래저래 나도 모르는 체 가만히 있을 수밖에 없었다.

그러자 그는 이번에는 내 뺨에다가 뽀뽀를 하더니, 어느 틈에 내 웃옷 속으로 들어온 그의 한쪽 손이 아직 여물지 않은 나의 앞가슴을 만지작거렸다. 나는 그의 손길을 마다했지만, 그의 다른 한쪽 팔은 무서운 힘으로 나를 꼼짝 못하게 했다.

시간이 조금 지났다.

인기척도 없이 방문이 슬며시 열리며 누가 안을 기웃거렸다. 바로 그의 어머니였다. 무엇을 가져가려고 가게에 나왔다가 아무도 없자 궁금해서 방문을 열어본 모양이었다.

"여기들 있었구나."

대수롭지 않게 중얼거린 여인이 도로 방문을 닫으려고 할 때, 나는 그의 손길이 풀린 틈을 타서 얼른 자리에서 일어섰다. 그리고 보던 만화책을 그냥 놓아둔 채 얼른 가게로 나섰다. 여인이 안채로 사라지자, 방문 밖을 기웃이 내다보며 그가 내게 중얼거렸다.

"이런 말 누구한테 하면 안 돼. 너하고 나하고만 아는 비밀이니까! 알겠냐?"

"……."

"난 그만큼 너를 좋아한다구. 그리고 너도 나를 좋아하고……핫핫하."

그 말에 나는 마음속으로 크게 도리질을 했다. 난 그런 아저씨를 좋아한 게 아니었어. 내가 좋아한 건 그런 뜻이 아니었단 말야!

"이미 지난 일이야. 다시는 안 그럴게. 약속하지."

내가 가게문을 열려고 하자, 등 뒤에서

"잠깐!"

이어 그가 재빨리 말했다.

"조금 아까도 말했지만, 이건 누구한테도 말해선 안 돼! 엄마한테도, 네 친구들한테도 말야. 말을 하면 여자인 너만 창피를 당한다는 걸 알라구. 혹시 네가 말을 퍼뜨려 내가 어떻게 되면, 그땐 너도 끝장이라구. 내가 이런 사실을 너네 학교 아이들한테 소문을 내면, 넌 어떻게 되지? 그러니 알아서 하라구. 알겠냐?"

그는 전에 없이 차가운 어조로 내게 잔뜩 겁을 주었다. 온몸에 오싹 소름이 돋았다. 그만큼 그의 말은 한 마디 한 마디가 내 마음속으로 날아와 꽂혔다.

나는 쫓기듯 가게문을 열었다. 대뜸 굵은 빗줄기가 사나운 바람과 함께 내 얼굴로 달려들었다. 태풍처럼 빗줄기가 거셌다. 쏴아쏴아 아우성을 치며 눈앞이 아른거릴 정도로 비가 내리퍼붓고 있었다.

나는 빗줄기 속으로 뛰어들었다. 그리고 뛰기 시작했다. 빗발이 사정없이 나의 몸을 후려쳤다. 몇 발짝 못 가서 내 몸은 벌써 비에 흠뻑 젖어버렸다. 얼굴로 빗물이 줄줄 흘러내렸다.

그제야 나는 가게에다가 우산을 두고 왔다는 것을 알게 되었다. 우산을 가지러 되돌아갈까 하는 생각이 들었다. 그때, 언제 뒤쫓아 왔는지, 택환—아저씨는 무슨 놈의 아저씨냐. 이제부터 나는 그를 말할 때는 그냥 이름을 부르겠다—이 내게 펼쳐진 우산을 얼른 건넸다. 얼떨결에 받아들자, 그는 돌아서서 가게 쪽으로 뛰어가고 있었다.

"나쁜 사람!"

나는 그의 뒷모습을 바라보며 나도 모르게 크게 소리쳤다.

그 순간, 저만큼에서 그가 뒤돌아보는가 싶더니, 이내 모습이 멀어져갔다. 외등 불빛에 어른거리며 이쪽을 지켜보던 그의 웃는 듯한 얼굴! 그런 얼굴과 함께, 아까 그가 내게 지껄였던 말들이 하나하나 또렷하게 머릿속에 떠올랐다. 내가 이런 사실을 너네 학교 아이들한테 소문을 내면, 넌 어떻게 되지? 그러니 알아서 하라던 그의 말들이…….

## 악몽

집으로 돌아오자, 그에게 그런 행위를 당했다는 사실이 새삼스레 문득문득 머릿속에 떠올랐고, 그럴 때마다 나는 몹시 부끄럽고 수치스럽게 여겨졌다. 그런데 못잖게 견딜 수 없는 것은 어떤 불안감이었다. 만약에 이런 사실을 학교 아이들이 안다면? 그럴 리는 없다. 그는 나더러 이런 사실을 누구한테도 말하지 말라고 거듭 주의를 주었었다. 그래놓고서, 그가 먼저 그런 소문을 퍼뜨릴 리는 없다. 그땐 그도 망신이니까! 그러나 누가 아나? 그는 자기 이름은 감추고, 나만…… 그는 그러고도 남을 사람 같았다. 그럴 리는 없어, 없다구! 그런 생각이 들면 마음이 어느 정도 안심이 되다가도, 하지만 누가 아나? 슬며시 의심이 다시 고개를 치켜들었고, 그러면 나는 다시금 불안해졌다. 당장 아이들이 들창 밖으로 몰려올 것만 같았고, 아니, 이미 몰려온 아이들이 나를 두고 수군거리는 소리가 들리는 듯했다.

엄마가 돌아왔다. 그러나 난 그런 사실을 엄마에게도 말하지 못했다. 엄마에게 솔직하게 말을 하고, 그가 벌을 받도록 협조를 구하고도 싶었지만, 앞서 그럴 용기가 나지를 않았다. 그런 사실이 엄마에게조차 부끄러워서 차마 입이 떨어지지가 않았다.

"너, 오늘 무슨 일이 있었니?"

아무래도 여느 때와는 다른 야릇한 낌새를 느낀 듯 엄마가 내 표정을 살피며 물어봤다.

"아아니!"

나는 얼른 도리질을 해댔다.

"아니면 됐구."

"그런데, 그런 말은 왜 물어봤어?"

"늘 명랑하던 애가 오늘은 통 말이 없으니까 그렇지."

"내가 그랬었나?"

"오늘은 만화 보러 안 갔었니?"

느닷없는 엄마의 질문에, 나는 가슴이 쿵 내려앉았다. 엄마가 무엇을 눈치챈 것이나 아닐까. 그가 벌써 엄마에게 그런 사실을 말해 버린 거나 아닐까. 그랬으니까 엄마는 지금 나한테…… 그럴 리가 없어! 그럴 리가……. 나는 무어라고 말하기가 난처했다. 그래서 잠깐 어물거리다가 얼른 말을 돌렸다.

"엄만 오늘은 술 안 마신 것 같은데?"

"얘는."

웃으며 엄마가 이어 말했다.

"내가 뭐 네 아빠처럼 술꾼인 줄 아니. 이젠 안 마셔. 속이 쓰려서라도 마실 수가 없어!"

"속이 아파?"

"이따금 소화가 잘 안 되구, 술이 들어가면 더 쓰린 것 같구……."

"약 사 먹었어?"

"약은 무슨…… 그러다가 낫겠지, 뭐."

엄마의 말에, 나는 문득 말했다.

"엄마, 오래 살아야 돼!"

"갑자기 그게 무슨 소리지?"

조금 의아한 듯 엄마가 나를 바라보자,

"오래 살아야지, 그렇지 않으면 난 어떡해!"

울먹거리며 나는 불쑥 말했다. 나 자신도 왜 그런 말을 했는지 몰랐다. 이미 두 눈에는 나도 모를 눈물이 글썽거렸고, 이내 두 볼로 주루룩 흘러내렸다.

갑작스런 나의 눈물에 엄마는 당황한 표정이더니, 곧 웃으면서 말했다.

"그래, 그래. 난 오래 살 거야. 그래서 이담에 우리 미선이가 훌륭한 사람이 되는 거 보고 죽을 거야!"

"엄마!"

나는 엄마의 두 무릎 위에 얼굴을 파묻고 울음을 터뜨렸다. 울음은 갈수록 더욱 북받쳐 올랐다. 두 어깨를 들먹여가며 차츰 흐느낌으로 변했다. 그런 내 등을 가볍게 다독여주면서 엄마가 말했다.

"그동안 무엇이 서러웠던 모양이구나. 그래, 실컷 울려무나. 너라고 설움이 없었겠니."

엄마의 목소리도 어느새 축축이 젖어 있었다. 이윽고 엄마도 그동안 나름대로 참고 살았던 설움이 북받치는지, 내 등에 이마를 내리고 울기 시작했다. 그런 엄마의 울음은 나를 더욱 슬프게 했다. 그래서 이제는 내가 엉엉 크게 소리를 내며 울자, 나를 따라 엄마의 울음소리도 차츰 커졌다.

한참을 그렇게 울고 있는데, 누가 방문을 빼꼼 열더니,

"웬일이우, 미선 엄마?"

주인아줌마의 목소리였다.

그제서야 우리는 울음을 그쳤다. 눈물을 닦으며 엄마가, 놀란 표정으로 아직까지도 방문 밖에 서서 안을 들여다보고 있는 주인아줌마에게 애써 밝은 어조로 말했다.

"아녜요, 아무것두."

그러자 주인아줌마는,

"난 깜짝 놀랐수. 갑자기 방 안에서 모녀가 큰 소리로 울어대서 말유. 왜, 무슨 일이 있었수?"

궁금한 듯 다시 물어봤다.

"그저……."

엄마가 웃자, 주인아줌마는 나름대로 짚히는 게 있다는 듯 고개를 끄덕거리더니,

"미선 아빠 저리 되구, 어린 미선이하고 살아갈 생각을 하니, 울음이 날 만도 하지. 허나 어쩌겠수. 이럴 때일수록 마음을 단단히 먹어야지. 안 그렇수?"

방문을 밖에서 도로 닫아주고는 안방 쪽으로 가는 소리가 들렸다.

왜 그렇듯 섧게 울었는지 몰랐다. 갑자기 북받쳐 오른 설움이었

고, 눈물이었다. 그렇게 울고 나자 가슴이 후련했다. 그리고 엄마가 곁에 있자, 든든했다. 택환이란 사람도 두렵지가 않았다.

그러나 그것도 엄마가 곁에 있을 때에만 그랬다. 다음날 아침, 학교에 가기 위해 대문을 나섰을 때 나는 문득 발걸음이 멈칫거렸다. 학교에 가려면 해구 영감네 가게 앞을 지나쳐야 한다. 아침에는 해구 영감 아니면 그의 부인이 가게를 지켰지만, 왠지 오늘은 택환이 대신 나와 있을 것만 같았다. 그와 얼굴을 마주칠는지도 모른다. 싫었다! 그렇다면, 다른 길로 가자. 그러나 그리로 가면 한참을 돌아가야 했다. 그 먼 길로 돌아서 학교에 갔다.

학교에 가서도, 나는 여느 날과 달랐다. 이미 아이들이 어젯밤의 일을 다 알고 있는 것 같은, 그가 아이들에게 이미 소문을 퍼뜨린 것 같은 기분이 들었다.

"미선아!"

누가 내 이름을 부르면, 깜짝 놀라곤 했다. 이어 그 애가 다음에는 무슨 말을 할까, 겁이 더럭 나서 가슴이 두근거렸다. 하루종일 그랬다.

물론 돌아올 때도 나는 해구 영감네 가게 앞을 피해 짐짓 먼 길로 돌아서 왔다. 혼자서 그랬다. 여느 때처럼 아이들과 함께 오지를 않았다. 그 애들의 얼굴이 전에처럼 정답지가 않았다. 그 애들도 나에게 야릇한 눈길을 보내며 수군거릴 것만 같았기 때문이다.

나는 집에 와서도 밖에 나가지를 않았다. 동네 아이들을 만나기가 두려워서였다. 이미 야릇한 소문이 온 동네에 퍼져 있을 것만 같았고, 아이들은 내가 밖으로 나오기만을 기다리고 있을 것만 같았기 때문이다.

그렇게 하루, 또 하루…… 사흘째 되는 날이다.

나는 학교에 가려고 집을 나섰다. 해구 영감네 가게 앞을 피해 오늘도 다른 길로 들어섰다. 얼마를 걸어가다가 보면 골목길이 기역자로 꺾이는 곳이 있다. 내가 막 길을 꺾어 들자, 갑자기 누가 길을 막았다. 깜짝 놀라 바라보자, 그는 다름 아닌 택환이었다. 그가 싱긋이 웃으며 내 앞을 가로막고 서 있었다.

"아아……."

순간 나는 너무 놀라서 신음 소리를 겨우 입 밖으로 냈을 뿐 더는 말이 나오지를 않았다. 그는 손가락을 폈다 오무렸다 하며 따라오라는 신호를 내게 보냈다. 나는 응하지 않았다. 그러자 그가 성큼 내게로 다가오더니 억센 손으로 내 팔목을 잡고 마구 끌었다. 나는 끌려가지 않으려고 발버둥을 쳤다. 그러나 그의 힘은 막강했다. 어느새 나는 한 걸음 두 걸음씩 그에게 끌려가고 있었다.

"아아, 아아, 안 돼, 안 돼!…… 아아……."

나는 끌려가지 않으려고 있는 힘을 다해 버텼다. 그에게서 벗어나려고 안간힘을 썼다. 그러자 그가 힐끗 나를 노려보았다. 그러면서 중얼거렸다. 고분고분 내 말을 듣지 않으면, 너네 학교 아이들에게 소문을 낼 테다. 내 말을 듣지 않으면…… 알겠어? 그의 말에 나는 그만 맥이 풀렸다. 그나마 버티던 힘이 스르르 풀려버렸다. 그때, 내 또래의 동네 아이들 몇 명이 깔깔대며 내 곁을 지나갔다. 그러나 그 애들은 나를 못 본 체했다. 조금도 도와주지를 않았다, 그러던 아이들이, 저만큼 가다가 힐끔 뒤돌아보더니 저희들끼리 수군거리면서 구경을 하며 서 있었다. 나는 점점 그에게 이끌려가고 있었다. 그러다가 나는 마지막 힘을 내어 발버둥질을 쳤다. 안 돼, 안 돼! 싫어! 싫단 말야! 아아, 아아아…… 싫어, 싫어!

"미선아, 미선아!"

누가 나를 다급하게 불러댔다. 이어,

"얘, 미선아! 정신 차려! 응? 정신 차리라구!"

이번에는 나의 몸을 마구 흔들어댔다. 어렴풋이, 그건 엄마의 목소리였다. 다름 아닌, 엄마였다.

내가 눈을 뜨자, 그곳은 방이었다. 골목길이 아니었다. 그리고 아침이 아니고 밤이었다. 택환은 보이지 않았다. 그가 아니고, 엄마가 곁에서 근심스런 얼굴로 나를 들여다 보고 있었다.

"너, 무서운 꿈을 꾼 모양이로구나?"

엄마가 걱정스런 어조로 물어봤다.

비로소 나는 꿈을 꾸었다는 사실을 알았다. 내 온몸은 땀으로 흥건했다. 그리고 얼마나 발버둥질을 쳤는지, 요에서 방바닥으로 굴러내려 아무렇게나 누워 있었다.

"무슨 꿈을 꾸었기에 그랬니?"

"……."

"가위에 눌린 듯 허우적거리며…… 도대체 무슨 꿈을 꾸었기에?"

"……."

"꿈 속에서 누가 너를 자꾸만 괴롭히던?"

"아냐, 엄마."

나는 힘없는 어조로 대꾸했다. 그렇게 말할 수밖에 없었다.

"그만 자자."

엄마가 나를 요 위로 안아 올리더니, 홑이불을 덮어주었다.

그랬건만 나는 좀처럼 잠들지 못했다. 악몽의 여운이 가시지를 않았다. 엄마가 곁에 있었지만 그랬다. 엄마는 고단했는지 벌써 잠이 들어 있었다. 그러니 방 안에는 나 혼자 있는 것이나 다름없었다. 자꾸만 들창 쪽으로 시선이 갔다. 누가, 아니, 바로 택환이 그리로 방 안을 자꾸 기웃거리는 것만 같았다. 나는 들창을 보지 않으려고 얼른 반대 방향으로 돌아누웠다.

다음날 아침이다.

나는 학교에 가기가 싫었다. 전에 없이 그랬다. 학교에 가면 우리 담임선생님뿐만 아니라 다른 반 선생님들도 나를 귀여워 해주셨기 때문에 나는 학교에 가기가 즐거웠는데, 오늘따라 가기가 싫은 것이다. 그런 눈치를 보이면 엄마가 걱정을 할까봐 집을 나서기는 했으나, 발걸음은 여전히 무거웠다. 무엇보다도 꿈 속에서 택환이 나타났던 그 후미진 골목길이 싫었다. 꿈이 아니라 실제로 그가 그곳에서 기다리고 있을 것만 같았다. 그래서 그곳이 가까울수록 자꾸만 발걸음이 멈칫거렸는데, 다행히 어른 한 사람이 내 곁을 지나쳤기에, 나는 얼른 그 사람의 뒤를 따라갔다. 그곳에 이르자, 택환의 모습은 보이지 않았다. 정말 다행이었다.

나는 그렇듯 낮은 낮대로, 밤은 밤대로 괴로웠다. 아침에 눈을 뜨면 또 하루를 어떻게 보내나 걱정스러웠고, 밤이 되면 또 무서운 꿈을 꿀까 겁이 나서 어서 아침이 와주었으면 바랐다.

그렇게 며칠이 지나갔다.

학교에서 막 돌아온 내가 방 안에서 숙제를 하고 있는데, 누가 밖에서 들창문을 똑똑 두드렸다. 순간, 나는 머리끝이 쭈뼛거렸다. 엄마가 이 시각에 돌아올 리는 없고, 그렇다면 누구란 말인가. 혹시…….

겁을 잔뜩 먹은 나는 숨을 죽이고 그쪽을 지켜봤다. 방충망이 있었으나, 삭아서 야금야금 다 떨어져 나간 그 들창 밖의 길은 비좁고 막다른 골목길로 낮에도 한산했다. 그리고 들창은 낮아서 나도 조금만 발돋움질을 하면 방 안이 들여다보일 정도였다. 그 들창의 유리문을 누가 또 두드리고 있었다. 얼핏 남자의 손이었다.

겁이 났지만, 마냥 모르는 체할 수도 없어서 몸을 일으킨 나는 비실비실 그리로 다가갔다. 그리고 용기를 내어 창문을 조금 열고,

"누구세요?"

떨리는 목소리로 물어보자,

"나야, 나!"

창 밖에서 사내의 음성과 함께, 누가 얼른 뒷걸음을 치더니 얼굴을 드러내 보였다. 골목길보다 높은 방 안에서는 바깥이 그냥 내다보였는데, 그는 다름 아닌 택환이었다.

온몸이 얼어붙은 나는 꼼짝을 못한 채 그 자리에 서 있었다. 그러자, 외출에서 돌아오는 듯 양복에 넥타이를 맨 그가 싱긋이 웃으며 말했다.

"미선이, 오랜만이다."

"……."

"그건 그렇구, 이거 받아라."

그가 밖에서 유리창문을 좀 더 열더니, 들고 있던 두툼한 꾸러미 하나를 얼른 들창 안으로 밀어 넣으며 말했다.

그랬어도 나는 그대로 서 있기만 했다. 아무 말도 하지 못했다. 몸도 입도 떨어지지가 않았기 때문이다.

"이거, 너한테 주는 선물이야! 그럼 난 간다."

창턱에 꾸러미를 얹어놓은 채 그는 골목길을 걸어나갔다.

그가 사라지고도 나는 한동안을 그 자리에 그대로 서 있었다. 내가 창문 앞으로 바투 다가서면, 그가 얼른 되돌아올 것만 같았다. 한참이 지났다. 그제서야 나는 손을 뻗쳐 그 꾸러미를 끌어내렸다. 그는 네게 주는 선물이라고 말했었다. 안에 무엇이 들어있는지, 꾸러미는 꽤 묵직했다. 궁금증이 일었지만, 나는 이내 도리질을 해댔다. 그까짓 선물! 그걸로 내 마음을 달래려고 그런 모양인데, 어림도 없었다. 꾸러미를 풀어 보지도 않았다. 앞서, 그 꾸러미가 꼴도 보기 싫었다.

밤늦게 엄마가 돌아왔다. 그때까지 그건 방 한 구석에 던져진 채 그대로였다. 그 꾸러미를 본 엄마가 웬 것이냐고 물어봤다. 할 수 없이 나는 해구 영감의 작은아들(택환 아저씨라는 말이 하기 싫어서 그랬다)이 주고 간 것이라고 사실대로 말했다. 궁금한 듯 엄마가 풀어봤다. 그 안에는 예쁜 볼펜, 사인펜 등 갖가지 학용품이 골고루 듬뿍 들어 있었다.

고개를 갸우뚱하며 엄마가 슬며시 내게 물어봤다.

"택환 아저씨가 다른 말은 없었구?"

"응."

"아마 네가 귀여워서 그랬을 거야. 다음에 만나면 고맙다고 인사나 해라."

"고맙기는 뭐가……."

"그럼 아니니. 이만큼 사느라고 돈이 꽤 많이 들었을 텐데."

엄마의 말에, 나는 잠자코 있었다. 고맙다는 인사는커녕 그걸 그냥 되돌려주고 싶었다. 그 속에는 내가 평소에 가지고 싶어하던 물건도 있긴 했지만, 받고 싶지 않았다. 아무리 가난해도, 그러고 싶지가 않았다.

다음날 밤이다.

엄마가 집에 돌아온 지 조금 후였다.

택환이 느닷없이 우리집을 찾아왔다. 수박이랑 참외를 사 가지고 왔다. 느닷없는 그의 방문에 엄마랑 나는 몹시 당황했다. 나는 더욱 그랬다.

그를 방 안으로 맞아들인 엄마가 말문을 열었다.

"웬 학용품을 그렇게 많이 보냈어요?"

입에서 조금 술 냄새를 풍기는 그가 씨익 웃으며 말했다.

"미선이가 어찌나 귀여운지……."

"우리 미선이를 그렇게 생각해주다니 고마워요."

"말씀 낮추십쇼, 누님."

"그럴 수야……."

그의 나이보다 몇 살이나 더 많은 엄마가 엷게 웃어 보였다.

"전에, 미선 아빠를 저는 친형님처럼 여겼습니다. 그러니, 말씀 낮추시고 동생이라 불러주세요. 핫핫하."

"차츰 그러기로 하구…… 내 정신 좀 봐! 내 얼른 참외를 깎아올 테니 조금만 기다려요."

엄마가 방에서 나가자, 그와 단둘이 있게 된 나는 몹시 불안했다. 그런 나의 얼굴을 건너다보며 그가 은근히 물어봤다.

"요즘엔 만화 보러 왜 안 오지?"

"……."

"놀러 와. 알았어?"

"……."

잠시 후에 엄마가 참외를 깎아 가지고 방 안으로 들어왔다. 그래서 나의 입장은 조금은 편해졌다. 포크로 한 조각을 찍어 입으로 가져가면서 그가 엄마에게 말했다.

"참, 저는 곧 이사를 갑니다. 누님."

"이사를?"

"네. 그래요."

"아니, 어디로……?"

포크로 참외 조각을 찍어 내게로 건네며 엄마가 물어봤다.

"강남으로요."

"식구들 모두가 이사를 가나요?"

"아녜요. 나 혼자…… 핫핫하."

웃어댄 그가 이어 말했다.

"어떻게 된 사연이냐 하면, 얼마 전에 어느 건설회사에 아버지의 땅이 엄청난 값에 팔렸다구요. 그러자, 형수님이 늘 아파트 타령을 하던 형님댁은 이번에 강남의 큰 아파트로 이사를 가기로 했고, 나 역시 그곳의 아파트를 사서 따로……."

"그럼 부모님은?"

"형님이 모시려고 일부러 아파트를 큰 것으로 샀는데, 아버지와 어머니는 아파트가 싫다면서 그냥 이곳에서 살겠다고 저러시니 할 수 없이 형님댁만 먼저……."

"그랬었구먼."

"나도 진작부터 따로 나가 살고 싶었는데, 이번 기회에 잘됐다싶어 아버지한테 바짝 우기니까, 영감님이 허락을 하더라구요. 그렇게 된 겁니다, 누님. 핫핫하."

"좋겠수."

"뭐가요?"

"이런 구닥다리 동네를 벗어나니 그렇고, 더구나 살기 좋은 강남으로 이사를 가니 그렇지."

"하긴. 그러나 막상 떠날 날이 가깝자 서운해서요. 핫하."

"뭐가 서운하다구……."

"그럼 안 그렇습니까? 우선 누님이 보고 싶고, 우리 미선이가 보고 싶어서 어떻게 살죠?"

"보고 싶긴, 뭐가…… 곧 잊혀질 텐데, 뭘."

엄마가 엷게 웃어 보이자, 그는 크게 도리질을 하며 힘주어 말했다.

"아닙니다, 누님! 누님은 저를 잊어버릴는지 몰라도, 저는 누님이랑 미선이를 잊을 수가 없습니다."

"우리를 그렇게 생각한다니 고마워요."

"옳지, 이렇게 하면 되겠구먼. 저도 누님을 만나러 오고, 누님과 미선이도 우리집에 놀러오고……."

그러나 나는 아무런 대꾸도 하지 않았다. 그와 말하기조차 싫었다. 얼른 그가 가주었으면 하고 바라고 있었다.

엄마가 그에게 물어봤다.

"언제 이사를 가누?"

"며칠 후에요."

"그렇게 빨리?"

"빨리가 뭡니까. 오늘 밤에라도 당장 가고 싶은 걸요. 그동안 깨끗이 집수리를 하느라고 열흘이나 걸렸는데, 그게 모레 모두 끝납니다."

"집은 큰가?"

"처음엔 나도 형님댁만큼 넓은 아파트를 사려고 했는데, 혼자 살 놈이 집이 너무 커도 그렇고 해서, 방이 세 개짜리로……."

"그렇게 넓은 데서 언제까지 혼자 지내려누. 어서 결혼을 해야지."

"결혼요?"

그가 펄쩍 뛰었다.

"그럼 내 말이 틀렸누?"

"난 결혼 안 합니다. 자유롭게 혼자 살 겁니다!"

"언제까지?"

"두고 보십쇼, 누님!"

"하긴. 요즘 세상에선 돈만 있으면 혼자 사는 것도 편하지. 식구들 주렁주렁 매달고 사느니…… 호호호."

혼잣말처럼 중얼댄 엄마가 웃자, 그가 슬그머니 자리에서 일어서며 말했다.

"이만 가렵니다."

"섭섭해서 어쩌나."

"뭘요. 또 만날 텐데요."

"그래요. 우리 또 만나요."

"나오지 마세요, 누님."

방문 앞으로 나가려던 그가 갑자기 돌아서더니,

"미선이도 잘 있어. 그리고 미선이도 엄마랑 우리집에 놀러 와. 응? 맛있는 거 많이 사줄 테니까. 알겠지?"

웃어가며 내게 불쑥 손을 내밀면서 악수를 청했다.

나는 당황했다. 그의 손을 잡고 싶지가 않았다. 그러자 엄마가 곁에서,

"얘, 뭐하니? 저러다가 아저씨 팔 떨어지겠다."

나를 재촉했다.

나는 할 수 없이 손을 내밀었다. 그가 내 손을 힘껏 잡아 쥐며 몇 번이나 세게 흔들었다. 내가 얼른 손을 빼자, 그는 잘 있으라는 손짓을 내게 보낸 후 방에서 나갔다.

그를 보낸 다음 대문을 잠그고 방 안으로 들어온 엄마가 혼잣말처럼 중얼거렸다.

"막상 이사를 간다니 섭섭하구나."

"섭섭하긴 뭐가 섭섭해!"

내가 톡 쏘자, 엄마가 중얼거렸다.

"행동이 좀 거칠어서 그렇지, 싹싹하구 시원한 게 사람은 괜찮았는데…… 그나저나 택환이 아저씨는 좋겠다!"

"뭐가?"

"방이 세 개나 있는 그 넓은 아파트에서 혼자 산다니……."

엄마가 부러운 듯 말하자, 그건 나도 같은 느낌이었다. 나도 공부방이 따로 있었으면 소원이었는데, 그 넓은 아파트에서 혼자 살게 된 그가 몹시 부러웠다. 우린 언제나…….

다음날 아침부터 나는 해구 영감네 가게 앞을 지나 학교에 갔다. 돌아올 때도 마찬가지였다. 왠지 그만큼 안심이 되어서였다. 뿐만 아니라 동네에서나 학교에서도 아이들의 눈치를 살피지 않았다. 태도로 보아, 택환은 아이들한테 창피스런 소문을 아직 퍼뜨리지 않

은 것 같았기 때문이다.

택환의 말은 사실이었다. 그는 며칠 후에 정말로 이사를 가버렸다.

그가 동네에서 떠나가자, 나는 더없이 기뻤다. 여지껏 나를 꽁꽁 묶어놨던 줄에서 풀려난 느낌이었다. 나를 항상 감시하고 있는 것 같던 그의 눈길로부터 벗어났기 때문이다.

밤에는 악몽도 꾸지 않았다. 왠지 말수가 줄어들었던 나는 예전처럼 성격이 밝아진 느낌이었고, 학교에 가서는 동무들과 전처럼 마음놓고 어울려 놀았다.

그러나 그것도 잠깐이었다.

6개월쯤 지나자, 이번에는 다른 먹구름이 우리집에 찾아들었다.

우리 동네는 엄마의 말대로 달동네였다. 말로만 서울이지, 강북江北의 변두리 지역이라서 너무 오래 된 낡은 집들이 다닥다닥 붙어 있었고, 비좁은 골목들이 이리저리 연결되어 있어서 처음 발을 들인 사람은 한참을 헤매야만 겨우 동네를 빠져나갈 수가 있을 정도였다.

하루는 옆집에 사는 명구 엄마가 밤늦게 우리 엄마를 찾아왔다. 명구는 내 또래로서 같은 학교에 다니고 있었는데, 그 애의 엄마는 누구네 집은 어떻고, 누구네 집의 누구는 또 어떻다는 둥 동네가 어떻게 돌아가고 있는지 훤히 꿰고 있는, 그리하여 별명이 '수다쟁이 여편네'였다. 그래서 남의 말을 자주 하다 보니, 때로는 엉뚱한 말로 인해 여인들끼리 입다툼질이 벌어질 때도 있었다. 어찌 됐건 나도 명구 엄마를 통하여 동네의 소문을 챙길 때가 많았는데, 명구네도 우리처럼 가난해서 옆집의 건넌방에 세를 들어 살고 있었기 때문에, 이래저래 우리랑 처지가 비슷해서인지 평소에도 우리 엄마랑 명구 엄마는 친하게 지냈었다.

방 안으로 들어온 명구 엄마가 대뜸 말했다.

"미선 엄만 소식 들었수?"

"무슨 소식을?"

"우리 동네가 곧 재개발이 된다는 말."

"그거야 말이 나돈 지가 벌써부터 아니우."

"그렇긴 하지만, 이번에는 아무래도 낌새가 다르다니까."

"어떻게 다른데?"

"요즘에 변두리 지역은 너도 나도 앞다투어 재개발이라잖수. 낡은 집들 부숴버리고 새 아파트 건물들이 우뚝우뚝 들어서는데, 아직 우리 동네만 이렇지. 다른 동네와는 달리, 우리 동네는 자기 집 가진 사람들이 호락호락 말을 듣지 않았다는 건데, 그동안에 재개발을 찬성하는 사람들이 부쩍 많이 늘었다는 거유. 그러자 우리 동네도 다시……."

"남의 얘기 같아요."

"어찌 그게 남의 얘기란 말인구. 미선네나 우리나 똑같은 처지 아니우. 동네가 재개발이 결정되면, 자기 집 가진 사람들은 그런 대로 득을 볼 수 있지만, 우리네처럼 세를 들어 살고 있는 사람들은 어찌 되누?"

"……."

"재개발이 결정되면, 아파트 건물이 완공될 때까지 우리 동네 사람들은 모두 이사를 가서 살아야 하우. 건설회사에서 이주비가 나온

다지만, 그건 어디까지나 집주인들에게 해당되구, 또 이 많은 동네 사람들이 이사를 가게 되면 이 근방에는 옮겨 가서 살 데가 없게 되구, 그러자 벌써부터 근방의 전세나 사글세 값이 껑충껑충 뛴다잖수. 이래저래 우리네 셋방살이들한테는……. 그러니 어쩌면 좋수?"

"설마 죽기야 할라구."

엄마가 피식 웃었다. 엄마로서도 무슨 뾰족한 대안이 없었던 모양이었다.

"하기사 죽기야 하겠냐만, 난 요즘에는 통 잠을 이루지 못하우."

"좀 더 두고 봅시다."

"기다려 본다고 무슨 수가 난담. 없는 놈은 자빠져도 코가 깨지고 있는 놈은 엎어져도 입에 떡을 문다고, 집 가진 사람들은 평수대로 아파트를 가지게 됐다고 벌써부터 좋아하는데, 우린……."

엄마가 말이 없자, 명구 엄마가 문뜩 엉뚱한 말을 꺼냈다.

"그나저나 해구 영감네는 참 좋겠다!"

"무슨 말이우?"

"아, 미선 엄만 소문도 못 들었수? 몇 달 전인가, 영감이 가지고 있던 변두리 땅이 무슨 건설회사한테 엄청난 가격으로 팔렸다잖수. 그렇잖아도 시장바닥에는 그의 가게가 몇 채나 되는 알부자인데, 게다가 땅이 팔려 하루아침에 떼부자가 된 거유! 그러자 큰아들한테 몇십 평짜리 아파트 사주고, 작은아들한테도 아파트 사서 분가시키고…… 그뿐이우? 이번에 우리 동네가 재개발이 되면, 집 평수가 제일 넓은 해구 영감네는 그만큼 큰 아파트를 분양받는다잖수. 이래저래…… 어휴!"

"웬 한숨이우?"

"그럼 내가 한숨짓지 않게 됐수? 이거야 원 배가 아파서……."

"배 아파할 게 따로 있지."

"며칠 전에 해구 영감네 가게 앞에, 저 골목길에 보란 듯이 웬 값비싼 고급 승용차 한 대가 멎어 있습디다. 조금 있자니까 택환이가 자기 집에서 나오더니 그 차를 몰고 가버립디다. 뒤따라 배웅 나왔던 택환 어머니가 아들 자랑을 하더구먼! 우리 택환이가 회사를 차려 사장님이 됐다고 말유. 요즘은 돈만 있으면 처녀 불알도 사는 세상이라더니, 택환이가 사장이 되구…… 내 참!"

"왜, 그러면 안 되우?"

"안 될 거야 없지만서두, 흔해빠진 게 사장이라더니, 택환이 같은 망나니가 사장이 됐다니까 어쩐지 세상이 잘못된 게 아닌가싶어 하는 말이우."

그러더니 명구 엄마가 넌지시 물어봤다.

"그날, 택환이가 미선 엄마 만나러 왔던 게 아닐까, 혹시?"

"무슨 소리야, 그게?"

엄마가 두 눈을 동그랗게 뜨며 되물어보자, 명구 엄마가 까르르 웃어대며 말했다.

"놀라긴. 언젠가, 택환이가 참외랑 수박 들고 미선네 들어가는 걸 봤으니까 하는 소리지."

"몇 달 전에…… 자기가 강남으로 이사를 간다며 인사하러 들른 걸 가지구서……."

"녀석이 왜 미선 엄마한테만 인사를 하러 왔다냐?"

"그야 미선 아빠하구 술을 마신 적도 있었으니까, 제딴엔 남다르다 싶어서……."

"술이야 택환이는 우리 명구 아빠하고는 더 여러 번 마셨는데, 녀석이 우리집엔 코빼기도 안 비쳤으니까 하는 소리지."

"그나저나 명구 엄만 그걸 어찌 알았수?"

"나야 앉아서 삼천 리, 서서 삼만 리를 보는 사람 아닌감. 화장실에서 막 나오는데, 대문 밖에서 갑자기 인기척이 나길래 문 틈으로 내다보니까, 마침 택환이가 미선네 대문 안으로 들어가더구만. 그래서 다음날 안집 아줌마한테 물어보니까, 자기네 집에 온 게 아니라……그래서 알았지."

다시금 깔깔 웃어대는 명구 엄마를 건너다보며 엄마가 조금 화가 난 어조로 말했다.

"그래서 그 소문도 동네에 퍼뜨렸수?"

"퍼뜨리긴. 그저 그렇다는 말이지."

그러면서도 명구 엄마는 또 이죽거렸다.

"혹시, 녀석이 미선 엄마를 좋아해서가 아닐까?"

"에이, 듣기 싫수! 내 나이가 몇인데……."

"무슨 소리! 요즘 세상에 남녀 간에 나이가 무슨 상관이람! 아, 텔레비전도 못 봤수? 요즘엔 연상의 여인을 좋아하는 남자들이 얼마나 많은데. 게다가 미선 엄마가 어디가 어때서? 지금이라도 분단장 곱게 하고 나서면 십 년은 젊게 뵈는 소문난 미녀가 아니냐구."

"듣기 싫어요! 아무리 그렇더라도 할 말이 따로 있고, 안 할 말이 따로 있지. 애 듣는 앞에서…… 어서 가서 잠이나 자우!"

민망한 듯 힐끔 내 눈치를 보며 엄마가 손짓을 하자, 재미있어 죽겠다는 듯이 명구 엄마는 다시금 깔깔 웃어대며 몸을 일으키더니, 곧 자기 집으로 가버렸다.

그동안 택환은 우리집에는 찾아오지 않았다. 그러나 엄마가 몸을 담고 있는 그 음식점을 찾아왔었다. 다음날은 음식점이 하루 쉬는 날이라는 것을 어찌 알고, 그 전날 찾아온 것이다. 그리고 엄마에게 내일 미선이와 함께 자기 아파트로 초대를 하겠다면서, 둘이 몇 시에 어디로 나와 있으면 자기가 자가용을 몰고 와서 모시고 가겠다고 했다.

"미선이, 네 생각은 어떠니?"

엄마가 물어보자, 나는 얼른 마다했다.

"난 안 갈 테야!"

"너를 꼭 데리고 오라고 그러는데, 이를 어쩌지?"

"엄마는 가고 싶은 모양이지?"

"나도 썩 내키지는 않지만, 꼭 모시고 싶다고 몇 번씩이나 저러는데, 모질게 거절할 수도 없구……."

"엄마를 만나러 전에도 왔었단 말야?"

"몇 번인가 가게로 찾아왔었단다."

"왜?"

"왜기는. 뭐 지나가던 길이라면서……."

"그래서 만났어?"

"애는. 그럼 찾아온 사람을 모르는 체할 수 있니?"

"……."

"어쩌지?"

"그럼 엄마 혼자서 다녀와."

"괜찮겠니?"

"할 수 없지, 뭐."

"알았다."

그래서 다음날 엄마는 혼자 택환의 아파트를 다녀왔다. 조금 궁금해서 나는 엄마의 표정을 살피며 물어봤다.

"어땠어?"

그러자 엄마가 대꾸했다.

"대접을 아주 잘 받았다. 중국집으로 가서 값비싼 음식으로 푸짐하게 내더구나."

"그런데, 엄마의 표정이 왜 밝지를 않지?"

"내가 그러니?"

"응."

"그럴는지도 몰라."

조금 어설프게 웃어 보인 엄마가 한 말은 이러했다. 우선 택환이 살고 있는 동네는 분위기부터 달랐다고 했다. 고층 아파트 건물들이 우뚝우뚝 들어서 있는 것이 꼭 외국에 온 듯한 기분이 들었고, 아파트 건물마다 입구에는 경비원이 지키고 있었으며, 택환이 건물로 들어서자 경비원이 거수 경례를 하며 깍듯이 대했고, 엘리베이터를 타고 십이층까지 올라가서 그의 아파트로 들어갔는데, 집 수리를 어찌나 깨끗이 해놨는지 이건 새로 지은 아파트나 다름없었다는 것이다. 그리고 베란다 앞에 서서 드넓은 유리창 밖을 내다보자, 전망이 확 트인 것이, 우리집 같은 단칸방에서 살다가 그런 시원한 곳을 보니…… 하루를 살다 죽어도 좋으니, 이런 곳에서 살아봤으면 싶어지더라는 것이다.

"그래서 부러워서 엄마 얼굴이 우울했어?"

"그건 그렇구, 내가 정말로 부러워 했던 건 따로 있었어."

"뭔데, 그게?"

"택환이 아저씨 말마따나 방은 세 개였어. 거기서 그는 혼자 살아. 그러니까 방 두 개가 그냥 텅 빈 채 남아돈다구. 그게 얼마나 아깝던지……."

"아깝기는 뭐가……."

"무엇보다도, 이런 방 하나를 우리 미선이 공부방으로 주었으면 얼마나 좋겠나 하는 생각이 들자, 그만……."

엄마는 피식 웃었다. 그건 엄마가 자신을 한탄할 때 짓는 웃음이었다. 나도 엄마의 마지막 말에는 대뜸 부러운 생각이 들었다. 나도 공부방이 하나 있으면 얼마나 좋을까! 그러면 내 방에서 밤을 새워가며 공부할 것만 같고, 그럼 지금보다 훨씬 학교 성적이 좋아질 자신이 있는데…….

명구 엄마의 말마따나, 며칠 후부터 우리 동네는 부쩍 시끄러워졌다. 재개발 문제로 그랬다. 차츰 재개발을 찬성하는 사람들과 반대하는 사람들로 갈리었는데, 찬성하는 쪽이 훨씬 우세했고, 그러자 재개발 추진위원회라는 게 구성되었으며, 곧 어느 건설회사와 계약을 맺는다고 했다.

그런 속에서, 나는 중학생이 되었다. 책들도 새로웠고, 시간마다 학과 담당 선생님이 따로 있었고, 그러자 초등학생들이 왠지 어린애들 같이 보여 하루아침에 어른이 된 기분이었다. 나는 교실에서 맨 뒤쪽에 앉았다. 키가 커서 번호가 맨 끝번이었다. 내 짝도 키가 컸는데, 그 애보다 나는 더 컸으며 몸매도 토실해서 어떤 선생님은 내게, 고등학생이 이 교실에 잘못 들어와 앉아 있는 게 아니냐고 농담까지 했을 정도였다.

두 달쯤 지나자, 이윽고 우리 동네에서 이사를 가는 집이 생겼다. 그러더니 누구네 집은 또 언제 이사를 간다고 말이 돌았다. 우리처럼 세를 들어 사는 사람들은, 주인집에서 돈을 뽑아 가지고 어디로 이사를 가야 하는데, 그동안 전세나 사글세 값도 뛰어서 그 돈을 가지고는 어림도 없다며 걱정들을 했다.

또 한 달쯤 지나자, 우리집 주인도 이사 갈 날을 잡아놓았다고 했다. 그러면서 엄마더러 어서 미선네도 이사를 가라고 자꾸 독촉을 했다. 드디어 올 것이 온 것이다.

그런 곤경에 부딪치자, 엄마는 밤에 잠을 이루지 못했다. 엄마가 술을 다시 입에 댄 것도 그 무렵이었다. 아니, 우리 동네에서 이사를 가는 집이 생기면서부터일 것이다. 다른 때 같았으면 피곤해서라도 곧 잠이 들었을 텐데, 더구나 조금이라도 술을 마신 밤이면 더 일찍, 더 깊이 잠이 들곤 하던 엄마였는데, 그러나 요즘의 엄마는 그렇지가 않았다. 잠을 자던 내가 어쩌다 잠이 깨어 보면, 엄마는 어둠 속에 앉아 있었다. 우두커니 천장을 지켜보며 그렇게 앉아 있었다.

난 엄마가 왜 그러고 있는지 알고 있었다. 중학생이 되자, 나도 이제는 알 만큼은 알았다. 우리도 어디론가 이사를 가야 하는데, 엄마에게는 그게 막연했던 것이리라. 그동안 엄마가 벌었다고는 해도, 생활비랑 내 교육비랑, 또 내가 아직 모르고 있는 빚도 있었을지 모르고……. 그런 엄마가 불쌍했다. 엄마가 왜 술을 조금씩이라도 다시 입에 대기 시작했는지 그 심정을 이해할 것 같았다. 그러지 않고는 도저히 마음을 달랠 수 없을 정도로 그만큼 앞이 캄캄했기 때문이리라. 이제는 엄마가 술을 마셔도 빈정거리지 않을 것이다. 그리고 어서 커서 돈을 벌어 불쌍한 엄마를 행복하게 만들어 주어야겠다고 나는 몇 번씩이나 마음을 다졌다.

이사를 간 집들이 차츰 헐리기 시작했다. 동네로 무거운 망치를 든 청년들이 몰려다니며 이 집 저 집을 때려부수고 있었다. 쿵쿵 망치질 소리가 온 동네를 울렸다. 진작 주인집은 이사를 했고, 그랬어도 건넌방을 지키며 끝내 버티던 명구네도 이윽고 다음날 이사를 간다면서, 명구 엄마가 밤늦게 우리 엄마를 찾아와서 말했다.

"미선 엄마, 이거 섭섭해서 어쩌나?"

"명구네라도 떠나게 돼서 다행이우."

"저 안집은 언제 이사를 가누?"

"모레."

"미선네는 어쩔 건데?"

"아직……."

"미선네도 빨리 떠나야 하는데, 큰일이로구먼."

"……."

"무슨 대책도 없구?"

"아직……."

"큰일이로구랴!"

그러면서 명구 엄마가 말했다.

"우리 안집이 진작 이사를 가자, 그동안 하루에도 몇 번씩 조합에서 찾아와 명구네는 언제 떠날 거냐, 내일은 집을 부수러 오겠다나, 으름장을 놓구……. 명구 아빠는 형제들이 여럿 아뉴. 견디다 못한 명구 아빠가 술을 잔뜩 퍼먹구 형제들을 찾아가서 지랄지랄을 하니까, 그들이 의논 끝에 돈을 조금씩 빌려다가 주어서…….”

“명구네는 기댈 형제들이라도 있었으니 얼마나 다행이우.”

“말이 형제들이지, 고향 버리고 떠나와 하나같이 고생하며 사는 가난뱅이들이라구.”

“그래도 급할 땐 동기간이라잖수.”

엄마의 말에, 명구 엄마는 집에 볼일을 두고 왔는지,

“미선 엄마, 그럼 내일 못 보고 떠나더라도 그리 알구……. 우리, 또 만날 날이 있겠지. 안 그렇수?”

작별인사를 하고 방에서 나갔다.

다음날, 내가 학교에서 돌아오자 그 사이에 명구네는 이사를 가 버렸다. 내일은 우리 안집이 이사를 가는 날이다. 이삿짐을 챙기느라고 집안이 온통 시끄럽고 어수선했다.

그날 밤이다.

무슨 결심을 한 듯 엄마가 조용히 나를 불렀다.

“미선아!”

“응, 엄마.”

심상치 않은 엄마의 표정을 읽은 나는 사뭇 긴장을 하고 있었다.

“네 의견을 물어보는 건데…… 해구 영감님이 방을 구할 돈을 빌려 주겠다고 벌써부터 그랬었는데…… 어떠니, 넌?”

“해구 영감님이?”

“그래.”

“엄마는 어떤데?”

“그럴 경우…….”

잠깐 무슨 생각을 하던 엄마가 말을 이었다.

"이사를 간다 해도, 여기처럼 방 하나를 빌려 갈 수밖에 없어. 그런 방에 해구 영감님이 이따금 찾아와도 넌 괜찮겠니?"

"그 사람이 놀러오겠대?"

"그런 말을 하지는 않았지만, 혹시 누가 아니?"

나의 표정은 차츰 일그러졌다. 친할아버지나 외할아버지도 아닌 그런 늙은이가 우리 방을 들락거린다는 것부터가 대뜸 싫어서였다. 그리고 찾아온 그가 얼른 가지를 않고 방 안에 앉아서 뭉그적거리며 몇 시간씩 있기라도 한다면…… 한 번도 아니고, 자주 그럴 경우에는…….

나의 표정을 살핀 엄마가 한숨을 내쉬었다. 내가 무슨 생각을 하고 있는지를 엄마는 다 알고 있는 듯했다.

그 다음날 저녁이다.

주인집도 낮에 이사를 가버렸다. 여기저기 쓰레기가 널린 것이 한바탕 전쟁을 치르고 난 집 같았다. 그렇듯 안채가 텅 비고, 옆집마저 몽땅 빈집이기에, 그만큼 허전했고, 무서웠다.

내가 어물어물 저녁밥을 챙겨먹고 났을 때, 이미 집 안에는 어둠이 내리고 있었다. 어둠이 짙어질수록 그만큼 집 안은 더욱 무서워졌다. 당장 안채에서 귀신이 나타날 것만 같았고, 명구네가 살던 옆집에서도 도깨비들이 장난을 치고 있는 것만 같았다.

방 안에서 혼자 무서움에 견디다 못한 나는 끝내 대문 밖으로 나왔다. 다시는 집 안으로 들어가고 싶지가 않았다. 내가 옆집 앞을 지나 무작정 골목길로 들어섰을 때, 다행히도 엄마가 저만큼에서 오고 있었다. 엄마는 빈집에 내가 혼자 있는 것이 염려스러워서였는지. 오늘은 여느 때보다 사뭇 일찍 돌아온 것이다.

"무서워서 나온 게로구나?"

"그럼 엄만 안 무서워?"

"무섭긴."

엄마는 앞장서서 대문 안으로 들어섰다.

함께 방 안으로 들어가자, 의외로 엄마의 표정이 사뭇 밝아 보였다. 아니나다를까, 표정만큼이나 밝은 어조로 엄마가 말했다.

"우리도 결정이 났다!"

"무슨 결정?"

"우리도 집 문제가 해결이 됐다."

"이사를 가게 됐다구?"

"그래."

"어디로……?"

"강남으로."

엄마가 이어 중얼거렸다.

"그동안, 택환 아저씨는 나를 여러 번 찾아왔었다구. 그러더니 한 번은 이런 말을 했어. 혼자서 사니까, 양말이랑 손수건 같은 자잘한 빨래감이며 집안 청소며 식사며 이것저것 불편한 점이 많대. 그래서 할 수 없이 이따금씩 파출부를 불러 그런 문제를 해결해 왔는데, 우리 사정이 딱하게 된 것을 알고는…… 우리더러 그리로 이사를 와서 함께 사는 게 어떻겠느냐, 나더러 집안일을 맡아주면 서로 좋지 않겠느냐는 거였어."

"그래서 엄마는 뭐라고 말했는데?"

"이런 생각, 저런 생각 많이 해봤다. 그런데, 네가 해구 영감님한테서 돈을 빌리는 것을 달가와하지 않는 눈치를 보이자, 당장 급하긴 하구…… 그러자 그런 택환 아저씨가 그렇게 고마울 수가……."

"……."

"이제는 우리도 곧 이사를 가야만 돼! 좋고 싫고 따질 때가 아냐. 혹시 안 내키는 점이 있더라도 참고……. 그리로 가면, 넌 소원이던 네 방을 따로 가질 수 있어. 얼마나 좋으니! 그러니 그런 줄 알구……."

"……."

이미 그리로 이사를 가기로 결심을 굳힌 엄마였다. 엄마의 말대로, 이제는 이사가 급해 그곳이 좋고 싫고 따질 겨를이 없었다. 또 안 내키는 점이 있더라도 그걸 내세울 처지가 못 되었다.

여름방학이 멀지 않은 때였다.

# 회색의 집

엄마랑 나는 택환의 아파트로 이사를 했다.

엄마의 말대로 그의 아파트는 넓었다. 세상에는 더 넓은 아파트도 얼마든지 있겠지만, 그동안 식구들과 비좁은 단칸방에서 지내왔던 내게는 그곳이 그렇게 넓어 보일 수가 없었다.

택환은 우리에게 친절했다. 지금까지 쓰고 있던, 푹신하고 드넓은 2인용 침대가 놓여 있는 안방은 그가 그대로 사용하기로 하고, 엄마에게는 주방이 가까운 건넌방을, 그리고 나에게는 문간방을 배정해 주었다. 그러니까 우리는 각자가 방 하나씩을 차지하게 된 셈이다.

나는 기뻤다. 문간방이라고 해도, 그건 전에 우리가 살던 방과는 비교도 되지 않을 만큼 좋았다. 보다 넓었고, 깨끗하고, 번듯했다. 그리고 유리창문에는 커튼도 드리워져 있었다. 그는 내 방에다가 1

인용 침대와 책상이랑 걸상을 가구점에다가 새것으로 주문해 들여 놓아 주었다. 천장에는 커다란 등이 매달려 있었고, 책상 위에는 불을 켰다가 껐다가 마음대로 조종할 수가 있는 멋진 전기스탠드도 놓여지고…… 아무래도 꿈만 같았다. 이곳으로 이사를 오기 직전까지 겪었던, 어디론가 이사를 가야만 하는데 갈 데가 없어서 엄마랑 내가 겪었던 그 짙은 불안, 고민을 생각하면 이건 꿈이 아니고 무엇이란 말인가!

나는 난생 처음으로 가져 보는, 그것도 시시하게 꾸며진 방이 아닌 그런 공부방에서 혼자 있기를 좋아했다. 몇 시간을 혼자 들어앉아 있어도 지루한 줄을 몰랐다. 침대에 누워 있으면 흡사 나는 동화 속의 공주라도 된 듯한 기분이었다.

누구보다도 그런 나의 기분을 이해하는 사람은 엄마였다. 엄마도 나름대로 방 하나를 가져서 편하게 됐지만, 그보다는 내게 공부방이 생겼다는 것에 더 흡족해했으며, 엄마로서의 어떤 기쁨 같은 것을 느끼는 듯했다.

택환은 우리 엄마를 깍듯이 누님이라고 불렀고, 엄마도 이제는 그를 동생이라고 불렀다. 그런데 내가 문제였다. 난 아직도 그를 아저씨라고 부르지 않고 있었다. 어쩔 수 없이 그에게 무슨 말을 해야 할 때는, 아저씨라는 호칭을 빼고 얼버무렸다.

그는 나의 전학신고는 자기가 다 알아서 처리해 놓을 테니 염려하지 말라, 그러니 미선이, 너는 새학기부터는 이쪽의 학교로 등교를 하기만 하면 된다고 말했다.

그는 무슨 회사의 사장이라고 했으며 명함도 가지고 있었다. 아직은 규모가 작지만 장차 큰 회사가 될 거라면서, 그러나 무엇을 하는 회사인지는 가르쳐주지 않았다. 그러자 엄마랑 나도 굳이 그걸 알려고 하지도 않았다. 그는 아침 느지막이 출근할 때가 많았다. 회사에서는 경리를 보고 있다는 여직원인 미스 리로부터 이따금씩 아파트로 사장님을 찾는 전화가, 또는 그 밖에도 귀에 설은 목소리의 여자들, 혹은 남자들로부터도 가끔씩 전화가 걸려오곤 했다. 그러면 그는 하루 이틀씩 집에 들어오지 않을 때도 있었다. 그럴 때마다 그는 회사와 관계된 일로, 아니면 출장을 다녀왔노라고 말하곤 했는데, 그랬어도 엄마랑 나는 그냥 그런가보다 했다. 그의 외박에 대해서 간섭한다거나, 아예 궁금하게 여기지도 않았다. 우리로서는 그럴 처지가 못 되었고, 또 그런다고 그가 들을 사람 같지도 않았기 때문이다. 말하자면, 그는 그렇듯 자기가 하고 싶은 대로 하며 사는 자유로운 사람이었다.

여름방학이 끝났다.

개학을 하자, 나는 남녀공학인 이쪽 학교로 등교를 했다. 교실이 소란스럽기는 내가 먼젓번에 다니던 학교나 이쪽 학교나 마찬가지였지만, 택환의 말대로 이쪽은 부자 동네라서 그런가는 몰라도 아이들의 피부 빛깔이 좀 더 반질거리는 것 같았다. 남자애들은 나를 보자,

"야아, 이쁘다!"

"크다!"

"맞아, 아줌마 같다!"

대뜸 반응을 보였다. 그렇듯 나는 이쪽 아이들의 눈에도 키가 컸고, 어른처럼 보일 만큼 몸피도 굵었다. 어쨌거나 나는 이번에도 교실의 맨 뒤에 앉게 되었다.

엄마는 이 집안 살림을 책임지는 사람이었다. 말하자면 택환이 내주는 생활비를 가지고 집안 살림을 운영하는 가정부였다. 집안 청소를 하고, 세탁기로 빨래도 하고, 그러다가 틈틈이 슈퍼마켓을 찾아가서 생필품을 사오곤 했다. 아파트의 열쇠는 택환이 한 벌, 엄마도 한 벌을 따로 가지고 있었다. 엄마가 슈퍼마켓에 갈 때는 열쇠를 아래층 경비실에 맡겨놓고 가곤 했다. 혹시 그 사이에 내가 돌아올지도 모르기 때문이었다.

얼핏 보기에도, 요즘의 엄마는 전에 비하면 훨씬 덜 피곤해 보였다. 저쪽 동네에서, 시장바닥의 음식점에 다닐 때보다 얼굴에 화기가 도는 것 같았다. 그러고 보면, 된일을 해본 적이 없는 엄마는 음식점 일이 이래저래 그만큼 힘이 들었었나 보다. 거실에는 큰 화면의 텔레비전이 놓여져 있었다. 밤에 나는 소파 위에 엄마랑 나란히 앉아서 텔레비전 연속극을 보기도 했다. 그럴 때 엄마는 근심이 없는 여느 여염집 여인처럼 밝고 행복해 보였다.

이 집에서 불만이 있다면, 택환의 예의가 없는 행동이었다. 차츰차츰 그의 행동이 분방해졌다. 목욕을 하고는 팬티만 꿰차고 나오기 일쑤였다. 이에 엄마가 주의를 주었다. 그러자 그는 처음에는 조심을 하는 듯하더니 차츰,

"뭐, 어때요, 식구들끼린데."

"그래도 그렇지, 미선이가 있는데……."

엄마가 안 내켜 하자,

"아직 어린데, 뭘. 핫핫하."

대수롭지 않게 웃어넘겼다.

그건 그렇다 치고, 그는 자주 노크도 하지 않고 나의 방문을 불쑥

불쑥 열고 안을 들여다본다든가, 아니면 슬며시 들어와서는, 학교 공부는 잘하고 있느냐, 친구들을 많이 사귀었느냐는 등 자잘한 것들을 물어보다가는 나가곤 했다. 그가 내게 질문들을 하는 것까지는 좋다. 그러나 방문을 인기척도 없이 불쑥불쑥 열면, 그때마다 나는 얼마나 놀라는지 모른다. 더구나 나는 어쩌다가 잠옷 차림일 경우도 있었는데, 그러면 그는 탐욕스런 눈길로 나를 한동안 지켜보다가 나가곤 했다.

이런 문제를 해결하기 위해서는 평소에 방문을 잠가놓고 있으면 된다. 그러나 그것도 최선의 방법이 되지는 못했다. 방문을 잠글 때도 있지만, 잊어버릴 때도 많았다. 그리고 내가 안에서 방문을 잠그고 있을 때 그는 어쩔 수 없이 노크를 하긴 했지만, 그래서 내가 방문을 열어주면 그는 나의 방 안을 기웃거렸고, 슬며시 들어오기는 전이나 마찬가지였다.

나는 참다 못해 엄마에게 그런 사실을 말했다. 그러자 엄마는 웃었다.

"워낙 사람이 멋대로여서 그래."

"아무리 그렇더라도 방문에 노크는 해야지."

"차츰 나아지겠지, 뭐."

"엄마가 따끔하게 주의를 줘!"

"주의를 줘도 그러는 걸 어쩌겠니."

"엄마 방에도 노크를 안 해?"

"내 방에도 마찬가지야. 그럴 때면 나도 깜짝깜짝 놀랄 때가 많다구. 그래서 두어 번 주의를 주었어. 그래도 여전해. 버릇이 얼른 고쳐지지가 않는 모양이야. 오래 된 버릇은 하루아침에 잘 고쳐지지 않아. 그러니 조금만 더 참아보자구."

그러면서 엄마는 내게 넌지시 타일렀다.

"이 집은 어쨌든 그의 집이야. 우리만 없으면 자기 혼자서 마음대로 하고 살 것을, 우리 때문에…… 그러니까 그의 비위를 함부로 건드릴 수만도 없다구. 알겠니?"

"아무리 그렇더라도……."

"그러니 좀 더 참아 보자구. 자기도 생각이 있겠지. 그러다가 곧 버릇을 고치겠지. 안 그래?"

그러면서 엄마가 말했다.

"너는 방문을 잠가놓고 공부하렴."

"잊어버릴 때도 있어. 하지만 무엇보다도 그가 내 방에는 들어오지 말았으면 좋겠어!"

"전혀 그럴 수는……."

이어 엄마가 은근히 강조를 했다.

"어쨌든 잠을 잘 때만은 문을 꼭 잠그고 자거라. 알겠니?"

"알았어!"

말은 그랬지만, 나는 사뭇 걱정이 되었다. 왜냐하면 나는 아침잠이 많았다. 자명종 시계를 맞추어놓고 자곤 했었지만, 어떤 때는 시계 울림도 소용이 없었다. 그럴 때마다 엄마가 밖에서 잠겨 있는 내 방문을 쾅쾅 두드려서 잠을 깨우곤 했었는데, 그러면 그 소리에 택환도 잠이 깰 때가 많았고, 그런 날은 잠을 설친 탓인지 그는 차츰 신경질을 부리곤 했다. 그래서 이후로 엄마는 내게 차라리 방문을 잠그지 말고 자거라, 그래서 엄마가 방 안으로 들어와서 아침잠을 깨워 주곤 했었는데, 지금 엄마는 내게 다시금 방문을 잠그고 자라는 것이다.

"걱정이 되지?"

"뭐가?"

내가 짐짓 딴청을 부리자, 엄마가 웃으며 말했다.

"내가 네 방문을 두드리면 그 소리에 택환 아저씨가 잠이 깨. 그러기 전에 네가 아침에 일어날 시간에 스스로 일어나야 해."

"노력해 볼게."

"노력만 가지고는 안 돼. 꼭 그렇게 해야 해. 내가 내일 아침 몇 시에 꼭 일어나야만 된다고 마음먹고 자면, 자기도 모르게 그 시각에 잠이 깨는 법이야. 알겠니?"

"알았어, 엄마!"

그러고 며칠이 지난 밤이었다.

느지막이 들어온 그는 술에 몹시 취해 있었다. 그런 그가 전에 없이 심하게 술주정을 부렸다. 때로는 혼잣말로, 그러다가는 엄마랑 나에게 들으라는 듯이 큰소리로 씨부렁거렸다. 누구를 어찌 보고 그러느냐, 방문을 잠그고 자다가 밖에서 불이라도 나면 어쩌겠느냐, 그러면 방 안에서 꼼짝없이 타 죽는다는 걸 알아야…… 느그들이 나를 못 믿어서 그러는 모양인데, 그렇다면 나도…… 앞으로는 절대로 방문을 잠그지 말고 자라! 이건 나의 명령이다. 그래도 방문을 잠그면, 이놈의 집에다가 휘발유 뿌리고 불을 확 질러버리겠다. 알아서들 하라고 왁왁 씨부려댔다.

얼핏 들으면 횡설수설 술주정 같았지만, 한편으로는 그의 말에 일리도 없진 않았다. 마음속에 담아두었던 말을 술의 힘을 빌려 막 토해 내는 것이 술주정이라고 전에 어른들로부터 들은 적이 있었다. 전과는 다른 어떤 낌새를 눈치챈 택환이 벼르다가 그렇듯 술주정을 부린 것만 같았다.

“누님, 내 말이 틀렸소?”

“동생 말이 맞아요, 맞아.”

엄마가 그를 달랬다.

“내가 얼마나 누님을, 미선이를 사랑하는지 아슈? 그런 것두 모르고, 까불고들 있어.”

“알았으니, 그만 자라구. 동생!”

“다시 한 번 그랬담 봐라. 내가 이놈의 집구석에 달려 있는 자물쇠란 자물쇠는 모조리 망치로 두드려 부숴버릴 테니까! 알았어요, 누님?”

“알았어. 알았으니까, 어서 들어가 자라구. 어서…….”

엄마가 웃어가며 자꾸 달래자 그는 사뭇 수긋해졌고, 그러자 엄마가 그를 떠밀면서 그의 방으로 함께 들어갔으며, 그러고는 그를 잠재운 듯 한참만에야 그의 방에서 나왔다.

다음날, 술에서 깨어난 그는 간밤의 일은 전혀 기억에 없다면서 딴청을 부렸다. 내가 그랬을 리가 없다고 아예 오리발을 내밀었다. 그러던 그는, 내가 그랬다면 누님, 용서해 주슈! 거듭 사과를 하더니, 밤에 들어올 때에는 엄마와 나를 위해 치킨센터에 들러 구운 통닭을 사왔다.

그러나 이후로 그는 신경질을 자주 부렸다. 밤에도 술에 취해 들어오는 날이 부쩍 늘었다. 그럴 때마다 술주정을 부리곤 했는데, 그때마다 화살이 내게로 직접 날아왔다. 내가 너를 얼마나 아끼고 사랑하는지 아느냐, 하기에 네가 말하지 않아도 이것저것 다 사주지 않았더냐, 그런데도 넌 내게 고맙다는 말 한 마디 제대로 한 적이 있느냐, 그런 말은 저리 두고라도 내게 상냥한 웃음 한 번 보인 적이 있느냐, 나는 너를 장차 대학까지 보내려고 잔뜩 마음먹고 있는데 그런 내 마음을 몰라준다느니, 사람이 그러면 못쓴다는 둥…….

그가 그럴 때면, 나는 그냥 잠자코 있었다. 참다 못해 나도 무슨 말인가 하려고 하면, 재빨리 엄마가 눈짓으로 나를 말렸다. 그러고는 여느 때처럼 엄마는 그를 떠밀며 혹은 이끌고 안방으로 들어갔다가 한참만에야 나오곤 했다. 그런 엄마의 표정은 몹시 힘겨워 보였으며, 어느 때는 전에 없이 나를 꾸짖었다.

"택환 아저씨에게 좀 싹싹하렴."

"내가 뭐 어때서, 엄마는……."

"택환 아저씨가 너에게 오죽 섭섭했으면 저러겠니."

"난 그러지 않았는데, 괜히……."

"아니기는, 내가 보기에도 이번엔 택환 아저씨 말이 맞아. 평소에 아저씨는 너한테 이것저것 하느라고 했어. 그런데도 넌 아저씨한테 상냥하지 않았어. 그럴 이유라도 있니?"

"……."

"있으면 있다고 말해봐. 그래야 해결을…… 안 그러니?"

"없어요."

나는 없다고 거짓말을 했다. 그럴 수밖에 없었다.

"없으면 됐다. 내일부터는 그러지 마라."

엄마가 그렇게 말하자, 나도 더는 참을 수가 없었다. 그래서 사뭇 토라진 어조로 쏘아붙였다.

"왜 요즘엔 나한테 부쩍 신경질을 부리는지 알 수가 없어!"

엄마는 잠시 말이 없더니, 조금 후에 사뭇 부드러운 어조로 중얼거렸다.

"사내들은 밖에서 하는 일이 잘 풀리지 않아도 집에 들어와서 그런단다. 보아하니, 요즘 회사일이 잘 안 풀리는 눈치더라."

"곧 큰 회사가 될 거라며 큰소리치더니……."

"넌 아직 어려서 잘 몰라. 세상 일이 그리 쉬운 게 아니란다. 잘될 것 같다가도 안 되고…… 더군다나 택환 아저씨는 경험도 없이 덜컥 회사를 차렸으니, 그게 그리 쉽겠니, 어디?"

그를 두둔한 엄마가 문뜩 생각난 듯 나를 지켜보며 말했다.

"언젠가 너도 들었지? 택환 아저씨가 너를 장차 대학까지 보내주겠다고 한 말 말야. 나도 그런 말은 처음 들었다. 그렇게까지 너를 생각하고 있는 사람인 줄은 나도 몰랐다. 그러니, 너도 알아서 아저씨한테 좀 더 상냥하고 친절하게…… 알겠니?"

"……."

"왜 말이 없니?"

"알았어."

나는 다음날부터 그렇게 노력해 보려고 마음먹었다. 그런데 그게 쉽지가 않았다. 애써 택환에게 웃음을 보이기는 했지만, 하지만 그건 마음속으로부터 우러나온 것이 아니었다.

하루는 학교에서 돌아온 내가 거실에 놓인 텔레비전에서 '동물의 왕국'을 보고 있는데, 갑자기 전화벨이 울렸다. 내가 얼른 송수화기를 집어들자, 웬 중년의 남자가 엄마를 찾았다.

주방에서 저녁식사 준비를 하고 있는 엄마를 불러 전화기를 건네주었다. 그러자 엄마는 상대방과 이런저런 이야기를 나누다가 주방의 가스불을 꺼야 한다면서 전화를 끝냈다.

"누구야, 엄마?"

"으응, 엄마가 어릴 적 초등학교 친구인데……."

엄마가 멋쩍게 웃었다.

"그런데, 엄마가 여기 사는 걸 어찌 알았어?"

"며칠 전에 시장에 다녀오는 길에, 바로 경비실 앞에서 우연히 만났단다. 알고 보니, 그는 저쪽 아파트, 우리랑 같은 단지 안에 살고 있지 뭐니. 자꾸 전화번호를 가르쳐 달라고 조르기에 일러주었더니, 이렇게 전화를……."

"반가웠겠네."

"고향 떠난 지가 언젠데, 이렇게 만나다니 반갑지 않을 수가……."

"그분은 뭐 하는 사람인데?"

"고향에서는 무척이나 가난하게 살았었지. 그러자 진작 서울로 올라와서…… 그날은 시간이 없어서 잠깐 이야기를 나누다가 헤어졌는데, 어찌 됐건 성공을 했길래 이런 곳에서 살고 있지. 안 그렇겠니?"

"아깐 그분이 뭐래?"

"그냥 궁금해서 전화를 해봤다며……."

"그런 말만 한 것 같지 않던데?"

"으응, 그건 그 사람이 나를 카페나 그런 곳이 싫으면 어느 제과점에서라도 좀 만나 이야기를 나누자고 하기에, 그럴 시간이 없다고 말한 거구, 그러면 우리집에 놀러가도 되느냐고 묻길래 그것도 안 된다고……."

그런데 그의 전화는 자주 걸려왔다. 엄마가 혼자서 집에 있는 낮

시간에는 몰라도, 이건 밤에도 걸려오는 때가 있었다. 그러다가 어떤 때는 택환이 전화를 받았고, 그러자 택환이 엄마에게 말했다.

"누님! 앞으로는 우리집에 전화를 하지 말라고 그 사람에게 말하슈!"

"밤에 전화를 걸지 말라고 일렀건만, 주책도 없이 자꾸……."

"난 지금 급한 전화를 기다리고 있는데, 어쩌구저쩌구 시시껍적한 말을 자꾸만 물어보고 말야……. 에이, 신경질 나서 미치겠구먼!"

"미안해, 동생!"

그랬었는데, 며칠 후 밤늦게 그가 우리 아파트를 찾아온 것이다. 그냥 온 것도 아니고, 술에 잔뜩 취해 있었고, 게다가 맥주까지 몇 병 들고 왔다. 가는 날이 장날이라고, 마침 택환도 집에 들어와 있었다.

술이 취한 그는 엄마에게, 이곳을 가르쳐주지 않았어도 이렇게 물어서 용케 찾아왔다느니, 마지못해 거실에 마주앉아서 그와 술잔을 주고받는 택환에게는, 옛날 우리 엄마가 반에서 공부를 아주 잘했었다, 지금도 그렇지만 그때도 아주 예뻐서 자기가 너무너무 좋아했었다, 한 마디로 자기의 첫사랑이라는 둥 큰소리로 거침없이 떠들어댔다.

택환의 표정이 차츰 일그러지기 시작했다. 엄마는 그와 택환 사이에서 눈치를 보며 쩔쩔맸다. 그가 택환에게, 내 애인과 어떤 관계냐고 물어봤다. 택환이 친척 누님이라고 말하자, 그는 친척도 가지가지가 아니냐, 친가 쪽이냐 외가 쪽이냐, 택환이 외가 쪽이라고 어물어물 넘기자, 그렇다면 외가 쪽 몇 촌이냐면서 캐고 들었다.

그때까지 나름대로 참아오던 택환이 갑자기 소파에서 몸을 벌떡 일으키며 소리쳤다.

"이봐, 당신! 그만 집에 가슈, 가!"

"뭐? 당신?"

"그렇다. 어쩔래?"

"어허…… 어허허허……."

"야, 너, 얼른 꺼지지 못해?"

"어어? 너라니…… 지금 너라고 했나?"

"그렇다. 왜?"

"아우뻘밖에 되지 않는 사람이……."

"이거 안 되겠구만!"

혼잣말처럼 중얼거린 택환은, 지금까지 두 사람 사이에 서서 뜯어말리고 있던 엄마를 한쪽으로 밀어젖히더니 상대방의 멱살을 억센 손으로 우왁스럽게 틀어쥐고는 현관 쪽으로 끌고 갔다. 그러자 그는 얼떨결에 개 끌려가듯 질질 끌려갔고, 이어 현관문 밖으로 이 끌려나갔다. 엄마랑 내가 뒤따라 나갔다. 마침 엘리베이터 문이 열리며 아파트의 경비원이 복도로 내리려 하자, 택환은 엄마의 친구를 그 안으로 짐짝처럼 처박아 넣었다. 눈치 빠른 경비원이 얼른 엘리베이터 문을 닫고는 그와 함께 아래층으로 내려가 버렸다. 우리 집에서 싸우는 소리가 들리자, 시끄럽다며 누가 경비실에 신고를 했고, 그러자 경비원이…….

집 안으로 들어온 택환은 자기 방으로 들어가더니, 마시다 남은 양주병을 들고 거실로 나왔다. 그러고는 병째 몇 모금을 꿀꺽꿀꺽 들이마셨다. 그래도 분이 가시지 않은 듯 그는 갑자기 술병을 거실의 맞은편 벽을 향해 냅다 팽개쳤다.

"동생, 내가 잘못했어!"

엄마가 다시금 빌었다.

"모든 게 내 탓이야! 다시는……."

"……."

"다시는 이런 일이 없도록 내가 주의를 할게! 응?"

엄마의 표정은 백지장처럼 하얗게 질려 있었다.

"누님!"

비로소 택환이 엄마를 불렀다.

"왜, 동생?"

아까 벽에 부딪치자 깨어진 술병의 유리조각들을 우선 엄지와 검지 손가락으로 주섬주섬 대충 줍고 있던 엄마가 잔뜩 겁에 질린 얼굴로 대꾸했다.

"누님이 뭘 잘못했다는 거요?"

더 이상 행동이 난폭하게 이어지지 않고, 의외로 택환은 침착했다. 그러자 그것이 엄마로서는 더욱 겁이 난 듯 떨리는 목소리로 말했다.

"내가 잘못하고말구!"

"글쎄 무얼 잘못했는지 말해 보라구요!"

"그 사람에게 전화번호를 일러주지 말았어야 했는데……."

"또요?"

"그 사람이 찾아오지 못하도록 했어야……."

"또, 없소?"

"애초에 그 사람을 요 앞에서 만나지 않았어야……."

엄마는 거의 울상이었다.

"알아서 하슈!"

차가운 어조로 말을 내뱉은 택환은 휭 자기 방으로 들어가 버렸다.

그런 분란이 있은 후부터 엄마는 완전히 사람이 달라졌다. 다른 사람처럼 변해버렸다. 얼굴에서 웃음이 사라졌으며, 거의 말이 없이 지냈다. 넋이 나간 사람처럼 멍한 표정이었다. 내가 무엇을 물어보면 나쁜 짓을 하다가 들킨 사람처럼 깜짝 놀라며 어물거렸다. 슈퍼마켓에 다녀오는 것과, 소화가 안 된다며 소화제를 사다가 놓고 먹다가 이따금 약이 떨어지면 그걸 사러 약국에 다녀오는 것 말고는 외출이란 게 없었던 엄마는 이제는 슈퍼마켓에 가는 것도 꺼리는 눈치였다. 뿐만 아니라, 거실 바닥에 먼지 하나라도 보이면 당장 걸레질을 하던 깔끔함도 보이지 않았다. 그만큼 매사에 의욕이 없어 보였다. 그만 모든 것을 체념해 버린 듯한 표정이었다.

엄마의 행동에서 또 하나 얼른 눈에 띄는 것은 택환에 대한 두려움이 담긴 표정이었다. 엄마가 먼저 택환을 찾는 일은 없었다. 그러다가 "누님!" 하고 택환이 부르면 엄마는 말없이 그쪽으로 고개를 돌리곤 했는데, 그러나 그건 어딘가 불안하고 잔뜩 겁먹은 시선이었다. 이후로 엄마는 그렇듯 택환에게 잔뜩 주눅이 들어 있었다.

택환은 택환대로 굳은 표정을 짓고 살았다. 그가 집에 있는 시간은 그리 많지가 않았다. 집에 늦게 들어오는 날이 많았기 때문이다. 그러나 집에 있는 동안 그가 굳은 표정을 짓고 있으면 분위기가 그만큼 살벌하게 느껴졌다. 한 시간이 일 년처럼 길게 느껴질 정도였다. 그는 술 취한 다음날에 으레 그랬듯이 엄마에게 사과를 한다거나 얼렁뚱땅 비위를 맞추려고 하지 않았다. 이번만은 그도 나름대로 무엇인가 단단히 마음을 다진 듯했다.

그런 속에서 나는 나대로 이쪽 저쪽 눈치를 살피며 살았다.

누구에게 물어봐도 지난 번의 소동은 엄마의 친구라는 그 사람 때문에 비롯된 것이었다. 아무리 친구가 보고 싶어도 그렇지, 밤에도 전화질은 뭐며 게다가 술에 잔뜩 취해 찾아와서, 처음 보는 택환에게 엄마는 어릴 적 자기의 첫사랑이라느니, 택환은 엄마와 어떤 친척이냐며 꼬치꼬치 캐묻고…… 그쯤 되면 택환이 아니었더라도 화가 치밀 수밖에 없었을 것이다.

그렇다 치고, 택환이 엄마에게 보인 행동은 너무 지나쳤다. 그렇잖아도 무안해서 어쩔 줄 모르고 있는 엄마에게 이건 형사가 죄인 다루듯이, 무엇을 잘못했느냐고 자꾸만……. 길에서 친구를 우연히 만난 것도 잘못이란 말인가? 오죽했으면 엄마는 그런 것까지 자기의 잘못으로 돌렸을까. 그러고 났을 때 엄마의 심경은 어떠했을까. 이미, 엄마는 그 순간에 모든 것을 체념해 버린 것은 아닐까.

택환은 그토록 야비하고 잔인한 사람이었다. 그런 사건을 빌미로 엄마를 저토록 바보처럼 만들어놓고, 죄수처럼 이 아파트라는 울타리 안에 스스로 가두도록 만들어놓고, 계속해서 집 안 분위기를 바다 밑처럼 어둡게 이끌어가고…….

집 안의 분위기는 차가울 만큼 냉기가 감돌았고, 숨이 막힐 듯 무겁게 가라앉았다. 시간이 지나면 나아질까 싶었으나 그렇지도 않았다. 그런 분위기가 언제 풀릴는지 예측을 할 수가 없을 정도였다. 이런 집 안의 분위기를 풀 수 있는 사람은 택환으로, 그가 그 열쇠를 쥐고 있었다.

그런 속에서 나는 이학년이 되었고, 내일이면 일학기 중간고사가 끝나는 날 밤이었다. 내 성적은 줄곧 중간 정도였다. 그 이하로 떨어지지는 않았지만, 아무리 노력을 해도 그 이상으로 오르지도 않았다. 하지만 마지막 날까지 최선을 다하고 싶었다. 시험공부를 하다가 너무 피곤해서 그만 책상에 엎드린 채 깜빡 잠이 들었다.

얼마쯤 자다가 눈을 떴다. 얼핏 시계를 들여다보았다. 새벽 세 시에 가까웠다. 갑자기 목이 말랐다. 방문을 조용히 열었다. 집 안은 고요했다. 누구의 잠도 깨우지 않으려고 조심을 하며, 냉장고 속에서 시원한 냉수를 꺼내 마시기 위해 주방 쪽으로 다가가던 나는 흠칫 그 자리에 섰다. 모두 불이 꺼져 있었지만, 택환의 방문과 이쪽 엄마의 방문이 조금 열려져 있었기 때문이다.

바로 그때, 엄마의 방에서 도란도란 말소리가 흘러나오고 있었다. 밤이라서 그랬을까, 말소리는 또렷했다.

"잠을 자지 않고……."

"잠이 와야 말이죠, 핫하."

"미선이가 보면 어쩔려구……."

"이리로 오면서 그쪽을 보니까, 잠든 것 같았수."

"그래도 그렇지……."

"누님!"

"말로만 누님, 누님 하지 말구……."

엄마와 택환이 분명했다. 집 안에는 나, 그리고 두 사람 말고는 아무도 없었기 때문이다.

"누님!"

"말해 봐."

"난 누님을 참말로 좋아한다구요."

"……."

"저쪽 동네에서, 누님을 처음 본 순간부터…… 아시우?"

"……."

"이렇게 한집에서 사는 마당에…… 앞으로 난 누님과 결혼할 생각까지……."

"빈말이라도 그런 말은 말아요! 난 거기보다 나이도 많은 데다가 미선이도 있고, 게다가 동생은 아직 총각이구……."

"미선이도 내가 책임지면 되잖수!"

"어떻게?"

"대학까지 공부시켜 주겠수."

"고맙긴 하지만, 아무리 그렇더라도 나더러 결혼하잔 말은……."

"누님!"

그가 달아오른 소리를 냈다.

"이러면 안 돼, 동생!"

엄마가 거세게 말했다.

"결혼하자니까!"

"다음날, 차분히……."

"누님!"

"이러면 소리칠 테야."

"쳐봐요. 누가 겁낼 줄 아슈?"

그러고는 말이 그쳤다. 몸싸움을 하는지, 한동안 밀거니 당기거니 하는 소리만 들려왔다.

나는 그 자리에 선 채 꼼짝할 수가 없었다. 그리로 가볼까, 생각이 들었다. 그럴 용기가 없었다. 인기척이라도 내볼까, 그러나 끝내 그러지도 못했다. 오히려 주춤주춤 발소리를 죽여가며 내 방으로 뒷걸음을 치고 있었다.

내가 나의 방으로 막 들어섰을 때다. 갑자기 엄마의 방문의 확 열리더니, 밖으로 나온 택환이 '쾅' 소리가 나게 방문을 닫고는 자기의 방으로 휭 가버렸다. 그는 잔뜩 성이 나 있었다.

나는 방문을 안에서 잠갔다. 전기 스탠드를 얼른 끄고, 어두운 방에 멍하게 앉아 있었다. 차츰 가슴속이 일렁거렸다. 무엇인가 몹시 분했다. 그리고 자꾸만 서러웠다. 그러나 왠지 눈물은 한 방울도 나오지 않았다. 그랬었구나! 그는 진작부터 엄마에게 잔뜩 눈독을 들여오고 있다가, 곤경에 처한 우리를 자기 집으로 이사를 오게 했다. 알고 보니, 그것은 나름대로 다 꿍꿍이속이 있어서였다. 그런 줄도 모르고, 엄마와 나는…….

다음날부터 나는 어쩔 수 없이 엄마와 택환 사이를 눈여겨보기 시작했다. 어색한 나날이 계속되었다. 며칠쯤 지나서 어쩌다가 단둘이 있게 되자, 엄마가 웃음을 보이며 넌지시 내게 말을 걸었다.

"미선아, 나하고 얘기 좀 하자."

"……."

"택환 아저씨가 나한테 사죄를 했단다! 전에, 우리집을 찾아온 내 친구 때문에 술병을 벽에 던지며 소란을 피운 것이랑……."

나는 잠자코 있었다. 그러나 나는 알고 있다, 택환이 사죄를 한 것은 진심에서가 아니라 엄마의 환심을 사기 위한 술책이라는 것을.

"우리, 어디로 이사를 가요. 엄마!"

나의 엉뚱한 말에, 엄마는 당황해하며,

"이사를……?"

나를 똑바로 바라보았다.

"그래요!"

"갑자기 그건 무슨 말이지?"

"딴 곳으로 이사를 가자니까!"

"당장 그럴 형편이……."

내 표정을 한동안 살피던 엄마는 무엇인가 낌새를 느꼈는지 갑자기 얼굴이 어두워졌다.

"넌 무엇을 눈치챈 모양인데……."

"……."

"변명 같지만, 나로서는……. 어쨌거나 택환 아저씨는 내게 약속을 했어!"

"무엇을요?"

"너를 대학까지 공부를 시켜주겠다고 말야!"

"그걸 믿어요, 엄마는?"

"알고 보면, 택환 아저씨도 그리 나쁜 사람은 아냐. 사람이 좀 우왁스럽기는 하지만…… 사람은 배워야 해! 그렇지 않으면……."

엄마는 택환이 결혼하자고 했던 말을, 또 그걸 조건으로 나를 대학까지 공부시켜 주겠다는 말은 하지 않았다. 그런 말은 차마 입 밖에 내기가 부끄러웠던 모양이었다. 그나저나 엄마는 그의 말을 믿는 것 같았다. 바보처럼 말이다.

"난 내 힘으로 공부할 테야!"

그러자 엄마는 슬픈 얼굴이 되더니,

"그게 어디 쉬운 일이니!"

한숨을 내쉬고는 혼잣말처럼 중얼거렸다.

"대학까지 공부하려면, 한두 푼이 드는 게 아닌데……."

차츰 나는 집에 들어오기가 싫어졌다. 집에 있고 싶지가 않았다. 공연히 밖에서 방황할 때가 많았다. 그러다가 집에 늦게 들어갈 때도 많았다. 그런 나를 어느 날, 택환이 트집을 잡았다. 어디를 쏘다니다 왔느냐, 어떤 못된 녀석과 어울리는 건 아니냐, 그 녀석이 누군지 솔직히 대라고 추궁을 했다. 나는 억울했다. 사귀고 있는 남자친구가 없다고 말하자, 그는 믿으려고 하지 않았다. 요즘에는 초등학생 꼬마들도 벌써부터 러브 레터를 주고받는 세상인데 네가 없다니, 너를 좇아다니는 놈이 틀림없이 있을 거라면서, 만약에 자기 허락없이 남자친구를 가졌다가는 혼날 줄 알라고 으르렁거렸다. 마치 나의 의부나 되듯 행세를 했다.

반항하기로 했다. 다음날은 짐짓 늦게 들어갔다. 아니나다를까, 택환이 화가 잔뜩 난 얼굴로 나를 기다리고 있다가 다짜고짜로 내 뺨을 모질게 때렸다. 지금이 몇 신데 이제야 들어오느냐, 일찍 들어오란 나의 말을 도대체 뭘로 아느냐고 소리쳤다. 잠자코 있었다. 대꾸하고 싶지가 않았다. 그랬더니, 알고 보니 이게 보통 독종이 아니라면서 그는 나를 자기 방으로 끌고 들어갔다. 그리고 방문을 안으로 걸어 잠그더니 따끔한 맛을 보여주겠다면서 그때부터 손바닥으로 이쪽 저쪽 나의 뺨을, 주먹으로 등을 사정없이 패기 시작했다.

방문 밖에서 엄마가 어서 문을 열라고 소리를 질렀다. 그러나 그는 방문을 열어주지 않았다. 엄마가 잠긴 방문을 쾅쾅 주먹으로 두

드리며 애원했지만, 그는 들은 척도 않았다. 한참을 맞다가 나는 그만 축 늘어졌다. 그러자 그는 옷을 꺼내 입더니 방에서 나갔고, 곧 외출해버렸다.

방 안으로 달려들어온 엄마가 축 늘어져 있는 나를 안아 일으키면서 울먹거리며 말했다.

"집에 일찍 들어왔으면, 이런 일이 일어나지 않았잖니!"

"……."

"다음날부터는 집에 일찍……."

나는 이번에도 대꾸하지 않았다. 이젠 엄마도 미웠다. 그의 폭력은 정당했고, 그쪽을 역성 들어주는 것처럼 들렸다.

"미선아!"

"……."

"나도 이 집에서 나가 살고 싶은 때가 한두 번이 아니었어. 하지만 그때마다 그럴 형편이……그러니까 그리 알구, 형편이 될 때까지만이라도 기다려 줘. 아무 소리 말구. 알겠니?"

엄마는 나를 달랬다. 내 귀에는 애원하듯 들렸다. 갑자기 엄마가 불쌍해 보였다. 그런 엄마에게 어떤 말도 할 수가 없었다.

그날 밤에, 택환은 집에 들어오지 않았다.

다음날 아침이 되자, 택환에게 매를 맞은 두 뺨이 부은 듯싶고 온몸이 가눌 수 없을 만큼 여기저기 결리며 아팠지만, 이를 아는 엄마는 오늘만이라도 학교에 결석을 하고 집에서 쉬라고 자꾸 말렸지만, 그러나 나는 이를 악물고 집을 나섰다. 그리고 학교에 가서는 애써 감추며 아픈 표정을 터럭만큼도 보이지 않았다. 그건 여간 힘든 일이 아니었다. 그런데도 나는 이를 참고 해냈다. 내가 생각해

봐도, 나의 마음 어느 구석에 그런 악지가 숨어 있었는지 모를 정도였다. 새삼스레 그런 나를 발견하고는 스스로 놀랐고, 한편으로는 그런 내가 대견스럽기도 했다.

다음날도 택환은 집에 들어오지 않았다. 전화도 없었다. 회사에도 나가지 않은 듯 오히려 미스 리로부터 사장님을 찾는 전화가 집으로 걸려왔으며, 무슨 연락이 오면 회사로 전화를 해달라는 부탁까지 했다.

택환이 없는 동안, 엄마는 전에 없이 외출을 했다. 어디를 좀 다녀오겠다고만 내게 말했다. 그곳을 가르쳐주지 않았다. 혹시 저녁에 늦을는지도 모르니, 네가 밥을 챙겨먹으라고 일렀다.

엄마가 돌아온 시각은 내가 저녁밥을 먹고 난 뒤였다. 그런 엄마의 모습은 몹시 피곤해 보였다. 그리고 우울한 표정이었다.

"어디를 다녀왔어, 엄마?"

"어디를 좀……."

"어딘데?"

"하도 답답해서 그냥 바람 좀 쏘이고 왔어".

"그런 것같지 않은데?"

한 번 물으면 끝까지 물고늘어지는 나의 성격을 잘 알고 있는 엄마는 어설픈 웃음을 보이며 대꾸했다.

"누구를 좀 만나러 갔었어."

"누구?"

"이제야 얘기지만……."

엄마의 얘기로는 부모님은 일찍 돌아가셨고, 오빠도 죽고, 작은언니는 브라질로 이민을 갔고, 큰언니는 서울로 올라와 살고 있다고 했다. 그 큰언니한테 얹혀서 살던 엄마는, 큰언니가 중매를 든 남자를 마다하고 한 동안 다니던 봉제공장에서 사귀게 된 나의 아빠하고 끝내 결혼을 했다고 했다. 그러자 크게 배신감을 느낀 큰언니는 엄마를 보지 않겠다고 했고, 그때부터 서로는 의리를 끊다시피 여지껏 지내왔다는 것이다. 그런 큰언니를 엄마는 오늘 만나고 온 것이다.

"왜 만났어?"

"하도 답답해서……."

"혹시, 엄만 그 이모한테 돈을 꾸어볼까 해서…… 아냐?"

내 머릿속에 퍼뜩 집혀지는 게 있었다. 그래서 내가 그렇게 물어보자, 엄마는,

"눈치는."

어이없다는 듯 웃어대며 고개를 끄덕거렸다.

"네 말이 맞아."

"그래서 어찌 됐는데?"

"듣고 보니, 언니댁도 요즘 말이 아니더구나. 아이들은 크고, 돈 들어갈 데는 많은데, 형부가 사업을 하다가 실패를 해서……."

"아직도 이모는 엄마를 미워해?"

"아아니, 그렇지 않았어! 언니도 그새 많이 늙으셨더라. 그런 언니를 보니까 어찌나 눈물이 나오던지……."

"그래서 울었어?"

"이래저래 언니를 붙잡고 실컷 울었어."

"이모도 울었어?"

"응."

"나도 이모를 한 번 만나봤으면 좋겠다!"

"이담에 우리가 방을 얻어 안정이 되면……."

"이모도 우리가 여기서 이렇게 살고 있는 줄 아셔?"

"자세히 얘기는 안 했지만, 내가 대충은…… 전화번호를 일러주고 가라고 하셔서, 그렇게 했다."

오죽 답답했으면 엄마는 오랫동안 의리를 끊다시피 살아온 언니를 만나러 갔었을까. 아마 돈을 꾸어볼 수 있을까 해서였을 것이다. 돈이 마련되면, 나를 데리고 이 집에서 나갈 생각을 했던 엄마, 더는 내가 택환에게 매를 맞는 꼴을 볼 수가 없었던 엄마…….

그날 밤에도 택환은 집에 들어오지 않았다. 회사에는 그가 연락을 했는지 그쪽에서는 집으로 전화가 걸려오지 않았다. 어쨌거나 그가 이처럼 여러 날씩 집에 들어오지 않는 때는 전에도 많았었지만, 이번에는 경우가 좀 다르다 싶어서인지 엄마는 은근히 걱정이 되는 눈치였다.

그러나 나는 달랐다. 나를 그토록 때린 그는 지금 후회를 하고 있으리라. 마음이 편치 않을 것이다. 저도 사람이니까. 그래서 내 얼굴을 보기가 미안해서 집에 들어오지를 못하고 있는 것이라고 나는 나름대로 생각하고 있었다. 야릇하게도, 나는 이번 기회를 통해 그에게 승리를 한 듯한 기분이 들었다. 나는 심하게 매를 맞았지만, 그가 내게 죄책감을 느끼는 만큼 나는 거꾸로 통쾌감을 느끼고 있기 때문이다. 내가 용서를 해주지 않는 한 그는 내게 쩔쩔맬 것만 같았다. 그가 집에 들어와서 내게 빌면, 용서를 해줄까, 말까? 아니, 쉽게 용서를 해주면 안 돼! 그건 그렇고, 그가 영영 집에 들어오지 말았으면 바랐다. 이대로 엄마랑 단둘이서만 살았으면 얼마나 좋을까. 문득 행복이란 큰 것에서 오는 게 아니라는 생각이 들었다. 좋아하는 사람과 단둘이 살 수만 있다면…… 지금의 엄마와 나처럼 말이다.

다음날 오후였다.

학교 수업을 모두 끝낸 내가 몇 명의 급우들과 어울리며 막 교문 앞에 다다른 때였다. 수위실 문이 비긋이 열리며 누군가 밖으로 나섰다. 얼핏 보자, 나는 깜짝 놀랐다. 그는 다름 아닌 택환이었기 때문이다. 며칠씩 집에도 들어오지 않던 그가 왜 이곳에 나타났을까. 언제 이곳에 왔는지는 몰라도 내가 수업을 마칠 때까지 그는 수위실에 들어앉아서 나를 기다리고 있었던 게 틀림없었다.

싱긋이 웃어가며 내게 손을 흔들어 보인 그는 큰소리로,

"가자!"

그러면서 가까이 서 있는 수위 아저씨에게 목례를 해보인 후 앞장을 서서 교문을 나갔다.

"누구니?"

한 친구에 이어,

"너네 집 기사니?"

다른 친구가 택환의 뒷모습을 지켜보며 우리집의 운전기사냐고 물어봤다. 내가 어물거리자, 그 애들은 대수롭지 않은 듯 먼저 가버렸다.

할 수 없었다. 그의 뒤를 말없이 따라갔다. 학교 담장 가까이 그의 차가 멎어 있었다. 이미 그는 운전석에 앉아서 기다리다가, 나를 앞자리에 타라고 손가락으로 지시를 했다.

나는 주저하지 않았다. 애써 당당한 모습을 보이기로 했다. 그의

뜻하지 않은 출현에 놀라워 하는 눈치를 보이면 그건 내가 지는 것이라고 여겨졌다. 그의 옆자리로 오른 나는 입술을 지긋이 깨물며 다시 한 번 마음을 단단히 먹었다. 그가 용서를 빌어도 그의 사죄를 호락호락 받아주지 않기로 굳게 마음을 다졌다.

운전석에 앉은 채 그가 말했다.

"며칠 동안 내가 집에 들어가지 않았던 것은 그럴 이유가 있었다. 사업상 이런저런 이유로……."

"……."

"내가 너를 그렇듯 때린 이유를 너는 아직 모를 거야. 미워서 그런 게 아니라 그만큼 너를 아끼기 때문에…… 사랑하고 있다는 증거라구. 알아?"

그가 차를 비로소 앞으로 내몰며 말을 이었다.

"난 누님에게 약속했다. 너를 대학까지 졸업시키겠다고 말야. 가만있자아, 그러면 내 나이가 그때 몇 살이 되나? 핫핫하."

"……."

"넌 잊어버렸는지 모르지만, 난 아직도 생생한 걸. 난 너를 좋아했고, 너도 나를 좋아했지. 그래서 그때, 우리는 가겟방에서…… 핫핫하. 아까 보니까, 넌 친구들을 많이 사귄 것 같더군. 그 애들은 이렇게 찾아온 내가 누군지 퍽 궁금했을 거야. 언제 한 번 내가 네 친구들을 초대하지. 그리고 멋지게 한턱 낼 테다. 내일이라도 당장…… 어떠냐?"

"……."

"그 자리에서, 네 친구들한테 우리가 어떤 사이인 줄을 솔직히 말해버리는 게 좋을까, 아니면 좀 더 있다가 말하는 게 좋을까?"

계속 차를 운전하면서 그는 힐끔 내게로 곁눈질을 했다. 나의 반응을 살피는 것 같았다.

나는 앞 유리창 밖을 똑바로 지켜보며 아무 말도 하지 않았다. 온몸이 써늘해짐을 느꼈다. 그가 집에 들어오지 않았던 며칠 동안, 내가 생각했던 것과 지금까지의 그의 말은 너무나도 거리가 멀었기 때문이다.

나를 때린 것이 미안해서, 그가 집에 들어오지 못하는 줄로만 알았었다. 그런데 그는 사업상 그랬던 것이라고 엉뚱하게 말했다. 나를 때린 이유는 미워서가 아니라고 말했다. 사과하는 척, 그러나 그건 나를 아끼고 사랑했기 때문이라고 그럴 듯하게 변명을 했다. 내가 대학을 졸업할 때, 그는 자기의 나이를 생각했다. 얼핏 대수롭지 않게 넘길 수도 있지만, 그러나 내게는 그가 나를 그때까지 포기하지 않고 기다리겠다는 뜻으로 들렸다. 더구나 그는 먼젓번 동네의 가겟방에서 있었던 일을 들먹거렸다. 다시는 떠올리고 싶지가 않은, 내게는 아직도 잊혀지지가 않는 그 부끄러웠던 일을 그는 아직도 잊지 않고 있다고 말했다. 그러면서 내 친구들을 초대한 자리에서 그런 사실을 말하는 게 어떠냐고 내 의견을 물었다. 그건 의견을 묻는 게 아니라 협박이었다. 만약에 네가 내 비위를 거스르면, 그때는 네 친구들에게 나의 과거를 소문내겠다는…….

사람이 어쩌면 저럴 수가 있을까! 나는 다시금 소름이 오싹 돋았다. 그는 나를 잊은 줄 알았더니, 포기하지 않고 있었다. 포기는커녕 어떤 계획을 나름대로 가지고 있었다. 그렇다면 엄마는 그에게 무엇일까. 엄마는 그가 나에게로 오는 징검다리인 셈이었다. 나는 그의 교활함에 다시 한 번 몸이 떨렸다.

'잔인한 사람!'

그가 소문을 낼 경우, 나는 끝장이었다. 내가 알기로, 그는 그러고도 남을 사람이었다. 어쩌구저쩌구 더 과장해서 말할는지도 모를 사람이었다. 그럴 경우, 창피스러워서 더는 학교에 다닐 수가 없다. 또한 그럴 경우, 엄마는 얼마나 실망스러워 할까. 알고 보니 믿었던 딸이 엄마 몰래 택환이와 좋았든 싫었든 그런 짓을 저질렀을 줄이야. 그런 딸인 줄도 모르고 여지껏 고생하며 키우고, 나아가 자신을 희생시켜 온 것을 얼마나 후회할까.

아아, 안 될 말이었다! 그러면 안 되었다. 택환이 소문을 내면 안 된다. 그러기 전에, 무엇이든 그가 시키는 대로 고분고분 따르면 따랐지, 소문만은 절대로…… 그가 핸들을 꺾으며 방향을 바꾸자, 나는 화들짝 놀랐다. 갑자기 그가 마음을 바꿔 학교로 되돌아가려는 걸로 착각을 한 때문이었다. 단순히 길을 고쳐 잡기 위해 핸들을 꺾었다는 것을 알았으면서도, 그러나 나는 불안했다. 초조했다. 괜히 그랬다. 그 당시로 되돌아간 것이다. 그동안 나는 신체적으로나 정신적으로 부쩍 성장해 있었다. 그러나 지금 내 정신은 성장을 멈추고 뒷걸음을 치고 있었다. 어느덧 그 당시로 되돌아가버린 것이다.

우리 아파트로 들어가는 진입로 가까이에서 차를 세운 택환이 말했다.

"한 가지 약속을 하겠다. 앞으로는 절대로 네게 손찌검을 하지 않기로 말이다, 이제는 숙녀 대접을 해드리겠다, 이거다. 그러나 명심해둘 것은, 내가 그런다고 네 멋대로 하라는 뜻은 아니란 점을 알아두라구!"

"……."

"난 볼일이 있어서, 이따가 밤에 집에 들어갈 테니까 먼저 들어가라구. 그리고, 우리가 이렇게 만났다는 사실을 엄마한테 말하지 말라구. 나도 말하지 않을 테니까. 내 말 알았지?"

나를 내려준 그는 차를 몰고 어디론가 휭 가버렸다.

## 미워하는 만큼 마음도 괴롭다

이후로 택환은 내게 더는 손찌검을 하지 않았다. 자기딴엔 약속을 지키려고 마음을 먹은 듯싶었다. 어쩌면 손찌검이 이익보다는 손해를 가져올 것이라고 생각했는지도 모를 일이었다.

그는 회사일에 몰두하는 눈치였다. 그러나 회사가 잘되는 것 같지가 않았다. 엄마에게 내주는 생활비도 줄어들었고, 내게 다달이 주곤 하던 용돈도 진작부터 절반으로 줄었던 것이 요즘에는 삼분의 일로 깎여버렸다. 여름방학도 흐지부지 넘어갔고, 이학기가 시작되고 가을이 깊어가는데도 그의 회사 형편은 갈수록 힘들어 보였다.

그러거나 말거나, 그가 회사일에 몰두할수록 나는 그만큼 편했다. 엄마도 모르는 나에 대한 그의 '보이지 않는 눈길'로부터 그만큼 해방이 될 수 있었기 때문이다. 그렇다고 해서 내가 내 멋대로 살았다는 것은 아니다. 내 머릿속에는 이미 그의 그 보이지 않는 눈길이 새겨져 있었다. 항시 나를 감시하고 있었다. 때로는 자유롭다고 생각이 들 때도 있었다. 그러나 자신도 모르는 사이에 이미 그를 의식하고 있는 내 자신을 발견하고는 문득문득 몸을 오싹거릴 때가 한두 번이 아니었다.

그런 줄도 모르고 엄마는, 어느 틈에 나이에 비해 신체 구석구석이 이제는 완연한 여자로 성장해 있는 나를 새삼스레 발견하고는, 요즘 들어 내게 이것저것에 대해서 나름대로 당부하는 것을 잊지 않았다.

"너, 혹시 남자친구는 없니?"

"엄마는 내게 그런 친구가 있다고 봐?"

"아직 없는 거 같더라만……."

"없어. 사귈 틈도 없었구, 또 그러고 싶지도 않았구."

"그러고 싶지가 않아?"

"내 또래들이 내 눈엔 어린애들처럼 보이니까……."

"여자는 결혼하기 전까지 몸을 깨끗이 간직해야 한다."

"몸보다는 마음이 더 중요해."

짐짓 내가 어기대자, 엄마도 지지 않았다.

"모르는 소리 그만 해라."

"남자들은 멋대로 하면서, 왜 여자들만 그래야 하지?"

"남자하고 여자하고는 입장이 다르단다."

"뭐가 다르다는 거야?"

"남자들은 아무리 바람을 피워도 흔적이 없지만, 여자들은 흔적이 남는다는 걸 알아야지."

"……."

"그뿐이냐. 결혼 전에 실컷 바람을 피운 남자들도, 첫날밤에 신부가 깨끗하지 않다는 걸 알았을 때는 크게 실망을 한단다. 그걸 알아야 해!"

"실망하라지."

"얘는 못하는 소리가 없네!"

"그건 엄마 세대에나 있었던 얘기라구요."

"그렇지 않아! 사랑하는 사람과 결혼을 했을 때, 여자가 깨끗하지 못함을 알고 남자가 기분 나빠한다거나 고민을 할 경우, 그건 큰 불행이야! 그리고 그건 아무리 시대가 변했더라도 마찬가지야. 옛날이나 지금이나, 동양이나 서양이나 마찬가지라구. 알겠니?"

"……."

"그래서 택환 아저씨도 너를 걱정하는 거야. 혹시 네가 어쩌다가 잘못해 실수나 저지르지 않을까 염려스러워서…… 하도 험악한 세상이다 보니, 나만 조심하면 뭘 하니. 언제, 어디서, 어떤 일이 일어날는지 모르니까……."

"그만 해요!"

나는 엄마의 말을 거기서 잘랐다. 더는 듣고 싶지가 않아서였다.

엄마는 나의 신체적 성장 못잖게 정신적인 성장도 이제는 인정을 하고 있었다. 하루종일 집 안에 갇혀 지내는 엄마는 그만큼 심심하고 외롭다. 말벗이 필요했다. 하기에 내가 학교에서 돌아오면 그나마 말벗이 생겨 반가워했다. 그런데 요즘 들어 엄마는 전에는 꺼리던 말까지도 감추지 않고 먼저 꺼내는 것이었다. 이는 믿고 의지할 만큼, 그만큼 내가 어른스럽게 성장함으로써 마음속을 터놓고 의논할 상대가 되었다고 믿는 증거였다.

하루는 엄마가 내게 말했다.

"그동안 집 안에는 네가 모르고 있는 일들이 있었단다. 네가 학교에 가 있는 동안에 말야."

"무슨 일인데?"

"전에도 택환 어머니는 이쪽으로 전화를 자주 하곤 했었는데, 며칠 전에는 직접 찾아왔지 뭐니."

"혼자서?"

"그래."

"해구 영감은?"

"그분은 오지 않았다."

"택환 엄마가 왜 왔는데?"

"택환 아저씨에 대해서 걱정이 많더라."

"무슨 말을?"

나는 촉각을 곤두세울 수밖에 없었다. 택환이란 말만 나와도 혹시 나하고 관련된 일이 드러나지나 않을까 염려부터 앞섰기 때문이다.

"그동안 회사를 한답시고 집에서 돈을 엄청나게 끌어다가 썼다는구나. 그런데 제가 무슨 재주가 있어서 회사를 끌어가겠느냐, 알고 보니 누구와 동업을 했는데, 글쎄 그 사람이 야금야금 회사 돈을 딴데로 빼돌리는 걸 택환 아저씨는 까맣게 몰랐다는구나."

"동업자라는 사람한테 홀딱 속았구나."

"속아도 한두 푼 속았어야 말이지."

"그래서?"

"회사는 결국 망했대. 그러자 얼마 전에 찾아오더니 다시 회사를 차리겠다며 돈을 또 대달라고 자기 아버지에게 조르더라는 거야. 워낙 성격이 지랄같고 거친 놈이라서 거절을 하면 무슨 행패를 부릴는지 몰라 제 아버지는 완전히 분가를 시키는 셈치고, 작은아들에게 돌아갈 몫을 미리 주는 셈으로 할 수 없이……. 하지만, 이번에도 실패를 하면, 그땐 다시는 돈을 대주지 않겠다는 약속을 단단히 받은 다음에, 또…… 그러니 이번이야 말로 마지막이라면서 나더러 글쎄, 택환이 놈이 회사를 잘하고 있는지, 누구한테 또 속고 있는지, 한눈을 파는 데는 없는지 잘 좀 감시를 해달라는 거였어. 만약에 이번에도 그 녀석이 실패를 하면, 부자간에 의리가 끊길는지도 모른다면서 말야."

"엄마가 무얼 안다고?"

"글쎄 말이다. 나야말로 그분들이나 다를 게 뭐냐. 그런 데에는 아주 까막눈인 걸. 그분이 그걸 모를 리가 있니. 하지만 하도 답답하니까 내게 그런 소리까지 한 것일 테지. 안 그래?"

"도대체 무얼 하는 회사지?"

"바로 그점이 궁금하다는 거야. 택환 아버지나 어머니도 그걸 자세하게 잘 모르고 있더구나. 물어보면 그때마다 무슨 무역회사라고만 말하며 얼렁뚱땅 넘어간다는 거야."

"무역회사?"

"그래."

"무얼 취급하는데?"

"낸들 아니. 자기네 식구들도 자세히 모르고 있는데, 더구나 우리가 그걸 어찌……."

"무역회사는 유식해야 한댔어."

"그러니까 문제라구. 택환 아저씨가 무얼 얼마나 안다구……. 그러다 보니 남한테 속기나 하구…… 이건 내 짐작인데, 택환 어머니에게도 아직 얘기를 하지 않고 있는 건데……."

"무슨 말인데?"

"요즘들어 부쩍 택환 아저씨는 전에 감방 안에서 사귄 사람들하고도 어울리는 것 같더라."

"엄마가 그걸 어찌 알았어?"

"그동안 택환 아저씨한테 걸려온 전화랑 요즘 택환 아저씨가 그쪽과 통화하는 내용을 꿰맞춰 보면……."

"그들과 무슨 사업을 벌인 걸까?"

"모르지, 그건."

이어 엄마가 내게 말했다.

"행여라도 이런 말 누구한테 하면 안 돼! 알겠지?"

"엄마나 조심해."

그러면서 내가 엄마의 표정을 살피며,

"그분이 그런 말하려고 찾아왔어?"

물어보자, 엄마가 조금 주저하다가 말했다.

"아니, 다른 말을 더……."

"무슨 말인데?"

"나이도 그렇고, 이제는 더 늦기 전에 택환이를 결혼시켜야 한댔어. 그래야 마음의 안정을 찾고 정신을 차린다나. 그런데 놈이 좀처럼 말을 듣지 않는다는 거야. 그동안 여러 번이나 마땅한 색시를 대며 중매를 서려고 해도 놈이 마다했다는 거야. 그러자 이 녀석이 달리 점찍어 놓은 여자가 있어서 그런 게 아닌가 싶어, 혹시나 해서

겸사겸사 온 것이라고 했어."

"……."

점찍어 놓은 여자라는 말에 나는 순간 몸이 얼어붙는 것 같았다. 택환 어머니가 무엇을 눈치채고 짐짓 떠보기 위해 찾아온 것만 같았기 때문이다.

"그래서?"

"이 노인네가 혹시 나를 두고 하는 소리가 아닌가 싶더구나."

"엄마를? …… 그래서?"

"아니나다를까, 전에도 저쪽 동네에 살 적부터 택환이 놈은 미선 엄마를 자주 입에 올리며 좋아하는 눈치를 보였었는데, 그러다가 이렇게 한집에 모여 살고 있는데, 혹시나 해서 물어보는 것이니 솔직하게 대답해 달라는 거였어."

나는 한숨을 크게 내쉬었다. 그러고 보면, 택환 어머니는 나를 겨냥하고 찾아온 것이 아니었기 때문이다. 일단 숨을 돌린 내가 물어봤다.

"그래서 엄마는 뭐라고……?"

"잘됐다 싶더구나. 그래서 솔직하게 말해 줬다. 나는 택환이보다 나이도 더 먹고, 내게는 미선이도 있고…… 백에 하나, 그런 마음을 먹어본 적이 없다고 말야."

"그랬더니 그분이 뭐라고 하셔?"

"그렇게 마음먹고 있었다니, 고맙다고 말하더구나. 총각의 앞길을 막아서야 되겠느냐고. 택환이가 혹시 결혼하잔 말을 꺼내더라도 잘 타일러서 거절을 하고, 그리고 녀석이 곧 결혼을 하도록 곁에서 도와달라고…… 나를 믿겠다면서 댁으로 돌아가셨다."

엄마의 말을 듣고 나자, 나는 기분이 착잡해졌다. 야릇한 기분이 들었다. 택환은 왜 결혼을 마다하고 있을까. 참말로 나를 점찍어 놓고 있는 것이 아닐까. 내가 참말로 좋아서일까. 그렇다면…… 내가 참말로 좋아서 일을 저질러놓고, 그 책임을 지키기 위해서 기다리는 것이라면 얘기가 조금 달라질 수도 있다. 물론 나는 이담에 커서 차라리 혼자 살았으면 살았지 그와 결혼할 생각은 터럭만큼도 없다. 그동안 내가 당한 이런저런 고통을 생각하면, 그런 야비하고 잔인한 인간과 어떻게 같이 살 수 있겠는가. 그러나 앞서 그는 그런 사람이 아니다. 그런 사람이 엄마더러 누님 누님해 가며 결혼을 하자면서 엄마를 괴롭혔던……. 앞으로 그는 어쩌면 자기 어머니의 청을 받아들여 다른 여자와 결혼을 할는지도 모른다. 그렇게 된다면 엄마와 나는 무엇인가. 그가 결혼하기 전까지, 우리는 그의 한때의 노리개에 불과했다. 그의 손을 거쳐간 많은 여자들 중의 일부인 것이다. 그렇듯 그는 지옥에서도 받아들이기를 마다할 것만 같은 나쁜 인간이었다.

엄마의 기분은 어떨까 싶어, 힐끔 눈치를 보며 내가 물어봤다.

"엄마는 택환 어머니의 말에, 아무런 느낌이 없었어?"

"홀가분했다."

"응?"

"그렇잖아도 그동안 택환 어머니에게 큰 죄를 짓고 있는 기분이었어. 이건 서로가 자식을 가진 어머니의 입장에서는 그래. 그러다가 택환 어머니와 만나 이런저런 말을 하고 나니까, 큰 짐을 벗은 듯이 아주 홀가분한 느낌이야. 그분의 말씀은 옳았어. 남자건 여자건 나이가 들면 결혼을 하는 게 이치인 거야. 그래야 마음의 안정을 찾는 거야."

"엄마는 그가 결혼하기를 바래?"

"그분에게 약속한 대로, 이제부터는 적극 권하려고 한다."

"그가 밉지 않아?"

"밉기는."

"그동안 우리에게 그렇게 못되게 굴었는데도?"

"사람을 미워하면 끝이 없어."

엄마가 이어 말했다.

"물론 그가 밉지 않은 건 아냐. 네 말대로, 그가 우리에게 한 짓들은 너무했다 싶을 정도로…… 그래서 밉기도 해. 나도 사람이니까. 하지만 난 그를 용서하기로 했단다."

"그런 그를 용서해 준다구?"

"그래야 마음이 편해. 남을 미워하면 그럴수록 내 마음도 그만큼 괴로운 법이야. 내가 괴롭지 않기 위해서라도, 남을 미워하면 안 돼. 알겠니?"

"……."

어쩜 엄마는 저럴 수가 있을까. 그에게 그렇게 갖은 모욕을 당하며 살았으면서도, 그런 그를 용서한다니 말이다. 그게 나의 엄마였다. 나의 엄마는 그런 여자였다.

사람은 고민을 하고 나면 그만큼 성장을 하는가 보다. 마음의 고통이 크면 클수록 그만큼 성숙하는 것 같다. 나의 신체는 하루가 다르게 여물어갔고, 못잖게 어른스러워졌다. 내 또래들이 점점 더 코흘리개 어린애들처럼 보였다. 내가 그 애들보다 키며 몸집이 더 커서가 아니라 생각하는 깊이에서 차이가 나기 때문이다. 그 애들은 나처럼 정신적으로 짙은 고통을 모르고 자라왔고, 지금도 그러하기 때문일 것이다.

새해가 되고, 겨울방학이 중간쯤 지나간 어느 날 오후였다.

엄마와 내가 집에 있는데, 어떤 여자가 찾아왔다. 스물댓 살쯤 들어보이는, 키는 좀 작았지만, 콧날이 오뚝한 게 아주 야물고 반반하게 생긴 여자였다. 대뜸 택환을 찾았다. 그러나 그는 지금 집에 없었다.

전혀 엉뚱한 사람이 아니었기에, 엄마가 그 여자를 거실로 들어오게 했다. 소파에 앉은 그 여자는 엄마에게 다시금 물어봤다.

"택환 씨는 집에 없나요?"

"아침에 회사에 나간다고 했는데……."

"그는 지금 회사에도 없어요. 그러자 혹시나 집에 들어가 있나 해서 이렇게……."

"미리 전화를 걸어보구 오지 않구서……."

"전화를 했다가는…… 이렇게 해야만 그를 만날 수 있어요!"

"그나저나 댁은 누구시우? 택환 씨와 어떤……."

엄마의 물음에, 그 여자는 잠깐 무슨 생각을 하는 눈치더니, 이내 오금부터 박았다.

"난 택환 씨랑 결혼할 여자예요!"

"응?"

"진작에 결혼을 약속한 사이라구요."

"그래요?"

놀란 눈으로 엄마가 이어 물어봤다.

"언제 결혼을……?"

"아직 날짜는 잡히지 않았지만, 그 문제 때문에 요즘 택환 씨랑…… 그러니 그런 줄 아시고……."

"축하해요!"

그러면서 엄마가 그 여자에게 넌지시 말했다.

"그런데 왜 그런 말을 나한테 하나요?"

"혹시나 해서요. 그러니 그렇게 아시고나 있으시라는 뜻으로……."

택환의 주위에 여자들이 여러 명이나 있다는 걸 진작부터 우리도 알고 있었다. 어떤 여자들인지는 잘 모르겠으나, 어쨌든 여자들로부터 이따금씩 전화가 걸려왔었기 때문이다. 그러고 보면, 그런 여자들 중의 한 명이 이렇듯 집까지 찾아온 것에 불과했지만, 집으로 직접 찾아온 여자는 처음이고 보니 엄마와 나는 야릇한 홍미와 관심을 가질 수밖에 없었다.

그날 밤에, 엄마는 택환에게 아까 집으로 찾아왔던 여자에 대해서 말해 주었다. 그러자 처음에는 조금 얼굴을 찌푸리던 그가 이내 대수롭지 않다는 듯이 시부렁거렸다.

"아무것도 아니예요, 누님. 전에 우리 회사에 근무하던 여사원인데, 내가 데리고 있는 동안 자기로서는 나한테 정이 들었던 모양입니다. 핫핫하. 그러니 그런 줄 아시고……."

"결혼을 약속한 사이라던데?"

"천만에요! 그런 적 없습니다."

"곧 결혼할 거라던데?"

"웃기고 있네. 내가 언제 저랑……."

"결혼이 얼마나 중요한 건데, 그 여자가 없는 말을 했을라구."

"글쎄, 아무것도 아니라니까요."

그는 짐짓 시큰둥한 표정을 지으며 자리를 피해버렸다.

그런 지 며칠 후에 그 여자가 엄마에게 전화를 걸어왔다. 그러면서 아주 솔직하게 이야기를 하더라는 것이다. 자기는 전에 택환 씨 회사에서 근무하던 여사원인데, 그 사람과 눈이 맞아 정을 통했다. 임신까지 했다. 그러나 그가 낙태를 권해 할 수 없이 시키는 대로 했다. 그후로도 두 사람은 자주 만났다. 조심을 했지만, 이번에 두 번째로 임신을 했다. 또 낙태를 하고 싶지 않았다. 그는 아직 그런 사실을 모르고 있다. 그가 알면, 그는 이번에도 이런저런 이유를 들어가며 또 낙태를 고집할 것 같아서 아직 이야기를 하지 않고 있다. 그런데 눈치를 챘는지, 어쨌거나 그는 어느 때부터인가 잘 만나주지도 않았고, 회사로 수차 전화를 걸어봐도 경리 아가씨가 그때마다 핑계를 대가며 연결을 시켜주지 않는다는 것이다. 그래서 며칠 전에는 아파트로 그렇듯 직접 찾아간 것이었다고.

그 여자는 이제는 밤에 집으로도 자주 전화를 걸어왔다. 피하는 것만이 능사가 아니라는 것을 알았는지, 택환도 이제는 전화를 피하지 않고 직접 받았다. 그럴 때마다 그는 송화기에 대고 때로는 호통을 치기도 했지만, 그러다가는 얼렁뚱땅 구슬릴 때가 더 많았다.

전화가 끝나면 그는 그때부터 신경질을 부리기 시작했다. 집에 항상 비축되어 있는 양주를 가져다가 마시고는, 거실에 앉아서 담배만 자꾸 빨아대기 일쑤였다.

그는 그 여자와의 관계에서 무엇인가 일이 뜻대로 잘 풀리지 않는 모양이었다. 그는 무엇인가 그쪽에게 약점을 잡히고 있는 듯싶었다. 그 여자와 전화로 통화할 때 엿들은—엿들었다기보다는 주위에서 어쩔 수 없이 듣게 된 것이지만—적이 있었는데, 그가 호통을 칠 때보다는 얼렁뚱땅 말을 얼버무리며 슬슬 구슬릴 때가 더 많다는 것은 이쪽에서 그만큼 떳떳하지 못하다는 증거였다. 그러지 말라구…… 좀 더 기다리라구…… 그러다가 화가 나면 그는 소리쳤다. 책임 좋아하네. 누군 할 말이 없는 줄 알아? 먼저 꼬리친 게 누군데? 여자가 그러는데 가만 있을 놈이 어디 있어! …… 얼씨구! 뭐, 뭐라고? '혼인빙자간음죄'로 경찰서에 고발? …… 해볼 테면 해봐. 마음대로 해보란 말야! 마음대로……. 뭐 어째? 간음죄 말고도 또 있어? 뭐지, 그게? 그게 뭐냐구? …… 회사 하는 놈치고 털어서 먼지 안 나는 놈 있는 줄 알아? …… 그러지 말라구! 그래, 그래! 알았다구. 내일 만나서 차분히 얘기하자구…… 알았어, 알았다니까. 내일 만나자구 ……그래, 그래. 거기서 만나기로…….

그 여자는 가족에게도 그런 사실을 알린 모양이었다. 그쪽에서는 가족은 물론 이제는 친척까지 동원이 되어 공세를 펴기 시작했다. 이 사람 저 사람이 번갈아가며 그의 회사를 찾아가는 눈치였고, 밤이면 집으로도 숱하게 전화를 걸어왔다.

그러자 처음에는 완강하게 버티던 택환도 차츰 지친 듯한 기색이었다. 그쪽에서는 계속해서 경찰에 고발을 하겠다고 나오자 그로서도 더는 어쩔 수가 없었던 모양이었다. 결혼을 빙자한 간음죄도 만만찮은데, 게다가 회사의 무슨 부정까지 폭로를 하겠다고 나오자, 아무리 배짱이 두둑한 그로서도 마냥 버틸 수가…….

이럴 수도 없고, 저럴 수도 없고…… 그의 마음은 착잡한 듯싶었다. 결혼을 하자면서 엄마를 괴롭혔던 그로서는 체면이 있으리라.

그러나 그가 어디 체면 따위를 차릴 인간인가! 그 여자와 결혼을 하자니, 우리 모녀와 헤어져야 되고, 그러나 그러기는 아쉽고……. 만약에 우리 모녀를 집안에 두는 조건을 수락한다면, 그는 당장에라도 그 여자와 기꺼이 결혼할 사람이었다. 그는 그러고도 남을 철면피였다. 그러나 어떤 여자가 아직도 젊고 예쁜 가정부를, 더구나 혹(나)까지 껄끄럽게 한 집안에 두려고 하겠는가. 어쨌거나 고발을 하겠다며 여자 쪽에서 계속 위협을 하자, 이제는 그도 더는 버틸 수가 없는 모양인지, 점점 발작증을 일으킬 정도로 그의 신경은 날카로워졌으며, 물건들을 거실이나 주방의 찬장에다가 집어던지면서 술주정을 부렸고, 그때마다 화풀이를 엄마와 내게 해대곤 했다.

그는 날마다 술에 취해서 집에 들어왔고, 그것도 부족해서 집에서 또 마시곤 했다. 보다못한 엄마가 어느 밤에 술이 알맞게 취한 택환과 거실에서 차분히 이야기를 나누었다. 이제는 더이상 숨길 것도, 꺼릴 것도 없을 정도로 노출이 된 문제이기에 두 사람이 다 나를 의식하지도 않았다.

"이봐, 동생!"

"왜요?"

"내가 알기에, 동생은 지금 몹시 궁지에 몰려 있어. 아냐?"

"궁지는요, 무슨……."

그는 곧 죽어도 자존심을 세웠다.

"그 여자는 지금 임신중이야."

"누님이 그걸 어떻게……?"

"한 번도 아니고, 두 번씩이나……. 여자는 낙태수술을 하고 나면 그만큼 몸이 망가진다구. 그러자 여자 쪽에서도 이번에는 아기를 낳으려고 하고, 그러기 위해서라도 결혼을 하려고 드는 거야. 알겠어?"

"으음."

택환은 벌레를 씹은 표정이었다.

"동생의 생각은 어때? 솔직히 말해 보라구."

"난 억울하다구요."

"뭐가 억울하지?"

"결혼하잔 말은 하지도 않았는데, 내가 그랬었다고 그걸 물고늘어지니…… 내 참!"

"없는 말을 하겠어?"

"글쎄 그런 말은 한 적이 없다니까요."

나의 방에서 방문을 조금 열어놓고 거실에서 들려오는 말들에 하나하나 신경을 써가며 엿듣고 있던 나는 피식 웃음이 솟구쳤다. 여자들을 꾈 때 남자들은 책임도 지지 못할 달콤한 말들을 한다는 걸 나도 그동안 여기저기에서 들어서 잘 알고 있다. 더구나 택환의 경우, 목적을 달성하기 위해서는 무슨 말, 무슨 짓이든 하고도 남을 인간이기 때문이다.

"그렇다 치고, 그쪽에서는 임신을 하고 있는데, 어쩔 거야?"

"재수없게시리……."

"책임을 져야지. 그래야 남자지. 안 그래?"

"……."

"그러지 말고 결혼을 해요."

"누님은 그 말이 진심이슈?"

"동생을 위해서야."

"나를 위해서라뇨?"

"그럼 어쩔 거야? 저쪽에서는 고발하겠다고 나오는데 말야."

"바로 그 점이라고요!"

이어 택환이 큰소리로 벅벅 소리쳤다.

"이건 결혼을 해달라고 매달려도 해줄까 말까인데, 나를 고발을 하겠다고 나오니, 화가 치밀지 않게 생겼어요, 어디?"

"그쪽에서 참말로 고발을 하면 어쩔 거야?"

"말은 그렇지만, 설마하니……."

"내 생각에 그쪽에서는 물러설 것 같지가 않아. 그러면 어떻게 되지, 동생은? 어찌 됐거나 곧 경찰서에 불려가고, 법원으로…… 결과야 어찌 됐든 그 피곤을 어찌 감당할 거냐구."

"……."

"더구나 동생은……."

엄마가 무슨 말을 하려다가 멈칫거리자, 택환은 자못 궁금하다는 듯 대뜸 물어봤다.

"내가 뭐가 어때서요?"

그러자 엄마는 다시금 망설이더니, 이내 말했다.

"전에, 감방에도 들락거린 전과가 있는 몸이 아니냐구."

"그게 어때서요?"

"경찰서에 불려가면 이래저래 그만큼 불리할는지도…… 안 그래?"

"……."

엄마의 그 말에 택환은 한동안 아무 말이 없었다. 그러는 걸 보니, 자기로서도 그 점을 진작에 생각해 보았던 것 같았다. 결혼을 빙자한 간음죄에, 회사 부정에, 전과자…… 모든 것이 그에게 불리하면 불리했지 이로울 것이 하나도 없다는 걸 그도 진작부터 계산하고 있었을지 모른다.

"그 여자는 집안이 어떤데?"

엄마가 슬쩍 말을 돌리자, 그가 사뭇 기가 죽은 어조로 대꾸했다.

"집안은 그런 대로 괜찮아요."

"그렇다면 이래저래 잘됐네, 뭐."

다시금 엄마가 부추기자, 이윽고 택환이 마음을 결정한 듯 말했다.

"좋아요. 결혼을 하지요. 그러나 내가 그 계집년이 좋아서 하는 결혼은 절대로 아녜요. 나를 고발하겠다고 협박을 한 년에게 내가 정이 있을 턱이 없고, 결혼하는 날이 바로 그년이 죽는 날이라고요. 내가 그년을 목을 졸라 죽이든가, 약을 먹여 죽이든가, 아무도 모르게 두 발에 무거운 돌을 매달아 강물에 던져 버리든가……."

"끔찍한 소릴 다 하네!"

"두고 보시라고요."

나는 소름이 쭉 끼쳤다. 지금은 농담이 섞인 말일는지 모르나, 내가 알고 있는 그는 장차 그러고도 남을 사람이니까 말이다.

갑자기 그가 엄마를 불렀다.

"누님!"

"왜?"

"누님은 참말로 내가 그 여자랑 결혼하는 걸 바라슈?"

"물론이야."

"섭섭하지 않으시구?"

"섭섭해도 할 수 없지. 그것보다는, 사람은 옷깃만 스쳐도 서로 인연이라고 했어. 좋든 싫든 한집에서 한솥밥을 먹고 살아온 동생이 그런 일로 경찰서로 불려가서 자칫 어찌 될는지 모르는데, 내 마음인들 편할까. 모두가 동생을 위한 내 마지막 충고이니 그리 알고 그 여자와 결혼하라구. 알겠어?"

"으음."

그런 택환이 갑자기 엄마에게 와락 달려들며,

"누님!"

부르더니, 어린애처럼 엉엉 울음을 터뜨렸다. 자기딴에는 여러 가지로 착잡한 심경이 그만 울음으로 변한 듯싶다.

"내가 결혼을 한다 하더라도 그건…… 난 절대로 누님과 미선이를 잊을 수가 없습니다. 잊지 않고 끝까지……."

"알아요, 알아. 나도 동생을 잊지 않을 테니……."

엄마는 그런 그를 좋은 말로 타일렀다. 그러나 나는 고개를 갸웃거렸다. 그의 말들은 어디까지가 진심이고 어디까지가 거짓인 줄을 몰랐기 때문이다. 그의 눈물도 마찬가지였다.

그는 안방으로 들어가 양주병을 들고 나왔다. 그리고 엄마에게 안주를 좀 준비해 달라고 부탁했다. 뿐만 아니라, 주방의 식탁으로 자리를 옮기며 나도 방에서 나오라고 말했다.

곧 식탁에는 조촐한 술판이 마련되었다. 모처럼 세 사람이 둘러앉았다. 그는 최후의 만찬이라도 벌이려는 사람처럼 자못 들뜬 기분이었다. 술잔을 거듭 비운 그가 엄마에게도 양주를 한 잔 따라준 다음 중얼거렸다.

"누님!"

"왜?"

"그동안 내가 누님께 잘못한 것이 많았수."

"……."

"용서해 주시우. 이건 진심이우."

"알았으면 됐어."

"그리고 미선이……."

그가 이번에는 나를 건너다보면서 말했다.

"너한테도 사과를 한다. 나를 용서해 주겠지?"

"……."

"자, 그런 의미로 우리 악수를……."

그가 탁자 위로 손을 건네며 악수를 청했다. 내가 우물거리자 엄마가 거들었다.

"아저씨랑 악수를 하렴. 저렇게 너한테 사과를 하고 있잖니."

할 수 없었다. 안 내켰지만 나도 비로소 손을 내밀었다. 그러자 내 손을 잡고 몇 번이나 흔들어댄 그가 말했다.

"우리가 헤어진다고 아주 헤어지는 건 아냐. 이후로도 난 약속을 지키겠다구. 미선이를 대학까지 공부시킬 테니 두고 보라구. 내가 미선이에게 잘못한 것을 갚기 위해서라도, 꼭 약속을 지킬 테니…… 두고 보라구. 두고 보면 알게 될 거야."

나는 그에게 잡혔던 손을 빼며 마음속으로 중얼거렸다. 여기서 헤어지는 거야, 우린. 다시는 만나면 안 돼! 꿈 속에서라도 만나기 싫은 사람이야, 당신은. 알겠어?

술에 취해가며, 택환은 차츰 말이 많아졌다.

"누님!"

"말해 봐요."

나름대로 기분이 착잡해서였는가, 엄마도 양주에 물을 타서 조금 마신 다음 부드럽게 그의 말을 받아주었다.

"누님은 이 동생을 어찌 보셨는지 몰라도, 나, 이래봬도 그렇게 시시한 놈이 아니라구요. 나도 꿈이 있는 놈이라구요. 아시겠수?"

"꿈이 있다고? …… 그렇담 어디 한 번 들어보자구."

"이담에 나도 재벌이 되겠다구요."

"그게 어디 쉬운가?"

"또 있다구요."

"뭔데, 그건?"

"정치가."

"정치가?"

"왜요? 나라고 해서 되지 말란 법 있수?"

"그런 건 아니지만서도……."

"뭐니뭐니 해도, 이놈의 사회에서는 돈이 최고예요, 최고! 아무리 학식이 높으면 뭘합니까. 돈 없으면 천대받는 세상이라구요. 유전무죄, 무전유죄란 말도 못 들어 보셨수? 돈만 있으면 죄가 있어도 풀려나오고, 돈 없는 놈은 죄가 없어도 철창신세를 져야 하는 게 바로 이놈의 세상이라니까! 돈! 돈! 돈이 하느님이라구요! 아시겠어요?"

엄마가 잠자코 있자, 신이 난 듯 그가 큰소리로 또 씨부렁거렸다.

"정치가가 되면 명예박사 학위도 제발로 굴러들어와서 학벌이 해결되고, 잘만 하면 몇십 억, 몇백 억, 몇천 억 원씩 떼돈을 챙길 수도 있고……. 그뿐인 줄 아슈? 어쩌다가 들통이 나도, 이건 호텔 같은 감방에서 놀다가 나오고…… 그런데 정치가가 되려면, 어쨌든 돈부터 벌어야 된다 이 말입니다. 그런데 시시하게 놀면 잔돈푼이나 만지지, 역시 큰돈은 크게 놀아야만…… 한 번을 해도 왕창!…… 두고 보시라구요, 누님!"

"한 번을 해도 왕창이라니?"

"아니, 뭐…… 그렇다는 말입니다. 핫하!"

취중에도 그는 말을 얼렁뚱땅 얼버무렸다. 그러면서 다른 말을 꺼내려고 하자, 엄마가 얼른 말렸다.

"동생, 그만 가서 자. 내가 보니, 취했구먼!"

"내가 취하다니…… 취하려면 아직도 멀었다구요."

"오늘만 날이 아니니까 내일 또…… 어서 들어가 자라구."

"잘만 하면, 한 번에 떼돈을 왕창…… 두고 보시라니깐요!"

"한 말을 또 하구…… 취했으니, 그만 들어가서 자라니까."

"알았습니다, 알았어요. 이제부터는 누님 말씀 고분고분 잘 듣겠습니다. 하지만 누님, 우리가 이대로 헤어지는 건 아니죠?"

"그럼, 그럼."

"그러면 안심하고…… 날 미워하는 거 아니죠. 누님?"

"미워하기는."

"누님은 천사라구요, 천사! 누님보다 더 착한 여자는 이 세상에 없을 거요. 있으면 나오라고 해! 누님은 그런……."

# 죽음보다 짙은 어둠

택환은 그날 밤에 그 여자와 결혼하기로 마음을 결정한 듯했다. 어쩌면 그 여자와 결혼할 마음이 전혀 없지도 않다가 엄마가 자꾸만 권하자, 마지못한 체하며 마음을 굳혔는지도 모를 일이다. 어쨌거나 결혼 문제를 매듭짓자, 다음날부터 그의 표정은 한결 밝아 보였다. 일단 그 여자의 위협으로부터 해방되었기 때문이다. 그러나 엄마와 나 앞에서는 짐짓 시무룩한, 도살장에 끌려가는 소처럼 아주 서글픈 표정을 지어 보였다.

그가 결혼을 하면, 엄마와 나는 이 집을 떠나야 한다. 그런 문제로 엄마는 자주 택환과 여러 가지를 의논하는 눈치였다. 엄마는 돈을 조금은 가지고 있는 것 같았다. 그러나 그것만으로는 방을 얻어 나가기에 턱없이 부족한 듯싶었다. 눈치 빠른 택환이 방은 자기가 알아서 얻어주겠다고 했지만, 엄마로서는 더는 그에게 신세를 지고 싶지가 않았는지 이를 마다하는 것 같았고, 그러자 택환은 부족한 돈을 자기가 보태주겠다고 약속을 했고, 그것마저도 마다할 처지가 못되는 엄마는 이를 수락한 모양이었다.

삼학년이 되었다. 어느덧 졸업반이 된 것이다.

택환의 결혼날짜가 잡혔다. 오월 초였다. 여자 쪽에서 결혼을 서두른 것 같았다.

엄마는 틈틈이 방을 알아보기 위해 나들이를 했다. 며칠 있으면 벌써 사월이 시작된다. 그렇다면 한 달 안에 이사를 가야 했고, 그 안에 서둘러서 이사를 갈 방을 얻어놔야 했다. 방을 알아보려고 나갔다가 돌아온 엄마의 표정은 항시 밝지를 못했다.

"엄마, 방 아직 못 얻었어?"

"그래."

"왜?"

"왜기는. 돈 때문이지."

"방이 비싸?"

"비싸도 이만저만이라야지."

"그럼 어쩌지?"

내가 걱정을 하자, 엄마는 그런 나를 안심시켰다.

"넌 이 일에 상관 말고 공부나 열심히 해. 어떻게 되겠지."

"그래도……."

"미리 일러두겠다만, 이것은 너도 각오를 해야 돼."

"뭔데, 그게?"

"지금 우리가 살고 있는 곳은 강남이야. 알다시피 이곳은 부유한

동네야. 계속해서 이런 곳에서 살았으면 얼마나 좋겠니. 하지만 속담에, 송충이는 솔잎을 먹어야 제격이라고 했어. 그래야 어울린다는, 그래야 탈이 나지 않는다는 뜻이지. 도련님한테는 당나귀가 제격이란 말도 있지. 아직 나이 어린 도련님이 주제 넘게 말을 타면 안 되며 당나귀에 만족할 줄 알아야 한다는 충고라구. 그뿐이냐? 사람은 누울 자리를 보고 다리를 뻗으라고 했어. 다리를 뻗을 형편이 못되는 데도 다리를 뻗으면 어찌 되겠니. 무리를 하지 말라는 뜻이야. 내가 왜 이런 말들을 너한테 들려주느냐 하면……."

"나도 알아, 엄마!"

"안다니 다행이다. 나는 행여 네가 지금 살고 있는 동네, 이런 아파트를 은근히 꿈꾸고 있지나 않나 해서……."

"……."

"그렇다면 택환 아저씨한테 또 큰 신세를 져야만 돼. 그렇잖아도 강남 쪽에다가 아파트를 얻어주겠다고 그는 내게 제안을 했어. 하지만 난 이를 거절했다구. 그러자 누님이 정 그러시다면 마음대로 하세요, 만약에 방을 얻을 돈이 부족하면, 그만큼의 뒷돈을 제가 대드리겠다고 말했는데, 그것마저 거절할 형편이 못되고, 그래서 기분이 깨끗하지가 않은데……."

"잘했어, 엄마! 그리고……."

"무슨 말을 하려는 거지?"

"부족한 만큼의 뒷돈을 받는다는 것이 엄마는 퍽 안 내키는 모양인데, 난 그렇지 않다고 봐."

"어째서?"

"그동안에 우리가 그의 집에서 살아온 것은 사실이야. 그런 점에서는 신세를 진 것도 사실이구. 하지만 그냥 살았나? 엄마는 집안 청소도 하구, 빨래도 하구, 밥도 짓구…… 집안 살림을 도맡아 해왔어. 그동안 엄마가 고생한 것을 돈으로 치면 그 이상이라고 봐. 안 그래? 그러니까 엄만 당연히 받을 돈을 받는 거라구. 조금도 미안해할 것 없어!"

"택환 아저씨가 네 학비를 대준 것은 생각하지 않니?"

"물론 그것도 사실이야. 하지만 난 그의 돈을 가지고 공부를 한 게 아니라, 엄마가 가정부 노릇을 해서 번 돈으로 학비를 냈다고 생각하고 싶어. 그래서 난 떳떳한 거야."

"얘는!"

엄마는 깜짝 놀란 표정을 지어보였지만, 입가에는 웃음이 감돌았다. 그러면서 엄마는 한동안 말없이 내 얼굴을 물끄러미 건너다보았다. 그런 엄마의 시선은 한없이 부드러웠고, 차츰 물기가 촉촉이 배어 있었다. 이만큼 성장한 딸이 새삼스레 대견해 보였던 모양이다.

"엄마의 계획은 어떤데?"

"왠지 강북 쪽으로는 다시 가고 싶지가 않아. 그곳에서 사는 동안 좋지 않은 일들이 많이 있어서일 거야."

"나도 그래, 그건!"

"그래서 강동이나 강서 쪽으로도 가봤어. 하지만 그곳 역시 강남이나 마찬가지더라구. 잘사는 사람들이 많은 동네였어. 하지만 거기서 조금만 벗어나도 방값이 싸더라구."

"……."

"그렇다고 시골로 가자는 건 아냐. 우리가 시골로 가면 땅이 있니, 있어도 농사를 지을 줄 아니. 그렇다고 놀고 먹을 수 있을 만큼 돈이 많으냐. 그러니까 우리 같은 사람들은 죽으나 사나 부자 동네를 끼고 살아야 돼. 그래야 그리로 들락거리며 파출부 노릇이라도 하지. 안 그래?"

"……."

"어쨌거나 서울을 벗어나도 크게 벗어나지는 않을 거야. 다행히 적은 돈으로도 서울 변두리에 마땅한 방을 얻을 수 있다면 더욱 좋구. 그게 내 생각인데, 넌 어떠니?"

"엄마 마음대로 해."

"썩 내키지 않는 모양이로구나?"

"안 내켜도 할 수 없잖아."

"고맙다."

그런 일이 있은 지 며칠이 지난 밤에 엄마가 말했다.

"내일은 아침 일찍 나가봐야겠다. 그리고 그동안 여기저기 알아보았던 방 문제를 매듭지어야 해. 그러고 난 다음에 큰언니 댁을 가봐야겠어. 큰언니의 생일이지 뭐니. 차린 건 없지만 와서 밥이나 함께 먹자고 연락이 왔으니 마다할 수가 없잖겠니."

"다녀와요, 엄마."

"그러니까 아무래도 내가 좀 늦을 것만 같다. 그러니 내가 없는 동안 네가 알아서 모든 것을……."

"염려 말아요."

"부탁한다."

"알았다니까."

내게 집안을 부탁한 다음, 엄마는 다음날 아침 일찌감치 집을 나갔다. 방 문제를 매듭짓고, 그러고 난 다음에 이모네를 들렀다가 오면 아무래도 많이 늦을 것만 같았다.

나는 학교가 끝나는 대로 집으로 돌아왔다. 달리 쏘다닐 데도 없었지만, 더구나 엄마가 집안을 부탁했기 때문에 서둘러서 집으로 온 것이다. 엄마가 열쇠를 내게 맡겨놓고 갔기 때문에, 나는 곧 현관문을 열고 아파트 안으로 들어섰다.

그런데 현관 앞에 구두가 놓여 있었다. 낯익은 구두였다. 바로 택환의 구두였다. 이 시각에, 그가 왜 집에 들어와 있지? 나는 흠칫하며 망설거렸다. 아니나다를까, 거실 쪽에서 인기척이 일더니, 택환의 목소리가 들려왔다.

"미선이냐?"

"……."

그냥 그 자리에 서 있는데, 이어 그의 목소리가 또 들려왔다.

"어서 들어오지 않고 뭘 하냐?"

할 수 없었다. 우선 내 방으로 들어가 가방을 내려놓고, 평상시에 집에서 입는 옷으로 얼른 갈아입었다. 그러고는 주춤거리며 서 있는데, 어느새 다가왔는지 택환이 방 안을 기웃거리며 말했다.

"이리 나와서 나하고 얘기 좀 하자구."

주춤주춤 그를 따라 거실로 갔다. 탁자 위에는 양주병과 술잔, 냉수가 담긴 컵과 그 곁에는 빈 컵, 치즈 조각들, 얼음통, 그리고 의외로 맥주도 한 병이 놓여져 있었다. 그러고 보면, 그는 진작에 집으로 돌아와서 이미 술을 마시고 있었던 모양이었다.

"서 있지만 말고 이리 와서 앉으라구."

그가 싱긋이 웃어대며 소파의 한쪽을 손가락으로 가리켰다. 마다

할 수도 없었다. 하지만 그의 옆자리는 피하고 싶었다. 간이의자를 가져다가 놓고 그와 마주앉았다.

이미 술기운이 도는 그가 내게 부드러운 어조로 말했다.

"오늘은 기분이 착잡해서 집에 일찍 들어온 거라구. 얼마 있으면 너랑 헤어진다는 걸 생각하니, 그동안 조금이라도 더 너를 보고 싶어서 이렇게 말야. 알겠냐? 핫핫하."

"……."

"거듭 얘기하지만, 전에 내가 너를 때린 이유를 넌 깊이 모를 거야. 미워서 그런 게 아니라구. 그건 애정의 표시였다구. 알아?"

"……."

"그만큼 나는 너를 아끼고 사랑하고 있다구. 누구한테 너를 빼앗기고 싶지가 않다 이거야. 그래서 때리게 된 거라구. 어쨌든 그건 내가 너를 사랑하고 있다는 증거라구."

"……."

"다시 사과한다구. 미안해! 너도 나를 용서하지?"

"……."

"왜 대답이 없지? 아직도 나를 미워하고 있나 보지?"

"그렇진 않아요."

비로소 내가 대답했다. 거듭 내게 사과를 하고 있는 그를 더는 미워하지 않기로 했다. 더구나 이제 얼마 있으면 헤어질 사람이 아닌가.

그러자 그는 반가웠는지 환하게 웃으면서 내게 악수를 청했다. 그의 손이 탁자를 건너오자, 나는 한쪽 손을 내주었다. 나의 손을 잡고 몇 번이고 흔들어댄 그가 손을 놓아주며 넌지시 말했다.

"그런 의미에서, 너도 한 잔 하라구. 이럴 줄 알고 너를 위해 맥주를 따로 사온 거라구. 핫핫하."

그는 맥주병 마개를 비틀어 열더니, 얼른 이미 마련되어 있던 빈 컵을 집어들고 따르기 시작했다.

"난 술을 못 마셔요."

"화해를 하는 술인데도?"

"그래도 난……."

"꼭 한 잔만이라도……. 요즘에 술 못 마시는 여학생 없다구. 이까짓 맥주 정도야…… 자, 그러지 말구, 어서!"

그가 내민 술잔을 받지 않고 앉아 있자, 그는 다그치는 목소리로 말했다.

"참말로 이러기야?"

"……."

나는 자리에서 일어섰다. 그리고 돌아서서 두어 걸음을 떼어놓았을 때다.

"어디를 가는 거야?"

"밖에 좀……."

"왜?"

"머리가 어지러워서 바람 좀 쏘이고 오겠어요."

그러자 그가 돌연 자리에서 벌떡 몸을 일으키더니,

"그 자리에 도로 앉아!"

나를 향해 소리쳤다.

나는 섬뜩했다. 밖으로 나갈 수도 없었다. 그 자리에 엉거주춤 서 있자, 그가 다시 명령했다.

"거기 앉으라니까!"

나는 도로 간이의자로 가서 앉았다.

"넌 나를 무시했어. 나를 도대체 뭘로 보는 거야! 좋아, 좋다구. 네가 대가리가 좀 컸다고 이러는 모양인데, 그렇다면 어디 한 번 해 보자구!"

그러던 그가 곧 누그러진 목소리로 나를 달랬다.

"우리가 헤어진다고 해도 아주 헤어지는 게 아니라는 걸 명심하라구. 내 말만 잘 들으면 너를 호강시켜 주고, 대학까지 공부도 시켜 주고……. 내가 어쩌다가 재수없게 걸려서 어쩔 수 없이 결혼을 하긴 한다만, 내 마음은 어디까지나 너한테 가 있다구. 그걸 알라구. 그러니, 우리끼리만 있는데……."

"싫어요!"

나는 그를 똑바로 지켜보며 또렷하게 말했다.

"참말야, 그게?"

"그래요!"

"그렇다면 할 수 없지."

탁자 밑의 선반에서 그가 무엇을 꺼내들었다. 얼핏 보자, 그건 양쪽의 날을 가진 얄브스름한 면도날이었다. 내가 오기 전에, 만약을 대비해서 그가 미리 준비해 두었던 것 같았다.

"약속대로 난 너를 때리지는 않겠다. 그러나 안심하면 안 돼. 앞으로 내 말을 고분고분 따르지 않으면, 팔다리를 부러뜨려 놓거나, 아예 외출을 못하도록 이 면도날로 얼굴을 북북 그어놓을 테니까. 알겠어?"

그는 면도날이 든 손을 내 얼굴로 뻗어 몇 번 휙휙 휘둘렀다. 나는 얼른 얼굴을 피했다. 그러지 않았다면, 예리한 그 칼날에 얼굴이 베어졌을지도 모른다. 나는 이미 파랗게 질려 있었다. 온몸이 가볍게 떨리기 시작했다. 남자들은 총을, 여자들은 총보다는 칼을 더 두려워한다고 한다. 그런데 이건 그냥 칼도 아닌, 예리한 면도날이었다. 그걸 보는 순간부터 나는 이미 말단세포, 말초신경이 파들파들 저며지는 느낌이었다. 팔이나 다리가 부러지는 것은 괜찮다. 그러나 얼굴에 상처가 나고 흉터가 생기는 건 죽기보다 싫었다.

그는 내게 옷을 다 벗으라고 말했다. 그의 표정이며 억양이며 그건 명령했다. 면도날은 여전히 그의 손에 들려 있었다. 그리고 내가 말을 듣지 않으면, 당장에라도 그 면도날이 다시금 다가올 듯이 보였다.

나는 그만 두 눈을 감았다. 나의 몸은 오돌오돌 떨고 있었다.

"말이 안 들려?"

그가 이쪽으로 다가왔다.

나는 더는 버틸 수가 없었다. 윗옷의 단추로 서서히 손이 갔다.

'그래. 해볼 테면 해봐!'

갑자기 내 마음 깊숙한 곳에서 오기가 꿈틀거렸다. 그러자 더는 부끄러운 생각도 들지 않았다.

"내가 그동안 너한테 투자한 게 얼만데!"

그는 혼잣말처럼 씨부렁거리며 내게 맹수처럼 들이덤볐다. 나는 지금 '동물의 왕국'을 생각하고 있었다. 표범 한 마리가 덤불 틈에 은밀히 몸을 숨기고 있는 줄도 모르고, 그 앞으로 어린 사슴 한 마리가 지나친다. 그러자 확 들이덮친 표범은 사나운 발톱으로 그 사슴을 어렵잖게 낚아챈다. 이어 날카로운 어금니에 숨통이 끊긴 사슴을 입에 물고 표범은 잽싸게 근처의 나무 위로 올라가더니, 아무도 오지 않는 높은 나무 위에 느긋하게 앉아서, 부드럽고 싱싱한 어린 사슴의 고기를 마냥 즐기고 있다. 포식을 하고 있었다.

얼마쯤 지나자 그가 비로소 내 몸에서 떨어져 나갔다. 눈을 감고 나는 그 자리에 축 늘어진 채 맥없이 누워 있었다. 이미 사납게 먹힌 먹이였다.

찰칵!

갑자기 불빛이 번쩍이며 금속성이 울렸다. 눈을 떠봤다. 그가 나를 내려다보며 카메라로 이미 사진을 찍은 후였다. 카메라도 미리 준비해 놓았었던 그였다. 어쩌면 엄마는 오늘 귀가가 좀 늦을지도 모른다고 그에게도 미리 일러놓고 외출을 했는지도 모른다. 그러자 그는 나름대로 계획을 가지고 짐짓 집에 일찍 들어왔고, 면도날이며 카메라까지 준비해 놓고 나를 기다리고 있었던 것이다. 그런 줄도 모르고 나는…….

내가 어물거리는 사이에 그는 또 한 번, 그리고 황급히 일어나 옷을 주워들고 현관 쪽으로 도망치는 나를 이리저리 마구 찍어댄 후에,

"이쯤해 두지. 그래도 오늘, 넌 운이 좋은 줄 알아. 네 엉덩이에다가 바늘로 내 이름을 새겨놓으려고 했는데, 마침 집에 잉크가 없어서……. 거기다가 그런 문신을 새겨놓았다면 넌 어떻게 되지? 핫핫하!"

씨부렁거리며 카메라를 들고 소파로 가버렸다.

나는 현관 앞에서 옷을 주섬주섬 입고는 쏜살같이 현관문을 열고 밖으로 나섰다. 맹수에게 뒤쫓기듯 복도를 지나 엉겁결에 건물의

계단들을 두세 개씩 내리뛰면서, 맨 아래층까지 내려왔다.

나는 걷기 시작했다. 빠르게 걸었다. 목적지도 없이 그랬다.

"복수할 테야!"

걸어가면서 나는 문득 소리쳤다. 지나가던 행인이 그런 나를 힐끔 바라다보았다.

어느새 한길로 나섰다. 계속해서 걸었다. 오는 사람, 가는 사람, 행인들이 많았다. 그러나 그들 중의 아무도 나를 위로해 주지 않았다. 무관심하게 그들은 갈 길을 바삐 가고 있었다. 차량들이 휙휙 내 곁을 빠르게 지나쳤다. 행인들처럼 그 수많은 차들도 어느 하나 나를 눈여겨보지 않고 그냥 지나쳤다. 행인들처럼 그들도 나에게 무관심했다.

"복수할 테야!"

나는 다시금 혼잣말로 중얼거렸다. 문득 그의 카메라가 머릿속에 떠올랐다. 순간, 나는 몸에서 맥이 서서히 빠지기 시작했다. 나는 이미 그 카메라 속에 들어가 있었다. 그 필름 속에 나의 알몸이 담겨져 있었다. 그런데 그 카메라의 필름은 그의 것이었다. 그의 손 안에 있었다. 나는 그런 몸이었다.

'죽자!'

나는 죽음을 생각했다. 죽고 싶었다. 살아 있는 것보다 죽는 것이 한결 편할 것 같았다. 그래! 그쪽이 훨씬 더…….

가까이에 약국이 눈에 띄었다. 바지 주머니 속을 뒤져보았다. 얼마의 돈이 손에 잡혔다. 다행이었다. 약국으로 들어갔다. 수면제를 달라고 말하자, 여자 약사가 왜 그걸 찾느냐고 물어봤다.

"밤에 잠이 안 와서……."

"우선 두 알만 줄 테니 가지고 가요."

"몇 알만 더 주세요."

"안 돼요. 약이 떨어지면 또 와요."

약국을 나섰다. 이번엔 다른 약국을 찾기로 했다. 이 약국, 저 약국을 돌아다니면서 사면, 많은 양의 수면제를 모을 수 있을 것 같았다.

얼마를 걸어가자, 약국이 또 나타났다. 약국 안에는 중년의 남자 약사가 진열대 앞에 서서, 의자에 앉아 있는 친구인 듯한 또래의 남자와 얘기를 나누고 있었다. 내가 수면제 두 알만 달라고 말하자, 약사는 내 표정을 힐끔 그러나 날카롭게 살피더니, 허리를 굽혀 진열대 안을 뒤적거리며 친구와 하던 이야기를 계속했다.

"그래서 어쨌다는 거야?"

"사업도 안 되고, 요즘 같아서는 죽고만 싶네."

"그러면 죽지그래."

"그럴 수도 없구."

"왜?"

"누구보다 어린 자식이 마음에 걸려서…… 아직 어린것에게 무슨 죄가 있나. 나 죽으면, 그나마 더 고생을 할 테니…… 허허허."

"아무나 죽는 줄 알아?"

그러면서 약사는 내게 약을 건네며,

"이 세상에 사랑하는 사람이 한 사람만 있어도 못 죽는 거야. 그래서 사는 거라구. 알겠나?"

말은 친구에게 하면서도 시선은 내 얼굴을 지켜보며 빙긋이 웃어댔다. 약국을 나온 나는 다시 걷기 시작했다. 그런데 조금 전 그 약사의 말이 자꾸만 머릿속에 떠올랐다. 친구와의 얘기 끝에 한 말이었지만, 그 마지막 말은 나를 겨냥하고 들으라는 듯이 한 것만 같았기 때문이다.

'이 세상에 사랑하는 사람이 한 사람만 있어도 못 죽는다, 그래서 사는 거'라던 그의 말이 자꾸만 내 마음을 파고들었다. 정말 그럴까. 문득 엄마의 얼굴이 눈앞에 어른거렸다. 엄마가 보고 싶었다. 엄마는 내가 없어도 살 수 있을는지 몰라도, 나는 엄마가 없으면 살 수 없었다. 그렇듯 나는 엄마를 사랑하고 있었다. 그렇듯 내게는 사랑하는 사람이 있었다. 그런 엄마를 두고 죽을 수는 없었다.

"엄마!"

거리에서, 나는 발걸음을 멈추며 문득 불러봤다.

갑자기 그런 나의 두 눈에 핑그르 눈물이 고였다, 이내 두 볼을 타고 주루룩 흘러내렸다.

이미 거리에는 어둑어둑 땅거미가 내리고 있었다. 나는 그 자리에 그대로 서 있었다. 조금 지나자 가까이에서 가로등이 환하게 켜졌다. 이제는 차들도 전조등을 밝히고서 내달리고 있었다. 그런데 질주하는 차량들과 그 소음이 차츰 내 귀에는 다르게 느껴졌다. 파도처럼 보였고, 파도소리처럼 들려왔다. 그러면서 나를 향해 밀려오는 것처럼 여겨졌다. 아니, 으르릉거리며 아우성치면서 내게로 사납게 밀려오고 있었다.

그런 속에서 나는 문뜩 나 자신을 돌이켜봤다. 나는 이미 늙은 것 같았다. 오십 세나 육십 세쯤 된 것 같았다. 나이에 어울리지 않게, 그동안 너무나도 많은 시련을 겪어왔기에 그런 것 같았다. 그런데도 그 거센 파도에 부서지지 않고 용케도 견뎌왔다. 이렇게 살아 있었다. 하지만 정글 속처럼 무서운 이 세상에서 어찌 살아갈까. 내일도 생각해 봤다. 그런데 나의 앞날도 결코 순탄치가 않을 것만 같았다. 왠지 그랬다. 하지만 나는 죽지 않기로 했다. 사랑하는 사람이 있기에, 그래서 살아야 한다. 그래서…….

"엄마!"

보고 싶었다, 몹시. 전에 없이, 견딜 수 없을 만큼 그랬다.

한 걸음 한 걸음 집 쪽으로 걷고 있었다.

아까 내가 수면제 두 알을 산 그 두 번째 약국이 저만큼 보였다. 그 사이에 친구는 갔는지 보이지 않고, 약국 안에는 남자 약사만 혼자서 약국을 지키고 있었다. 좀 더 빨리 걸었다. 이번에는 그 첫 번째 약국이 나타났다. 그 안에서 여자 약사는 웬 손님과 이야기를 하고 있었다.

나는 바지 주머니 속으로 손을 찔러넣었다. 아까 두 군데 약국에서 산 약봉지들과 열쇠가 손에 잡혔다. 수면제가 들어 있는 약봉지들을 꺼내 들었다. 그리고 눈에 띄는 휴지통에다가 얼른 집어던졌다. 아직 손에 남아 있는 열쇠를 보자, 문득 엄마 생각이 났다. 아까 택환에게 쫓기듯 아파트 건물의 계단을 통해 아래층으로 내려왔을 때, 나는 너무 황급한 나머지 경비원에게 열쇠를 맡기는 것을 잊어버렸었다. 그 사이에 엄마가 돌아왔다면 어쩌나 싶었다. 그야 지금 집에는 택환이 있긴 하지만, 그래도…….

우리 아파트의 진입로에 다다랐다.

나는 다시금 발걸음이 무거워졌다. 지금 집으로 들어갔다가는 다시 택환에게 붙잡힐는지도 모른다는 생각이 들었기 때문이었다. 엄마가 돌아와 있다면 몰라도, 그러나 생일을 맞은 이모네를 들렀다가 모처럼 함께 식사를 하고 오겠다며 아침에 나갔던 엄마는 아직 돌아오지 않았을 것만 같았다.

'어쩌지?'

나는 걱정이 되었다. 옳지. 우선 집에 전화를 걸어보기로 했다. 그 방법이 좋을 것 같았다. 누가 전화를 받는지 알아보고 싶었다. 택환이 전화를 받는다면 나는 집에 들어가지 않겠다. 엄마를 기다렸다가 함께 들어가기로 했다.

저만큼 전화 부스가 눈에 띄었다. 그리로 갔다. 그리고 전화통에 달라붙어 서서 집의 전화번호를 돌리기 시작했다. 그러나 신호만 갈 뿐 전화를 받지 않았다. 택환이 잠이 든 것일까. 나에게서 떨어져 나간 그는 소파로 갔었다. 그런 그는 또 술을 마셨을 게 틀림없다. 그러다가 그만 술에 취해 소파에 길게 누워 깊게 잠이 들어버렸는지도 모른다. 그래서 전화벨이 울려도 듣지를 못하고 자고 있는지도 알 수 없다. 이삼 분쯤 기다렸다가 다시금 집으로 전화를 해봤다. 그러나 이번에도 여전히 전화를 받지 않았다. 이번에는 송수화기를 든 채 저쪽에서 누가 전화를 받을 때까지 좀 더 기다려봤다. 그러나 이번에도 먼젓번처럼 아무도 전화를 받지 않았다. 나는 세 번째로 전화를 걸어본 다음, 이번에도 반응이 없자, 전화 부스에서 나와버렸다.

'어쩐 일이지?'

궁금증이 일었다. 그는 그토록 깊이 잠이 든 것일까. 아냐. 어쩌면 전화를 건 상대방이 나라는 것을 짐작한 그가 일부러 그렇게 전화를 받지 않았는지도 몰라. 그래서 내가 안심을 하고 집에 들어오도록, 그런 다음에 다시금 나를…….

그런 속에서도 나는 야금야금 어느 사이에 우리 아파트 건물 앞까지 와 있었다. 마침 경비원이 내게 물어봤다.

"아깐 어디를 그렇게 허겁지겁 갔었어?"

"급한 일이 있어서……."

내가 어물쩡 변명을 하자, 물어보지도 않았는데, 그가 먼저 말했다.

"아까, 아저씨는 외출하던데."

"네?"

"아, 택환 사장님 말야."

"그랬어요?"

나는 엘리베이터를 타고 위로 올라갔다. 그리고 엘리베이터에서 내린 나는 복도를 걸어가 우리 아파트의 문을 열고 안으로 들어갔다. 형광등을 켰다. 경비원의 말대로 택환은 눈에 띄지 않았다. 집 안은 텅 비고 썰렁했다. 거실로 가 보았다. 그런데, 거실이 깨끗했다. 탁자 위에 널브러져 있던 양주병이며 물컵들, 얼음통, 안주 나부랭이들은 보이지 않았다. 그가 깨끗이 치워놓고 외출을 한 것이다. 탁자 밑을 살펴봤다. 나를 위협하던 면도날도 보이지 않았다. 이번에는 카메라를 찾아보았다. 역시 눈에 띄지 않았다. 그의 방으로 들어갔다. 그리고 카메라를 숨겨놓았을 만한 곳을 여기저기 빠짐없이 찾아보았다. 그러나 침대 밑까지 찾아봤어도 카메라는 발견되지 않았다. 그렇다면 그는 외출할 적에, 그 카메라를 가지고 나간 게 틀림없었다.

'무서운 사람!'

술에 취했어도 그는 그런 사람이었다. 그토록 영리하고 치밀한 자였다. 자기에게 불리한 흔적을 감출 줄 아는, 지울 줄 아는 자였다. 카메라를 놔두고 외출한 사이에 내가 행여 그 카메라를 어찌할까 염려스러워서 그걸 가지고 나가는 것을 잊지 않은 자였다.

나는 갑자기 그런 그가 더욱 무서워졌다. 현관 쪽으로 시선이 갔다. 당장에라도 그가 문을 열고 집 안으로 불쑥 들어설 것만 같았다. 그가 외출한 것은 정말로 그런 것이 아니고, 나를 집 안으로 불러들이기 위한 수작이라는 생각이 들었다. 자꾸만 그랬다. 집 안에 그가 없다는 것을 안 내가 안심하고 집으로 들어왔을 때, 그런 때쯤 급히 외출에서 돌아와 다시금 나를…… 그런 사람이다, 그는. 실컷 그러고도 남을 사람이었다.

나는 서둘렀다. 등에 식은땀이 촉촉이 배어 있었다. 현관문을 열었다. 이미 현관문 밖까지 이른 그가 기다렸다는 듯이 내 앞을 막아설 것만 같았다. 현관문을 잠그고 복도로 나선 나는 뛰듯 엘리베이터 앞까지 와서 섰다. 그런데 엘리베이터를 타기도 겁이 났다. 그가 엘리베이터 문에서 튀어나올 것만 같았다. 나도 모르는 사이에 계단을 통해 바로 아래층으로 내려갔다. 그냥 경비실까지 계단을 밟으며 내려가기로 했다. 그런데 그것도 겁이 났다. 택환이 내가 그럴 것이란 것을 짐작하고 그도 계단을 통해 지금 위로 올라오고 있을 것만 같았다. 그러다가 계단의 어느 지점에서 마주칠 것만 같았다.

'어쩌지?'

나는 이러지도 저러지도 못하고 그냥 그 자리에 서 있었다. 마침 젊은 여인이 어린아이를 데리고 엘리베이터 앞으로 다가왔다. 비로소 나는 안도의 한숨을 내쉬었다. 그들과 함께 엘리베이터를 타고 아래층으로 내려왔다. 그리고 경비실 앞을 빠르게 지나 건물 밖으로 얼른 나섰다.

나는 비로소 안심이 되었다. 이곳에서는 택환이 당장 나타나도 겁이 나지 않는다. 내가 큰소리를 지르면 우선 경비원이 달려올 것이고, 그러면 택환도 더는 나를 어쩌지 못할 것이다.

조금 걸었다. 저만큼 가로등 옆에 벤치가 놓여 있었다. 나는 그리로 다가갔다. 그리고 벤치의 한쪽에 엉덩이를 내리며 앉았다. 우리 아파트 건물 말고, 그 뒤편의 건물이 눈에 들어왔다. 컴컴하게 전등불이 꺼져 있는 집도 있었지만, 그러나 더 많은 집들이 불을 환하게 켜놓고 있었다. 지금 불이 환한 저 집들은 안에서 무엇을 할까. 어쩌면 가족이 식탁에 둘러앉아서 늦은 저녁밥을 먹고 있을지도 모른다. 아니면 이미 저녁식사를 끝낸 식구들은 거실의 텔레비전 앞에 오손도손 모여앉아서 즐거운 한 때를 보내고 있을는지도…….

누가 이쪽으로 걸어오고 있었다. 여인이었다.

"엄마!"

내가 벤치에서 일어서며 부르자,

"너, 여기서 뭘해?"

엄마가 이쪽으로 가까이 다가오며 물어봤다. 나는 도로 그 자리에 앉았다. 그러자 숨을 돌리려는 듯 엄마도 벤치로 와서 내 곁에 나란히 앉았다.

"저녁밥은 먹었니?"

"응."

나는 얼떨결에 거짓말을 했다. 여지껏 저녁밥도 먹지 않고 있었다면 엄마가 걱정을 할 것 같아서였다.

"엄마는?"

"나도 먹었어."

"이모댁에서?"

"그래."

"지금 거기서 오는 길이야?"

"빨리 오려고 했지만, 이래저래 이렇게 늦었다."

그런 엄마는 표정이 모처럼 밝아 보였다. 이모를 만나서 그런 모양이다.

"집 문제는 어찌 됐어?"

내가 물어보자, 엄마가 활짝 웃음을 보이며 말했다.

"그냥 서울에서 살기로 했다."

"무슨 말이야, 그게?"

"무슨 말인가 하면……."

엄마가 이어 말했다.

"처음에는 이런저런 형편 때문에 아무래도 서울을 벗어날 뻔했지. 그러다가 변두리 지역이라도 서울에서 살아보려고 노력했던 거야. 그래서 오늘 아침에 전에 봐두었던 그쪽 부동산 사무실을 찾아갔었는데, 방이 그동안에 다른 사람하고 계약이 되었다지 뭐냐. 맥이 풀리더구나. 어느새 그럭저럭 점심시간도 훨씬 넘었다구. 다리도 아프고 지쳐서 맥없이 그냥 큰언니네 집으로 갔지. 언니와 이런저런 말끝에, 지금 내가 처한 형편을 이번에는 솔직하게 얘기를 했어. 그랬더니, 언니가 말씀하시는 거야. 그렇다면 굳이 서울의 아주 먼 변두리까지 나갈 필요가 없다, 도심과 멀지 않은 곳에도 얼마든지 그런 데가 있다면서, 한 군데를 일러주지 않겠니, 글쎄."

"그래서?"

"더군다나 언니는 말했어. 사글세 보증금은 얼마 되지 않으니까, 남은 돈은 누구를 주어서 이자를 받으면, 그래서 그 이자에다가 조금씩만 보태면 다달이 사글세 돈이 거뜬히 해결된다는 거야. 그러면서 언니는, 그 남은 돈을 자기한테 맡기면 이자를 후하게 일 할씩 계산해서 이십만 원씩을 다달이 보내주겠다는 거야. 그 돈에다가 십만 원 정도만 더 보태면 방 두 개짜리 허름한 아파트의 사글세가 해결된다는 거였지. 귀가 솔깃해지더구나!"

"그래서?"

"더군다나 언니는 자기가 잘 아는 사람이 한 달 전에 그런 아파트로 이사를 했다면서, 그곳을 일러주잖겠니. 그 길로 언니네 집을 나와 그 아파트 동네를 찾아갔지 뭐야. 그리고 계약을 했다. 그런 다음에 다시 언니네 집으로 갔지. 오늘 이리저리로 하루종일 뛰어다닌 생각을 하면 진작에 지쳤을 만도 한데, 하지만 그랬어도 요만큼도 피곤한 줄을 모르겠더라. 골치를 썩이던 것이 해결이 되니까, 너무 기뻐서일 거야. 안 그러니?"

"……."

"그곳도 서울이야. 등잔 밑이 어둡다고, 서울에 그런 곳이 있을 줄은 몰랐다. 아파트는 지은 지가 오래 된 엘리베이터도 없는 사층 건물이야. 낡은 데다가, 더군다나 우린 맨 아래층이야. 그렇긴 해도, 아주 작지만 그래도 방이 두 개야. 그러면 됐지! 안 그래?"

"언제 이사를 가는데?"

"일이 잘되느라고 그랬는지, 현재 그 아파트에 살고 있는 사람은 집주인이 돈만 빼주면 당장이라도 이사를 갈 준비가 되어 있다는구

나. 그러니까 우리가 마음만 먹으면 언제든지 갈 수가 있어."

이어서 엄마가 문득 혼잣말처럼 말했다.

"사람은 모든 일들이 잘될 거라고 긍정적으로 생각하며 살아야 해. 그렇지 않으면 두 번 죽는 꼴이 된단다."

"두 번 죽다니 무슨 뜻이야?"

"생각해 보렴! 앞으로의 일이 안 될 거라고 생각하면 당장 괴롭고, 그러다가 정말 안 되면 또 괴롭고…… 그러나 잘 될 거라고 생각하면 그동안이 즐겁고, 그러다가 안 돼도 한 번만 괴롭고…… 안 그렇겠니?"

그러나 나는 엄마의 말을 귓가로 흘리며 성난 어조로 말했다.

"내일 당장 이사를 가, 엄마!"

"얘는."

"하루라도 빨리……."

"그렇게도 이 집이 싫으니?"

"응!"

"알았다."

그런 엄마가 비로소 내 표정을 살피며 물어봤다.

"집에 무슨 일이 있었니?"

"아아니."

나는 얼른 거짓말을 했다. 나로서는 여느 때처럼 이번에도 그렇게 말할 수밖에 없었다.

"넌 아직 저녁도 먹지 않은 것 같은데?"

"먹었다니까."

"방금 네 뱃속에서 또 꼬르륵 소리가 들렸는데도?"

"……."

"귀찮아서 안 먹은 모양이로구나."

"……."

"그만 들어가서 밥 먹자. 내가 얼른 차려줄게."

엄마가 먼저 일어섰다. 나도 따라 그랬다. 우리는 함께 경비실 쪽으로 걸어갔다.

집으로 들어온 엄마는 그때부터 부랴부랴 내 저녁밥부터 챙기기 시작했다. 그러면서 사뭇 들뜬 목소리로 계속해서 오늘 있었던 일들에 대해 중얼거렸다.

"이젠 끝났다. 하나하나 일이 너무나 순조롭게 잘 풀렸어. 사람은 검부라기 하나라도 살림이 늘어나는 맛에 사는 거야. 어제까지 이렇게 방이 세 개나 되는 번듯한 아파트에서 살다가 하루아침에 개구리 손바닥만큼 비좁은 방으로 이사를 가봐라. 답답한 것은 둘째요, 우선 사람이 기부터 죽는 거야. 당장 그런 곳에서 살 맛이 나겠니? 따라서 일을 할 의욕도 없어지구……. 하지만 방이 두 개짜리인 그리로 이사를 가면, 우선 네 공부방도 그대로 생기고, 나도 신이 나서 일할 의욕이 생기고…… 직업소개소에 등록을 하면 일자리를 구할 수 있다고 언니가 일러주었다. 그곳의 소개로 파출부 자리를 얻으면, 그렇게 해서 열심히 벌면, 다달이 언니가 보내주는 이자에다가 조금씩만 보태면 그까짓 사글세쯤 못 물까. 잘하면 얼마씩 저축도 할 수 있다구. 두고 봐!"

"……."

"이번에 누구보다도 고마운 사람은 큰언니였다. 내게 그런 방법을 일러준 사람도 언니였고, 더군다나 남은 돈을 자기한테 맡기면 다달이 이자를 보내주겠다고 말해 내게 용기를 준 사람도 언니였으니까. 좋은 일에는 남이요, 궂은 일에는 동기간이라고, 뭐니뭐니 해도 동기간밖에 없다는 말이, 바로 이런 때를 두고 한 말이더구나."

"……."

나는 엄마의 말을 한 귀로 듣고, 한 귀로는 흘리고 있었다. 생각은 딴 데로 가 있었다. 택환의 그 카메라였다. 이미 나는 그 속에 들어가 있었다. 그 속에 갇힌 몸이었다. 나는 그 카메라의 필름 속에 알알이 박혀 있었다. 실오라기 하나 걸치지 않은 나의 이런저런 알몸들이 그렇게 담겨져 있었다. 어쩌면 그는 그 카메라에서 필름을 빼내어 현상소에다가 이미 맡겼는지도 몰랐다. 그리하여 나의 알몸들을 여러 장의 사진으로 뽑은 다음, 그 사진들을 가지고 그는 어떤 장난을 할는지도 모른다. 우리 학교 친구들에게 그걸 돌릴는지도, 학교의 교문 앞 담장에다가 죽 붙여놓을지도…….

엄마가 차려준 밥을 먹는 둥 마는 둥 식사를 끝낸 나는 다시금 거실의 탁자 밑을, 이번에는 택환의 방으로 들어가서 이리저리 살펴보았다. 그러나 어디에서도 그 카메라는 눈에 띄지 않았다. 그가 카메라를 들고 나간 것이 틀림없었다. 나는 앞이 캄캄했다.

"네가 웬일이니?"

안방에서 나오는 내게 엄마가 웃으면서 말했다.

"뭐가?"

내가 짐짓 되묻자, 엄마가 웃으면서 말했다.

"그럼 아니니? 전에 없이 안방에도 들어가 보구 말야."

"그냥 한 번……."

내가 어물거리자, 엄마가 전혀 엉뚱한 말을 했다.

"우리가 이사갈 집은 방이 두 개야. 아마 그 두 개를 합쳐도 이곳 안방의 절반 정도는 될까 모를 정도로 방이 어찌나 작은지……. 하지만 그게 문제냐. 마음만 편하면 됐지. 안 그래?"

"엄마 말이 맞아."

"그러니 그런 줄 알고……."

"알았어, 엄마."

진정으로 대꾸한 나는 곧 내 방으로 갔다. 혼자 있고 싶어서였다.

그날 밤에 택환은 집에 들어오지 않았다.

다음날 아침에 등교를 하면서, 나는 학교의 정문이 가까워질수록 마음이 조마조마했다. 사진들이, 나의 알몸들이 찍힌 사진들이 교문 앞 담장에 붙여져 있지나 않을까 싶어서였다. 하지만 어떤 사진도 그곳에서 눈에 띄지 않았다. 다행이었다.

둘째 날 밤에도 택환은 또 집에 들어오지 않았다.

그러자 다음날 아침에 나는 어제 아침보다 더 불안했다. 지금쯤 필름이 사진으로 뽑혀져 나왔을 게고, 그렇다면 오늘쯤 택환이 그 사진들을 정문 앞에다가 붙여놓았을 것만 같았기 때문이다. 다행히 이번에도 사진들은 눈에 띄지 않았다. 하지만, 내가 학교에서 공부하고 있는 동안에 그가 와서 그런 짓을 해놓았을지도 모른다는 생각으로 나는 하루종일 공부가 되지를 않았다. 자꾸만 교문 쪽으로 시선이 갔고, 그만큼 불안했다. 학교가 끝나자 나는 혼자 부리나케 교문을 나섰다. 혹시 나를 기다리고 있을 그 사진들을 보고 싶지가 않아서였다. 이만큼 오다가 뒤돌아보자, 그곳에 사진은 없었다. 그는 그런 짓을 아직은 하지 않은 것이다. 그런 그가 고마울 정도였다.

셋째 날 밤에도 그는 집에 들어오지 않았다.

그러자 나는 이번에는 다른 생각으로 더 불안했다. 전에도 그는 며칠씩 집에 들어오지를 않다가 느닷없이 학교로 불쑥 나를 찾아온 적이 있었기 때문이었다. 그러면 어쩌지? 어쩌긴 어째, 만나야지. 그러나 그가 사진들을 내보이며 나를 위협하면 어쩌지? 그러면서 나를 차에 태우고, 흔히 말하는 시외의 어느 모텔방으로 끌고 가면…… 학교에서 나는 그런 생각으로 시달렸다. 전에는 어서 수업이 끝났으면 바랐었지만, 오늘은 달랐다. 수업이 끝나지 말았으면 싶었다. 내일까지 여기서 계속 공부가 이어지고, 모레까지 계속되었으면 바랐다. 아니, 영원토록 말이다.

종례를 끝낸 나는 잔뜩 긴장한 마음으로 교실을 나섰다. 운동장을 지나 교문 앞에 다다른 나는 수위실 안을 힐끔 들여다보았다. 택환은 보이지 않았다. 교문을 나서며 양쪽 담장을 휘휘 둘러보았다. 어떤 사진도 그곳에 붙어 있지 않았다. 얼핏 담장 옆 골목길을 들여다보았다. 그곳에도 택환의 차는 보이지 않았다. 나는 더는 머뭇거리지 않고 버스정류장 쪽으로 걸어갔다.

갑자기 곁의 차도에서 빠앙 클랙슨 소리가 울렸다.

엉겁결에 옆을 돌아보자, 이미 승용차 한 대가 내 곁으로 바투 다가와 있었다. 낯익은 차였다. 차는 멎었고, 열려진 운전석의 유리문으로 내다보며 택환이 싱긋이 웃고 있었다.

"지나가다가 우연히 너를 만난 거야."

그가 말했다. 나는 믿지 않았다. 차는 나를 겨냥하고 어디에 숨어 있다가, 내 뒤를 따라온 것이 분명했기 때문이다.

"차에 탈래?"

"……."

"싫으면 말구."

그런 그는 주머니 속에서 무엇을 꺼내더니 차의 열려진 유리창문을 통해 내게로 건네며 말했다.

"받으라구."

그건 필름통이었다. 나의 알몸이 여러 번이나 들어가 박혀 있는 그 필름통 같았다. 아니나 다를까, 그가 히죽 웃어가며 말했다.

"지난번에는 내가 장난으로 그랬던 거야. 어쨌든 미안하게 됐다구. 그런 의미에서 내가 이 필름을 통째로 주는 거니까 알아서 마음대로 하라구. 그럼 난 간다구."

"……."

이미 저만큼 멀어져 가고 있는 그의 차를 지켜보며, 나는 필름통을 든 채 아직도 그 자리에 오도카니 서 있었다. 그러다가 문득 정신이 되돌아온 나는 누가 보거나 말거나, 얼른 그 필름통의 삐져 나와 있는 필름 부분을 잡고 죽죽 뽑아내기 시작했다. 통에서 끌려나온 필름들은 햇빛을 받자마자 곧 누르스름하게 변색이 되어버렸다. 이제 그 필름들은 못쓴다. 죽은 필름이었다. 통쾌했다. 가슴이 후련했다. 이제는 그 필름 때문에 고민을 하지 않아도 되었다. 마음을 놓고 잘 수가, 안심하고 살 수가 있었다.

"혹시……."

그러던 나는 갑자기 흠칫했다. 야릇한 생각이 들었기 때문이다. 방금 내가 폐기를 시켜버린 이 필름은 진짜였을까? 나의 알몸이 찍힌 필름이었을까? 그가 정말 그걸 내게로 건넨 것일까? 아니, 의심하면 안 돼. 이건 진짜 필름이라구. 그의 말대로, 장난삼아 그래 놓고, 장난이 너무 심했다 싶자, 나를 안심시키기 위해 이렇듯 내게 건넨 것이라구.

'하지만…….'

그가 내게 건넨, 그리하여 내가 방금 전에 파기해버린 이 필름은 어쩌면 가짜일지도 모른다는 생각이 자꾸만 고개를 치켜 들었다. 진짜 필름은 다른 곳에 숨겨 놓고, 이렇듯 가짜를……. 진짜인지 가짜인지를 확인도 해보지 않고 순간적으로 폐기시켜버린 나의 경솔한 행동을 자꾸만 나무랐다.

하지만 어떻게 그걸 확인해 본단 말인가. 확인해 보려면 필름통을 현상소로 가지고 가야 하고, 그 필름이 진짜였을 경우, 그 사진들을 본 사람들은 나를 어찌 볼 것이며, 나는 그들을 또 어찌……. 그뿐인가, 어디? 그는 이미 사진들을 한 벌 미리 뽑아놓고, 큰 인심을 쓰듯 필름만 이쪽으로 건넸는지 누가 아나 말이다.

그건 그렇다 치고, 그게 가짜였을 경우에 나는 어쩔 것인가. 그가 가지고 있을 진짜 필름 때문에, 나는 다시금 불면의 밤을 보내야 한다. 그 필름이 이 세상에 있는 한, 나는 세상으로부터 자유로울 수가 없고, 그 필름이 그의 손에 있는 한, 나는 그로부터 자유로울 수가 없다. 아냐! 그럴 리가 없어. 그건 진짜였을 거야! 진짜였다구. 그리고 이미 다 없어졌다구! 조금 전에 이미 그렇게 다 사라졌다니까. 그렇게…….

# 맑고 푸른 밤

엄마의 말대로, 우리가 이사를 온 아파트는 사층 건물이었다. 그런 건물들 몇 채가 이웃해 있었는데, 건물들은 하나같이 낡았고 그나마 퇴색이 되어서 볼품이 없었다. 고층의 아파트 건물들이 늘어진 먼젓번 동네에 비하면 건물들이 납작납작한 것이 흡사 소인국에나 온 듯싶었다.

엄마와 나는 방을 하나씩 가졌다. 조금 과장을 해서, 벽에 기대어 다리를 쭉 뻗으면 발바닥이 맞은편 벽에 닿을 정도로 두 개의 방이 똑같이 비좁았다. 거실이 바로 주방이었으며, 화장실도 한 사람이 겨우 비비적거릴 정도로 작았다. 우리는 짐이 많지가 않았기에 그나마 다행이었다.

현관 쪽의 나의 방 들창문 밖은 곧바로 산이었다. 잡목들과 덤불이 무성했다. 손을 뻗으면, 잡목의 가지들이 잡힐 것처럼 가까웠다.

공기도 맑고 시원했다. 대신에 겨울이면 춥고, 여름이면 모기가 많다고 이웃 사람들이 말했다. 아직 이곳에서 겨울은 나보지를 않아서 모르겠다만, 여름에는 말마따나 모기가 많았다.

주방과 이어진 다용도실의 유리창 밖은 화단이었다. 그 화단에는 누가 심어놨는지, 꽃나무들이 자라고 있었다. 꽃들이라야 화려한 꽃은 아니었다. 채송화, 맨드라미, 과꽃 같은 시시한 것들이었다. 얽어놓은 줄을 따라 나팔꽃이 아직도 한창 줄기를 뻗고 있었다.

화단은 옆집으로, 다시 다음 집으로 죽 이어지고 있었다. 그곳에 심겨진 꽃나무들도 서로가 비슷했다. 꽃들만큼이나 사람들도 어수룩해 보였다. 아기를 업은 할머니가 화단 앞에 나와 서서 서성대는 광경도 자주 눈에 띄었으며, 유치원이나 초등학교에 다니는 아이들이 많았고, 아낙네들은 이웃끼리 반갑게 인사를 주고받으며 정답게 지냈다.

그 앞은 주차장이었다. 그러나 주차장은 텅 비다시피 했다. 차가 한두 대 멎어 있긴 했지만, 하나같이 작고 낡은 차였다. 하기에 주차장은 건물에 비해 꽤 넓어 보였고, 평시에는 그만큼 썰렁했다.

나는 이쪽으로 전학을 왔다. 중학 시절에 두 번째로 학교를 옮긴 것이다. 새로운 얼굴들이었지만, 전학을 자주 해서인지 이젠 그리 서먹하지도 않았다. 이곳에서도 나는 뒷자리에 앉았다. 역시 키가 컸기 때문이다.

엄마는 계획대로 직업소개소를 찾아가서 등록을 했다. 그런 지 며칠이 지나지 않아서 그곳으로부터 전화가 걸려왔다. 마침 파출부 일자리가 나왔다는 것이다. 그 다음날부터 엄마는 남의 집 파출부로 일을 하러 나다녔다. 처음에는 하루 걸러서 같은 집으로 다녔지만, 차츰 일자리가 늘어나서 어느 주일에는 거의 날마다이다시피 집을 비웠다. 엄마의 일자리가 그만큼 늘어난 것은 무엇보다도 성실한 덕분이었다. 일이 좀 더디긴 했지만, 그만큼 빈틈이 없었다. 그리고 정직했다. 나쁜 마음을 먹고 주인집의 물건에 절대로 손을 대지를 않았고, 음식을 깔끔하게 잘했다. 차츰 그게 소문이 났으며, 그러자 처음의 주인집에 놀러왔던 여자친구들이 자기 집에도 와달라고 데려가곤 했기 때문이다.

그렇듯 강남이나 인근 지역으로 일을 하러 다니느라고 엄마는 피로했다. 한 푼이라도 절약하기 위해 으레 버스를 이용했다. 하기에 그만큼 일찍 일어났으며, 그만큼 늦게 돌아왔다. 그러나 엄마의 표정은 아주 밝았다. 피로한 기색을 조금도 내비치지 않았다. 오히려 흡족한 표정이었다. 이제는 누구의 눈치를 볼 필요가 없었기 때문이다. 일한 만큼 돈이 손에 들어왔고, 그것으로 두 식구가 쪼들림없이 살아갈 수 있었기 때문이었다.

그렇게 우리는 살고 있었다. 이쪽으로 이사를 온 지도 벌써 몇 달이 지났다. 밤이면 주위에서 풀벌레들의 울음소리가 애처러웠다.

지난 여름은 너무도 무더웠었다.

집에는 에어컨도 없었다. 선풍기뿐이었다. 그래도 나는 좋았다. 그것으로 만족했고, 오히려 기뻤다. 이곳에는 에어컨이 없는 대신에 택환도 없었다. 선풍기뿐이었지만, 택환이 없어서 그만큼 마음이 편했기 때문이다.

몇 달 전, 엄마는 택환의 결혼식에 혼자 다녀왔었다. 해구 영감과 마나님은 물론 그 집의 식구들을 만나보고 왔노라면서 이렇게 말했다.

“택환 아저씨는 처음부터 끝까지 싱글벙글 웃는 얼굴이더라.”

“…….”

“말과는 달리, 그는 겉으로는 결혼에 만족하는 것 같더라.”

“하거나 말거나.”

“그게 무슨 말이니?”

“내가 어때서?”

“축복은 못해줄 망정…….”

“축복받을 짓을 했어야 말이지.”

“그래도 그런 게 아니란다.”

“아니긴 뭐가 아냐.”

“어쨌든 한때를 한 집에서 같이 살던 사람 아니냐.”

“…….”

“택환 아저씨가 이제는 마음잡고 잘 살아야지, 그래야 우리도 마음이 편하지. 안 그래?”

“…….”

우리가 이사를 하던 날, 우리집을 찾아왔던 택환은 신혼여행을 다녀오자 인사차 들렀다며 이번에는 아내와 함께 밤에 케이크 한 상자를 사 들고 우리집을 또 찾아왔었다. 아내가 있었기 때문인가, 그는 내게 거의 무관심한 표정을 보였다. 어찌 보면 나를 까맣게 잊은 것 같았다. 그러자 나는 그가 결혼생활에 만족해 주기를 바랐다. 그러면 그는 나를 잊을 것이고, 그래야만 내가 그만큼 자유로울 수 있기 때문이었다.

엄마랑 그들이 거실에 앉아서 케이크를 먹으며 이런저런 얘기를 나누는 사이에, 나는 슬며시 내 방으로 들어와버렸다. 나는 이곳으로 이사를 올 적에 침대며 책상, 걸상, 전기스탠드랑 내가 그곳에서 사용하던 물건들을 그대로 차에 싣고 왔다. 그리고 내 방에다가 적당히 배치해 놓았다.

내가 책상에 앉아 있는데, 어느새 슬그머니 택환이 내 방으로 들어왔다. 그러더니 이것저것 묻는 체하다가 작은 목소리로 슬쩍 말했다.

"그때, 내가 준 필름통은 어찌 했니?"

나는 순간 얼굴이 홍당무가 되었다. 그리고 소름이 확 끼쳤다. 올 것이 왔구나 싶었기 때문이다. 그는 나를 잊은 것이 아니었다. 그 필름도 아직 잊지 않고 있었다.

"어쨌냐니까?"

"파기해버렸어요. 왜요?"

그러자 그가 싱긋이 웃으면서 말했다.

"잘했다. 그건 진짜였다구."

"진짜?"

"그렇다니까."

그는 자기딴엔 정다운 체 내 어깨를 가볍게 한 번 두드린 다음에 방에서 나갔다.

나는 앞이 캄캄했다. 그의 말 한 마디에 그렇듯 맥없이 비실거리고 있었다. 진짜였다구? 그러면 가짜도 있단 말인가? 어쩌면 그가 내게 건넨 그 필름통은 가짜였는지도 모른다는 생각이 퍼뜩 들었다. 그게 진짜였다면 그것으로 끝났을 텐데, 가짜를 건넸으니까 내가 그걸 어찌 했는지 뒷일이 궁금해서 물어본 것이 틀림없었다.

"악마!"

나는 작은 소리로 중얼거렸다. 이어 자리에서 몸을 일으켰다. 당장 방문 밖으로 나가 그들에게 지난 일들을 처음부터 끝까지 털어놓는 편이 훨씬 낫겠다는 생각이 들었다. 그러면 엄마는 너무나도 어처구니가 없어서 도저히 내 말을 믿으려 하지 않을 것이고, 그러나 택환의 아내는 그런 남편을 가진 자신이 부끄럽고 형편없는 남편이 미워서라도 가만히 있지 않을 것이다. 그렇게 되면, 택환은 어떻게 될까. 제 아무리 철면피인 그도 처음에는 그럴 듯한 말로 변명을 늘어놓다가는 끝내 쩔쩔매며…….

그러나 나는 도로 주저앉았다. 아무리 결과가 그렇게 되더라도, 앞서 그럴 용기부터 나지 않았다. 나 자신도 부끄러운 그런 말을 어찌 그들 앞에서 꺼낼 수 있단 말인가. 이건 지금뿐만 아니라 영원히 내 입에서는 나가지 못할 것이다. 내 마음을 훤히 꿰뚫고 있는 택환은 내가 그러지 못할 못난이라는 것까지 미리 치밀하게 계산을 하고 있다. 그러면서 그때그때 나를 위협하고, 협박하고, 어르고 달래면서…….

'아냐. 그는 그저 물어본 것인데, 내가 괜히…… 진짜였으니까 진짜였다고 말한 것을 내가 공연히 넘겨짚고 생각하고 있는 거라구.'

나는 이번에도 나 스스로를 그렇게 달랬다. 그러지 않고는 불안해서 숨이 탁탁 막힐 지경이었다.

그들은 곧 자리에서 일어서며 갈 차비를 차렸다. 엄마와 택환이 먼저 현관문 밖으로 나갔다. 뒤따르던 택환의 아내가 내 방을 들여다보면서 말했다.

"미선이, 잘 있어."

"안녕히 가세요."

마지못해 내가 인사를 하자, 그녀가 말했다.

"놀러와, 응?"

"……."

"전화도 하구."

"안녕히 가세요."

다시금 인사를 한 나는 함께 따라 나가지는 않았다. 그러면서 택환의 아내를 새삼스레 머릿속에 떠올려 봤다. 착하고 상냥한 여자라는 생각이 들었다. 그러니까 택환의 수작에 호락호락 넘어가서 두 번째로 임신을 했고, 고발을 하겠다는 그녀의 협박에 어쩔 수가 없었다고 변명을 했지만, 어쩌면 택환도 그녀의 착한 마음씨에 이끌려서 결혼을 했는지도 모른다.

밖에서 차 소리가 들렸다. 택환이 아내를 태우고 떠나가는 모양이다. 차 소리는 차츰 멀어져 갔다.

나는 비로소 현관문을 나선 다음 건물 밖으로 나갔다. 주차장에 엄마가 혼자 우두커니 서 있었다. 그리로 다가가며 내가 건성으로 물어봤다.

"갔어?"

"방금 갔다."

이어 엄마가 안 내키는 어조로 말했다.

"진작 나와보잖구."

"그럼 어때."

"그러면 못써. 사람이 가는데, 나와보지도 않으면 되니."

"다음부터는 그럴게."

그러자 엄마가 봉투 하나를 내밀며 말했다.

"이거 받아라."

"뭔데, 그게?"

"돈인 것 같다. 이것저것 쓸 데가 많을 거라면서, 택환 아저씨가 너 주라고 그러더라."

"싫어!"

"왜?"

"그가 주는 돈은 절대로 받지 않을 테야."

"그럴 이유라도 있니?"

"없으면 없는 대로…… 그게 편해!"

병 주고 약 주고, 그랬다가 또 언제 내게 병을 줄지도 모를 자였다. 그에게 맞서려면 우선 나 자신부터 떳떳해야 했다. 그에게 더는 약점을 잡혀서는 안 되었다. 지금까지 그는 이런저런 나의 약점을 교묘히 파악하고, 그때마다 그걸 이용해서 나를 농락해 왔지 않는가 말이다.

어느 사이에 엄마와 나는 주차장을 이만큼 벗어나 있었다. 누가 먼저 말을 꺼낸 것도 아닌데, 우리는 가볍게 산책을 하고 있었다. 아파트 건물들의 사잇길은 한적했다. 모처럼 엄마와 나는 나란히 걸었다.

"엄마."

"응?"

"참 좋다, 이 동네!"

"너도 그러니? 나도 그래!"

"이제부터 나, 공부 열심히 할게."

"난 공부보다는 네가 건강하길 바래."

"이렇게 건강한데, 뭐."

"그리구, 착하고 명랑하구…… 그러면 엄만 더 바랄 게 없어."

"정말?"

"그럼!"

"그러면 엄만 내가 공부를 못해도 괜찮단 말야?"

"공부는 잘하는데, 심성이 삐뚤어졌다면 뭣에다 쓰겠니?"

"요즘엔 거꾸로야."

"무슨 말이야?"

"심성이 삐뚤어졌어도, 공부만 잘하면 되는 세상인걸. 안 그래, 엄마?"

"그렇지 않아!"

그런 엄마가 갑자기 걸음을 멈추었다. 이어 허리를 구부리며 아랫배를 한 손으로 움켜잡은 채 엉거주춤 서 있었다.

"왜 그래, 엄마?"

내가 다급하게 묻자, 엄마가 힘없는 목소리로 대꾸했다.

"배가 아파서……."

"많이 아파?"

"곧 나을 거야."

"어떻게 아픈데?"

"배가 콕콕 쏘는 것처럼……."

"많이 아프면 병원에 가, 엄마!"

"병원은 무슨……."

그러면서 엄마가 조금씩 허리를 펴더니, 집 쪽으로 되걸으며 말했다.

"약 먹으면 나을 것을……."

"무슨 약인데?"

"이런 때마다 진통제를 먹으면 아프던 것이 곧 가라앉았어."

"집에 약이 있어?"

"사다가 놓은 것이 있어."

"그럼 어서 가, 엄마!"

나는 엄마를 부축하며 집 쪽으로 걸었다. 집에서 멀리 오지 않았던 것이 다행이었다.

"엄만 전에도 이렇게 아팠어?"

"가끔씩……."

"내일은 병원에 가봐, 엄마!"

"병원에 가면, 여기저기 검사를 할 텐데, 공연히 돈만 들지, 뭘."

"그래도……."

"염려 마! 내 병은 내가 아니까."

애써 엄마가 웃어 보였다. 그리고 아픈 곳이 다 낫기라도 한 듯 빨리 걷기 시작했다. 그러다가 나를 안심시키려는 듯 엉뚱하게 말했다.

"얘, 저 별들 좀 봐!"

엄마가 이어 중얼거렸다.

"어쩌면 저렇게도 맑고 예쁘냐!"

"……."

엄마가 가리킨 밤하늘에는 별들이 몇 개 박혀 있었다. 도심에서는 볼 수 없었던 해맑은 별들이었다. 아마 산이 있고 숲이 있자 별들도 저렇듯 살아 있는 것 같다. 그런데 그중에서도 한 개가 유난히 크고 밝았다. 그 곁에 있는 별은 작고 흐린 것이 그만 못했다. 그 큰 별은 엄마별 같았다. 그리고 작은 것은 딸인 모양이다. 저 크고 해맑은 별은 엄마의 별, 그 옆의 것은 나의 별 같다. 엄마는 그렇듯 맑고 고운 여자이고, 나는 그렇지 못한 것만 같다. 왠지 자꾸 그런 생각이 들었다.

"엄마."

"왜?"

"사랑해!"

뜻 모를 눈물이 내 눈에 어렸다.

어느새 나는 고등학생이 되었다.

초등학교 때부터 중학교 시절까지 나는 키가 커서 그때마다 교실의 맨 끝에 앉았었다. 고등학생이 되어도 나는 반에서 역시 키가 컸다. 그러나 이번에는 나보다도 더 큰 애가 있었다. 현애였다. 그 애는 운동선수처럼 체격도 컸다. 우리는 둘이 짝이 되었다. 그 애는 교실의 뒷문 바로 앞에, 나는 그 애의 옆에 앉게 되었다.

나는 현애에게 나에 대해 간단히 소개를 했다.

"난 엄마하고 둘이서 살아. 공부는 잘 못해. 많이 도와줘."

그러자 현애는 피식 웃기만 했을 뿐 아무런 대꾸도 하지 않았다. 현애는 체격으로 봐서는 성격이 활달하고 시원스럽게 보였는데, 실제로는 그렇지가 않았다. 말수가 적고, 침착했다. 그래서 그만큼 더 어른스럽게 보였다.

시간이 갈수록 차츰 우리 반 애들의 성격이 드러나기 시작했다. 몇 명은 벌써부터 죽어라 하고 공부만 했고, 몇 명은 하루종일 떠들어댔으며, 누구는 운동을 잘하고, 누구는 노래를 잘 불렀고, 누구는 한창 인기가 좋은 가수나 탤런트의 이름들을 줄줄 꿰고 있었다.

그 중에서도 눈에 얼른 띄는 아이들은 경아, 나리, 은진이었다. 그 애들은 모두 얼굴이 예뻤다. 키들도 커서 내 자리 근처의 앞쪽에 앉았는데, 그 애들은 명랑해서 주위 아이들과 잘 떠들어댔다. 그리고 저쪽 창가에 앉아 있는 아이는 성격이 표독했다. 한 번은 이웃 아이와 말다툼을 벌이다가 들고 있던 볼펜 끝으로 상대방의 손등을 찍어 반 아이들을 모두 놀라게 만든 아이였다. 그리고 시간이 끝나면 슬며시 일어나 밖으로 나갔다가, 수업 시작의 벨이 울리기 바로 전에 다시 들어와 자리에 앉곤 하는 과묵파인 나의 짝 현애…….

학급의 회장 선거가 가까웠다. 그러자 아이들은 술렁거렸다. 누가 회장에 출마한다느니, 누구는 아예 드러내놓고 선거 운동을 하기도 했다. 그러던 어느 날이다. 평소에 내게 자주 말을 걸곤 하던 경아가 큰소리로 내 이름을 부르면서, 우리 모두 미선이를 우리 반 회장으로 뽑자고 애들을 둘러보며 말했다.

그 말에, 나는 깜짝 놀랐다. 중학교 때, 나는 친구들과 잘 어울리지를 않았었다. 집안 사정도 그렇고, 이래저래 그러지를 못한 것이다. 더구나 졸업반 때는 전학을 가서 아는 애들이 별로 없었다. 그런 내가 회장 선거에 출마를 하다니 말도 되지 않았다.

회장 선거에서 중학교 동창들이 많은 애가 당선되었다. 그런데 나도 세 표를 얻었다. 경아와 두 친구가 찍은 듯싶었다. 이어서 부회장 선거였다. 그런데 모두가 놀란 것은, 말다툼을 벌이다가 볼펜 끝으로 친구의 손등을 찍은 그 애도 출마를 한 것이다. 경아는 이번에도 또 나를 지지하고 나섰다. 그 애가 왜 그러는지 나는 그 이유를 통 알 수가 없었다. 투표 결과 나는 또 떨어졌다.

선거가 모두 끝난 후로 경아는 더 자주 내 자리로 놀러왔고, 나리와 은진이도 마찬가지였다. 나는 그 애들 때문에 회장과 부회장 선거에서 두 번씩이나 망신을 당했지만, 그렇다고 그 애들을 미워하지는 않았다. 그렇듯 내게 관심을 가져주었다는 점에서는 오히려 고마웠다. 어쨌든 나는 차츰 그 애들과 친해졌다.

그런 지 한 주일쯤 후, 종례시간 직전이었다. 뒷문으로 처음 보는 애가 불쑥 들어오더니, 이따가 종례가 끝나면 좀 만나자고 말했다. 이유도 말해주지 않고, 강당 뒤의 창고 옆으로 오라고 일러주고는, 마침 현애가 들어오자 그 애는 얼른 가버렸다.

처음 보는 다른 반 아이였다. 그런 애가 무엇 때문에 나를 보자고 했을까 몰랐다. 더군다나 강당은 본관과도 떨어져 있었고, 그 뒤의 운동기구들을 넣어두는 창고의 옆은 그만큼 외진 곳이었다. 하필이면 그런 곳으로 부르다니, 나는 기분이 내키지 않았다. 그렇다고 가지 않을 수도 없었다. 오늘 가지 않으면 언젠가는 또 그 애가 찾아올 것만 같았다.

종례가 끝났다. 기분이 착잡했다. 갈까말까 망설거리다가 결국엔 가기로 했다. 무거운 발걸음으로 걸었다. 이윽고 강당 뒤로 돌아들자, 저만큼 창고 옆에 아까 그 애가 서 있었다. 천천히 그리로 다가간 나는 그 애와 마주섰다.

"왜 불렀는데?"

"그냥 불렀다."

그 애가 침착한 어조로 말했다.

"싱거운 애도 다 봤다."

안 내킨 어조로 말하며 나는 주위를 둘러보았다. 그런데, 어느 틈에 나타났는지 내 등 뒤로는 키가 큰 다른 애들 세 명이 팔짱을 낀 채 나를 지켜보며 서 있었다. 비로소 나는 야릇한 낌새를 알아차렸다. 얼핏 그 애들은 같은 패거리였다.

"내가 너희들에게 무엇을 잘못했다고……?"

겁먹은 목소리로 내가 말하자, 등 뒤에 섰던 보스처럼 보이는 애가 슬며시 내 앞으로 나서더니 중얼거렸다.

"보아하니, 넌 돈이 좀 있을 것 같다. 얘들아, 안 그러냐?"

그러자 다른 애들이,

"맞아."

합창하듯 맞장구를 쳤다.

"우린 이따가 술 좀 마시려고 하는데, 돈이 모자라거든. 그러니 술값 좀 보태라구."

보스 아이의 말에, 나는 고개를 저었다.

"나, 돈 없어. 버스값 정도밖에 없다구."

"좋게 말할 때 들어!"

"정말이래두."

"맛 좀 보여줘야지 안 되겠군. 얘들아, 누가 이 계집애 손 좀 봐줘라."

등 뒤에서 누가 내 엉덩이에 발길질을 해댔다. 그 바람에 내가 앞으로 비실거리자, 이번에는 또 다른 애가 손바닥으로 내 머리를 후려쳤다.

"더 맞기 전에, 가진 돈 모두 내놔 봐. 어서!"

나는 아픔보다 분노를 느꼈다.

"어쭈? 나를 노려보면 어쩔 거야?"

보스 아이가 더 빠르게 말했다.

"시간 없다. 가지고 있는 거 얼른 다 내놔 봐!"

"알았어."

나는 책가방을 열었다. 필통을 꺼냈다. 그들의 시선은 모두 내 필통을 주시하고 있었다. 나는 필통의 지퍼를 열고, 그 속에서 재빨리 커터를 꺼내 칼날들을 몇 마디 쭉 밀어내며 소리쳤다.

"누구든지 내 몸에 손을 대는 애는 크게 다칠 줄 알아! 알겠니?"

내가 너무나도 의외의 반응을 보이자, 아이들은 주춤했다. 그러나 곧 한 아이가 내 앞으로 나서며,

"어쭈구리? 제법인데! 그렇담 어디 한 번 그어보시지 그래."

비아냥거렸다. 나는 더 이상의 접근을 막기 위해서 커터를 든 손을 쭉 뻗었다. 그 서슬에 다가들던 상대방이 주춤했다. 그 애의 교복 상의가 칼 끝에 조금 긁혔다. 그러자 보스 애가 다급하게 명령했다.

"몽둥이 들어!"

그 명령에 따라 그들은 저쪽으로 뛰어가더니 감추어 두었던 몽둥이들을 들고 돌아왔고, 곧 나를 가운데 두고 거리를 유지하며 빙 둘러쌌다.

바로 그때다. 누가 저쪽에서 이쪽을 향해 큰소리로 말했다.

"그 애를 그냥 놔줘!"

모두 그리로 시선이 갔다. 언제 왔는지, 현애가 거기 서 있었다. 그러자 고개를 갸웃거린 보스 애가 역시 지지 않고 큰소리로 현애에게 대꾸했다.

"넌 끼어들지 마! 알겠어?"

"그 앤 너희들이 생각하는 그런 애가 아냐!"

"네가 어떻게 알아?"

"난 알아. 그러니까 이렇게 따라온 거다."

현애의 말에, 한동안 눈 싸움을 벌이던 보스 애는 김이 샜다는 듯이 애들에게,

"얘들아, 가자!"

명령한 후, 내게 중얼거렸다.

"넌 오늘 운이 좋은 줄 알아. 경고해 두겠는데, 까불면 크게 다칠 줄 알라구!"

나는 학교가 끝나자, 현애를 제과점으로 이끌었다. 현애는 순순히 응했다. 주스와 빵을 시켰다. 내가 다시 한 번 고맙다는 말을 하자, 현애가 입을 열었다.

"중학교 때, 그 애들은 '일심회'라는 이름난 서클을 만들었다. 나도 그 애들과 같은 학교였고, 처음 한때는 그 애들과 친했었지. 그런데, 애들이 차츰 본색을 드러내기 시작했어. 약한 애들을 불러다가 돈을 빼앗거나, 집단으로 구타를 하고……. 그러자 나는 그 애들과 손을 끊었다. 하기에 너를 찾아와 강당 뒤의 창고 옆으로 불러낸 아이의 얼굴을 알고 있었던 거라구."

"그랬었구나!"

"그런데 그 애들이 진짜로 겨냥한 것은 네가 아니라……."

"누구였어?"

"경아와 나리, 은진이었다구."

"그 애들이라구?"

“경아, 나리, 은진이도 나랑 중학교 동창이야. 그래서 그 애들에 대해서도 난 잘 알아. 걔네들은 중학교 때 ‘얼짱 클럽’이었다구.”

“얼짱 클럽?”

“얼굴이 예쁜 다섯 명이 모여 클럽을 만들자, 다른 아이들은 그 애들을 그렇게 불러댔지.”

“세 명 말고 두 명은 또 누구지?”

“한 아이는 아버지가 외교관이라서 졸업반 때 딴 나라로 가족과 함께 떠나갔고, 한 아이는 지금 다른 반이 됐어. 왜 자주 경아나 나리, 은진이를 만나러 오는 아이 있잖니.”

“그래. 그 애를 나도 알아!”

“경아와 나리와 은진이는 용케도 우리 반이 됐는데, 여기서도 설치거든. 그리고 은근히 ‘얼짱 클럽’을 재건하려는 눈치였어.”

“어떻게?”

“부족한 한 명을 미선이, 너로 채우려 했던 거라구.”

“나를?”

“넌 ‘얼짱’에다가 ‘몸짱’이니까, 그런 생각이 들었겠지.”

“그건 네가 잘못 생각한 거 아냐?”

내가 고개를 갸웃거리자, 그러거나 말거나 현애는 말을 이었다.

“하기에 너를 회장 선거에 내보내려 했고, 떨어지자 이번에는 부회장 출마를 권하면서 네게 접근했던 거야.”

“…….”

“그런데, ‘일심회’ 아이들은 중학교 때도 ‘얼짱 클럽’을 아주 싫어했었다. 그러나 ‘얼짱들’이 얼굴들만 예쁜 게 아니라 집안도 부자들이고, 소문에는 뒷배경도 든든했어. 하기에 섣불리 건드리지를 못했던 거라구. 그랬던 것이 부회장 선거 때, 경아와 나리와 은진이가 또 너를 밀어준 것이 '일심회' 아이들의 비위를 크게 건드린 거라구."

"그게 무슨 상관이야?"

"우리 반에도 '일심회' 회원이 있다구."

"누군데, 그 애가?"

"부회장 선거에 나갔던 아이."

"그러면 세 명 중에, 혹시 저 '무서운 아이' 말이냐?"

"그래. 말다툼 끝에 볼펜 끝으로 친구의 손등을 찍은 그 아이가 바로……."

"어쩜!"

"걔네들이 처음에 네게 돈을 요구했던 것은, 수작에 불과해. 이래저래 '얼짱들'이 밉던 그 애들은 이번에 그 애들에게 정식으로 도전장을 던진 것이고, 우선 본때를 보여주기 위해 그 애들이 접근하는 너부터 택한 거라구. 말하자면 넌 희생양이었던 거야. 알겠니?"

"그나저나 넌 왜 나를 구해줬니?"

"난 네가 처음부터 좋았어."

"어째서?"

"엄마랑 둘이서 산다는 그 말을 듣고서 말야."

"그게 어때서?"

"그게 나쁠 거야 없지만, 그렇다고 뭐 그리 자랑스러운 것도 아니거든. 그렇지 않을 수도 있지만, 얼핏 가난하다는 뜻이라구. 하기에 그런 경우 아이들은 숨기려 든다구. 하지만 넌 달랐어. 솔직했어. 처음부터 그러기는 쉽지가 않아. 그게 내 마음에 든 거라구!"

"……."

"그러자 너를 지켜줘야 되겠다는 마음이 일었고, 우리 교실에서 그 아이가 네 앞에서 돌아서서 나가자 틀림없이 너를 그 애들이 해칠 거라는 생각에, 나는 그때부터 네가 끌려갔을 만한 곳을 여기저기 찾아다니다가, 이웃고 창고 옆에서……. 알겠니?"

# 기쁨 뒤에 찾아온 것

하루는 경아가 내게 말했다.

"얘, 이번 토요일에 우리집에 가자."

"왜?"

"내 생일이거든."

"그러니?"

"작년까지도 호텔의 객실을 빌려 했었는데, 이번에는 그냥 집의 정원에서 가든 파티를 열기로 했어. 나리랑 은진이랑 혜옥이랑 친구들이 모두 오기로 했는데, 너도 꼭 와!"

"글쎄."

"글쎄가 뭐니. 난 성의를 다해 초청했는데!"

"현애와 상의해 보구."

"그럼 현애도 함께 와. 그렇게 믿고 준비할게."

나는 확답을 주지는 않았다. 학교에서의 그 불미스러운 사건 이후로 나는 매사를 현애와 의논을 해왔다. 이번에도 그럴 참이었다.

내 얘기를 전해 들은 현애는 달가워하지 않았다. 그 애가 그러자 나도 썩 내키지가 않았다. 내 눈치를 얼른 알아차린 현애는 다시 착잡한 표정이더니, 곧 생각을 번복했다.

"네 생각이 그리 내키지 않는 모양인데, 그렇다면 나도 참석하겠다. 그러나 이건 그 애들이 좋아서가 아냐. 중학교 때부터 하도 잘 산다고 소문난 애들이니까, 얼마나 그런지 호기심이 나서 한 번 가보려고 한다. 앞서 내가 안 간다면 너도 가지 않으려는 그런 너를 위해서라는 걸 알아두라구!"

"고마워."

그래서 현애와 나는 조그만 선물을 마련해 가지고 경아의 집을 찾아갔다. 찾아갔다기보다는, 그쪽에서 우리 둘을 위해 자기 집의 자가용 차를 보내주어서 편하게 갔다.

현애의 말대로, 경아네 집은 부유했다. 우선 집부터가 그랬다. 삼백여 평의 대지 위에 번듯한 이층 양옥이며 드넓은 정원에 들어선 멋진 나무들이며, 엄마는 고급 승용차를 직접 몰고 다녔지만, 아빠의 자가용은 운전기사가 딸려 있었으며, 집에는 가정부도 있었다.

현관으로 들어서면 정원이 훤히 내다보이는 넓은 거실이, 그곳에 놓인 소파며 천장에 매달린 샹들리에는 첫눈에도 얼른 고급 물건들로, 하나같이 외국에서 들여온 값이 어마어마한 수입품들이라고 했다. 이층의 경아의 방도 예외는 아니었다. 침대부터가 외제였다.

그 너른 집에서, 그 아름다운 집에서 경아는 살고 있었다. 식구라고는 부모와 달랑 남매뿐이었다. 경아의 오빠인 경욱은 올해 고교 졸업반이었다. 잘은 모르겠으나, 공부보다는 놀기를 좋아하는 것 같았다. 우리가 놀러가자, 이미 알고 있었는지, 슬며시 우리들 틈에 끼어들었다.

경아의 엄마는 멋쟁이였다. 아직도 젊어 보였고, 건강미가 넘쳐흘렀다. 게다가 성격이 시원스럽고 거칠 것이 없어서, 그 앞에서는 어떤 남자도 보기 좋게 당할 것만 같았다. 나리와 은진의 엄마, 그리고 몇몇 여인들이 초청되어, 그런 경아 엄마와 어울렸다.

저녁이 되자, 드넓은 정원에서 파티가 열렸다. 잔디밭 위에 마련된 식탁에는 갖가지 음식들로 가득했고, 그 식탁 주위에 의자들을 놓고 둘러앉아서 우리는 음식을 즐겼다. 정원에 외등이 켜지더니, 어디선가 음악이 흘러나왔다. 그러자 라일락 향기가 은은한 봄날 밤의 정원의 분위기는 흡사 어느 외국 영화의 한 장면처럼 멋지고 흥겨웠다. 외부에서 불려온 사진사가 정원의 이곳저곳을 돌아다니면서, 카메라의 플래시를 번쩍번쩍 터뜨리며 사람들의 이런저런 장면들을 계속해서 카메라에 담았다.

이번에도 경욱은 우리들 틈에 끼어들었다. 그는 틈을 엿보다가 슬며시 내 곁, 또는 맞은편에 자리하곤 했다. 경아는 그때마다 은근히 이를 도왔고, 그들 남매의 그런 행위를 누구보다도 현애가 재빨리 눈치를 채고 내게 의미있는 웃음을 보이곤 했는데, 그러면 나는 멋쩍고 쑥스러워서 애써 자리를 다른 곳으로 피하곤 했다.

경아 아빠는 뒤늦게 정원에 나타났다. 이제야 귀가를 한 것이다. 몸집이 크고, 얼굴이 번들한 중년의 사내였다. 경아가 나를 소개하자, 그는 빙글빙글 웃는 얼굴로 말했다.

"난 지금까지 세상에서 우리 딸이 가장 예쁜 줄로 알았는데, 지금 보니 미선인 늘씬한 키며 얼굴이며 보기 드문 미녀로구나! 허헛."

그러자 경아도 맞장구를 쳤다.

"미선이는 교무실에까지 소문난 미녀라구. 알아, 아빠?"

"그렇구먼!"

파티는 흥겹게 이어지고 있었다. 그러나 그런 속에서 나의 기분은 차츰 흐려졌다. 요즘에 엄마는 일을 하러 나가는 날과 집에 있는 날이 같을 정도였다. 요즘에는 경제 사정이 좋지를 않은 모양인지, 일자리가 그만큼 줄어들어서라고 말했지만, 그러나 일감이 줄어든 만큼 엄마의 건강도 그만큼 나빠 보였다. 눈에 띌 정도로 그랬다. 얼굴은 화색이 거의 사라져 꺼칠해 보였고, 틈만 있으면 전보다도 더 자주 자리에 눕곤 했다. 웬만큼 아프면 아픈 척을 하지 않던 엄마가 그럴 정도라면, 엄마로서도 더는 어찌할 수가 없었던 모양이다.

"병원에 한 번 가봐요, 엄마!"

얼마 전에도 내가 말하자,

"병원은 무슨……."

여느 때처럼 엄마는 이번에도 또 가볍게 받아넘겼다.

"혹시 큰병은 아닐까, 걱정이 돼서 그래."

"너, 병원이 얼마나 귀찮은 곳인 줄 아니? 괜한 사람 이리저리 끌고 다니면서 이것도 검사하고, 저것도 검사하고……. 그러다 보면 오히려 멀쩡한 사람도 병에 걸린다더라. 돈은 또 얼마나 들구……."

"그 대신에, 병의 원인을 정확하게 알 수 있다구요."

"염려 마. 몸살일 거야. 이러다가 곧 낫겠지, 뭐."

이어 엄마가 웃으면서 중얼거렸다.

"옛말에, 명은 하늘에 있다고 했다. 아무나 쉽게 죽지 않는단다."

"그래도……."

"엄마는 어떻게 해서든지 너를 대학까지 공부시키고, 결혼하는 걸 보기 전에는 죽지 않아. 알겠니?"

"죽기는…… 엄마가 죽으면 나도 따라 죽을 거야!"

"나를 따라서 죽는다구?"

"그러니 알아서 해요!"

그 말에, 엄마는 펄쩍 뛰었다.

"내가 쉽게 죽을 리야 없지만, 만약에 그렇더라도 너는 그러면 안 돼!"

"엄마가 힘이 들면, 나도 돈을 벌 테야!"

"네가 무슨 수로 돈을……?"

"학교를 그만두고서라도……."

"얘가 미쳤어!"

"아님, 무슨 아르바이트를 하든가……."

"알았다, 알았어! 그만큼 나를 거들려고 하는 뜻은 알겠는데, 아직 네가 거기까지 나설 만큼 내가 당장 어찌 된 것도 아니구……. 그러니 이제 그런 얘기는 그만 하자."

엄마가 애써 웃어 보이자, 나도 따라서 그랬다. 우울한 얘기가 나도 더는 싫었기 때문이다.

그런데, 지금 경아의 엄마나 초청되어 온 다른 엄마들은 얼마나 젊고 건강하게 보이는가 말이다. 깔깔거리는 웃음소리, 큰소리로 주고받는 즐거운 목소리들이며 걱정이라고는 요만큼도 찾아볼 수 없는 밝은 표정들이었다.

파티가 끝나고 늦게 집으로 돌아오자, 엄마가 넌지시 물어봤다.

"그래, 재미있었니?"

"응."

나는 건성으로 대꾸했다.

"표정이 그렇지만도 않은데?"

"내가 어때서?"

"그야 그 애 집이 부자라니까, 집이랑 음식이랑 여러 가지로 우리와 비교가 됐겠지. 아니냐?"

그때, 나는 엄마의 방 한 구석을 지켜보며 얼른 말을 돌렸다.

"저 백(가방)은 뭐야?"

"응, 저건……."

이어 엄마가 말했다.

"조금 전에 택환 아저씨가 갖다놓고 간 거다."

"그 속에 뭐가 들었는데?"

"그건 나도 몰라. 뭐 대수롭지 않은 거라면서, 그러나 열어보진 말라고 웃으면서 말하더라."

"뭐가 들었기에?"

그러면서 내가 그리로 가 백을 열어보려고 하자, 엄마가 질겁을 하며 말했다.

"아서! 남의 물건에 함부로 손을 대면 안 된다구."

"궁금하잖아."

"그래도 그냥 내버려 둬라. 혹시 손을 댔다가……."

"어떻다는 거지?"

"이제야 말이지만, 우리가 그의 아파트에서 함께 살 때, 그는 생활비를 건네주고는 그걸 어떻게 썼나 하나하나 따질 때가 많았어. 내가 한 푼이라도 어떻게 했을까라기보다는 그저 버릇이 그런 거 같아서 그때마다 참고 지냈지만……. 어쨌든 택환 아저씬 덜렁대면서도 성격이 그렇듯 꼼꼼하고 치밀한 데가 있다. 누가 열어봤나를 알 수 있도록, 자기만 아는 무슨 표시를 해놨을지도 몰라."

"……."

"자기가 뭐 대수롭지 않은 거라고 말했으니까, 그런 줄로 알고……. 그나저나, 택환 아저씨는 요즘 일이 잘 풀리는 것 같더라."

"엄마가 어떻게 알아?"

"자기 말로는, 그동안 필리핀에도 다녀오고, 중국에도 다녀왔다더라. 사업상 그랬다는 거야."

"그러다가 또 망하는 거겠지."

"그런 소리 마라! 과거야 어쨌든, 아는 사람이 잘되는 게 좋지 못되는 게 좋겠니."

"그가 우리집에 그만 왔으면 좋겠어."

"나도 그런 생각을 안 해본 것도 아냐. 하지만, 웃는 얼굴에 침 못 뱉는다고 했다. 자기딴에는 아는 집이라고 들르는데, 못 오게 할 수도 없고…… 또……."

"또 뭐야?"

"달랑 모녀가 사는 집에 가끔씩이라도 사내의 모습이 비쳐야 남들이 무시를 하지 못하는 법이다. 그리고, 누가 아니? 살다가 무슨 일이라도 생기면 당장 의논할 사람은 아무래도…… 저도 사람이니까, 어느 날은 정신을 차릴는지도……."

"……."

"어찌 됐든 넌 그런 것에는 모르는 체 신경 쓸 것 없고, 부탁인데……."

"무슨 부탁?"

"나 없는 동안에라도, 저 가방에 행여 손을 대서는 안 된다. 알겠니?"

"알았어."

엄마의 거듭된 부탁이 아니더라도, 이제 나는 그까짓 가방에 흥미조차 없었다.

경아의 집을 다녀온 뒤로 나는 기분이 별로 유쾌하지 못했다. 그건 이틀 후에, 학교에 가서도 마찬가지였다. 현애가 점심시간에 나를 벤치로 불러내더니 은근히 말했다.

"경아네 집에 다녀온 후로 넌 표정이 밝지가 않다. 아니니?"

"내 표정이 어때서?"

"내 눈은 못 속인다."

"……."

"그건 나도 마찬가지야. 하지만 참기로 했다. 경아나 나리, 은진이랑 혜옥이는 잘살면서도 아이들이 솔직하고…… 나름대로 장점이 있는 애들이더구나."

"그건 그래."

"그 장점들만 사기로 했다."

그런 현애가 말을 이었다.

"그곳에서 들은 재미있는 얘기 들려줄까?"

"뭔데?"

"그 애들은 숨기는 게 별로 없어. 자랑삼아, 어느 때는 주책없이 마구 떠들어 대는 거야. 걔네들의 말들과 또 경아 엄마랑 다른 엄마들이 주고받았던 말들을 종합해 본 건데, 경아 아빠는 전에 어느 공직에 있었나봐. 무슨 이유 때문인지는 몰라도 그만두고, 무슨 사업을 했는지 어마어마하게 돈을 번 것 같았어. 강남에 빌딩이 두 개, 북한강변에는 별장을, 동해안에도 콘도, 그런 것 말고도 전국 여기저기에 땅도 많이 가지고 있는 것 같았어."

"……."

"그 많은 재산을 모으기까지, 그 성격하며, 아무래도 경아 엄마가 앞장을 선 것 같더라. 그리고 경아 아빠는 장차 시의원에 출마할 모양이구……. 장차 목표는 국회의원인데, 그러자면 우선 시의원부터 돼야 한다나."

"그래?"

"그러자 벌써부터 그 준비를 해온 것 같았어. 이번에는 장학사업을 벌였다나 봐. 즉, 집안이 어려운 학생들을 골라 장학금을 주는 계획을 마련했다나?"

"……."

"경아의 오빠, 경욱이는 참 우습지?"

느닷없는 말에 내가 흠칫하자, 현애가 웃으면서 말했다.

"그 앤 고등학교 졸업반이면서도 너무 놀기를 좋아하더구나. 하기야 뭐 집에 돈 많겠다, 걱정할 필요가 없지만서두."

"아무리 그렇더라도……."

"일류 과외선생들한테 공부하고, 그러다가 대학에 떨어지면, 그땐 미국으로 유학을 가버리면 그만이니까 말야. 안 그래?"

이어 현애가 엉뚱하게 중얼거렸다.

"경욱 오빤 널 좋아하는 것 같았어."

"얘는."

"눈치가 그랬어. 내 눈은 틀림없어."

"틀릴 때도 있지, 뭐."

"두고 보라구!"

나는 현애의 말들 중에서, 무엇보다도 관심이 가는 것이 있었다. 경아의 아빠가 장학사업을 벌였다는 말이었다. 집안이 가난한 학생들을 뽑아 장학금을 주려고 한다는 그 말에, 나는 나도 모르는 사이에 은근히 마음이 이끌렸다. 나도 그런 장학금을 받았으면 좋겠다는 생각이 자꾸만 들었다. 그래서 엄마를 조금이나마 도울 수 있다면, 그러면 엄마는 얼마나 기뻐할까!

학교에서 경아는 전보다 내게 더욱 접근했다. 내 자리를 찾는 횟수가 그만큼 잦았고, 동아리 애들과 매점에 들렀다가 돌아올 때는 빵이며 음료수 등 먹을 것을 사다가 나랑 현애에게 건네주는 것을 잊지 않았다. 그러면서 은근히 내게 자기네 집에 놀러오라고 말했고, 어느 때는 밤에 집으로 전화를 걸어오기도 했다.

나는 그 애가 그럴 적마다 거부감이 일어날 때도 있었지만, 왠지 그렇게 싫지는 않았다. 이번에는 다른 나름대로의 어떤 미련 때문이었다. 그 애의 아버지가 마련했다는 장학금 혜택을 나도 받을 수가 있다면, 그러기 위해서는 경아를 멀리할 수만도 없었기 때문이다.

그러던 어느 일요일 아침나절이었다.

엄마의 심부름으로 물건들을 사기 위해 동네 슈퍼마켓에 가려고 집을 나와 조금 걸었을 때였다. 우리 아파트 건물을 바라보며 자가

용 승용차 한 대가 천천히 길을 따라 올라오고 있었다. 그 차는 나를 보더니 곧 멈추었고, 뒷좌석에서 여자 아이가 얼른 뛰어내리며 소리쳤다.

"미선아!"

얼핏 보자, 그 애는 경아였다. 주춤거리는 나를 보고 경아가 말했다.

"너네 집이 이 근방이라는 것을 알고 있으니까, 지나가는 길에 한번 들러본 거야. 너네 집도 알 겸해서 말야. 뒤에 산도 있고, 여긴 참 공기가 좋구나!"

그런데 차의 뒷좌석에서 누가 열려진 유리문으로 얼굴을 내비치며 손을 흔들어 보였다. 경욱이었다.

"오빠도 가보자고 해서 이렇게 온 거야. 그런데 넌 어딜 가니?"

"슈퍼에……."

"그랬구나. 너, 우리랑 함께 나가서 점심 먹지 않을래?"

"다음에……."

"그럼 그래. 뭐 오늘만 날도 아니구 말야. 그런데, 참…… 너, 이번 방학 때, 무슨 계획 있니?"

"계획은 무슨……."

"그렇담 잘됐다. 방학 때 우리 아빠가 별장으로 우리 친구들을 초청하신댔어. 너도 꼭 와야 돼. 알겠니?"

"나도?"

"그때 가서 내가 다시 연락할 테니까, 그리 알라구. 현애도 데리고 와. 그리고 알아둘 것은, 너희는 무얼 하나도 준비할 필요가 없어. 그곳에 모든 것이 다 있으니까. 그러니까 몸만 오면 된다구. 알겠지?"

"생각해 보구……."

"생각은 무슨 생각이니. 모처럼 우리 아빠가 우리 친구들을 특별히 초청하는 건데, 성의를 생각해서라도……. 그럼 그리 알고 난 간다."

활짝 웃어댄 경아는 얼른 차의 뒷좌석으로 올랐다. 운전기사가 곧 차를 돌렸다. 차는 오던 길로 되짚어 멀어져갔다.

나는 얼떨떨했다. 갑자기 나타났다가 갑자기 사라진, 생각지도 않았던 그들과의 짤막한 만남이 그랬다. 예고도 없이 경아는 왜 여기까지 왔을까 몰랐다. 그 애의 말대로, 그저 지나치던 길이었을까. 어쩌면 경욱이 경아를 부추겨서 그랬는지도…… 그건 그렇다 치고, 별장에 초대를 받은 것을 승낙해야 할까, 말까? 그 별장은 또 얼마나 멋질까 모르겠다. 거부감 못잖게 호기심도 일었다.

슈퍼를 다녀오는 동안, 나는 이런저런 생각을 하느라고 시간이 꽤 걸렸다. 집으로 들어서자, 엄마가 대뜸 물어봤다.

"아까, 그 애는 누구냐?"

"누구?"

"저 앞에서, 네가 차에서 내린 애하고 얘기를 하고 있더구나."

"엄마가 그걸 어떻게 알았어?"

"여기, 다용도실에서 언뜻 밖을 내다보니까 네가 그러고 섰더구나. 그 애가 먼젓번에 네가 놀러갔다 온 그 집 아이냐?"

"엄만 어떻게 그렇게 잘 알아?"

나는 감탄했다. 엄마의 직관은 참으로 놀라웠기 때문이다.

"너를 찾아온 거였냐?"

"지나가던 길에 그저 한 번 들렀다나 봐."

"집으로 데리고 들어오잖구."

"그냥……."

내가 시큰둥하자, 엄마가 또 물어봤다.

"그냥 와본 건 아닐 게다. 무슨 딴 얘기는 없었구?"

"이번 여름방학 때 자기네 별장으로 놀러가자더군."

"그래서 넌 뭐라고 했니?"

"생각해 보겠다고 말했어."

그러자 엄마가 얼른 안 내킨 어조로 중얼거렸다.

"그 앤 여러 모로 너를 생각해서 그런 건데, 생각해 보겠다니……."

"엄마도 그렇게 생각해?"

"그럼 아니니. 그 앤 너한테 호감을 가지고 있어. 그래서 저번에도 생일에 초청을 했구, 이번에도 또 그런 거라구. 더구나 한두 명도 아니고 여러 친구들을 초청했다면, 이는 부모의 허락이 있었을 게다. 틀림없다."

"그 애의 아빠가 초청을 했다나 봐."

"거 봐라, 내가 뭐랬니! 다른 사람도 아니고, 그 애의 아빠가 초청한 거라면 더구나 가야 돼. 알겠니?"

"엄만 내가 그러길 바라?"

"그렇고말구!"

이어 엄마가 힘주어 말했다.

"세상을 살아가자면, 사람은 혼자서는 못사는 법이다. 싫든좋든 여러 사람과 어울려 살게 마련이야. 되도록 좋은 사람들을 만나 사귀면 더할 나위가 없지. 아까 왔던 네 친구는 집안이 퍽이나 좋은 아이가 아니냐. 그런 아이와 사귀면 해될 게 없다. 더구나 이번 기회에 그 애 아빠가 되는 분과도 친해두면, 장차 여러 가지로…….”

“…….”

나는 엄마를 물끄러미 건너다보았다. 엄마는 이미 내 마음을 다 꿰뚫고 있는 듯 보였다. 엄마의 말 한 마디 한 마디는 어쩌면 그렇게도 내 마음을 헤아리고 있을까 놀라울 정도였다.

나는 마음을 굳혔다. 경아의 초청에 응하기로 했다. 현애에게는 미리 그런 얘기를 해주지 않기로 했다. 그 애는 나를 비아냥거리지는 않겠지만, 나름대로 또 어떤 해석을 하고는, 이번에도 의미있는 웃음을 지어보일는지 모른다. 그게 자꾸 마음에 걸렸다. 그때까지는 아직 시간이 남아 있었다. 임박해서 경아네 별장에 가는 문제에 대한 현애의 의사를 물어보기로 했다.

여름방학이 시작되고, 얼마쯤 지나서였다.

내가 경아네 집으로 가자, 다른 친구들은 이미 다 모여 있었다. 별장까지 가는 차량이며 삼박 사일 동안의 모든 것은 경아가 다 책임을 졌다. 경욱도 우리의 일행이었고, 김 회장은 급하게 처리해야 할 무슨 일이 생겼다면서 뒤에 오기로 했다.

현애는 오지 않았다. 내가 자꾸만 함께 가지고 졸랐는데도, 현애는 자기는 그렇듯 며칠 동안씩 집을 비울 수가 없다고 잘라서 말했다. 구체적으로 그 이유를 말해 주지는 않았다. 그러나 나름대로 집안에 그럴 만한 사정이 있는 듯싶었다. 하지만 현애는 나랑 함께 동행하지 못하는 것을 미안해하며, 잘 놀다가 오라고 웃으면서 말해 주었다.

북한강변에는 여기저기 별장들이 자리하고 있었다. 이른바, 별장촌이었다. 우리가 경아네 별장에 도착하자, 그곳에 상주하는 관리인이 우리를 반갑게 맞아주었다. 초록의 잔디 위에, 아담한 단층 건물이었다. 그 별장은 경아네 집과는 또 다른 분위기였다.

도시와는 달리, 하늘은 활짝 열려 있었다. 공기는 더없이 맑고 시원했다. 멀지 않은 곳에서 강물이 흐르고 있었으며, 강 건너에는 산들이 우뚝우뚝 치솟아 강물과 어우러져 한 폭의 풍경화를 보는 느낌이었다.

밤은 밤대로 좋았다.

이곳에서는 여름인데도 밤의 기온이 서늘할 정도였다. 우리는 멋으로 벽난로에 짐짓 불을 지피고 그 앞에 모여앉아서, 과일이랑 과자를 먹으며 노래도 부르고 이야기도 나누었다. 촌스럽게도 나는 벽난로를 구경하기는 이번이 처음이었다. 마치 나는 지금 서양의 어느 집에 와 있는 듯한 착각이 들었다.

그렇게 놀다가 나는 슬며시 혼자서 밖으로 빠져나왔다. 마침 밤하늘에는 둥두렷 달이 떠 있었다. 먼지와 매연으로 가득한 도시의 달과는 비교도 되지 않을 정도로 이곳의 달은 해맑은 낯으로 하얗게 웃고 있었다. 그 하늘에는 별들도 보였다. 반짝반짝 파랗게 웃고 있었다. 그런 달과 별들은 어디선가 쉬임 없이 들려오는 풀벌레소리와 어우러져 아름다운 여름밤의 교향곡을 이루고 있었다.

나는 나도 모르는 사이에 별장의 문을 나서서 걷고 있었다. 달빛에 이끌려 한 걸음씩 한 걸음씩 걷다 보니, 어디선가 물소리가 들려왔다. 가까이 강물이 달빛에 번쩍이고 있었다. 저쪽에는 어느 별장의 외등이 달빛에 희미했고, 바로 눈앞에는 강물이 흰 이빨을 드러내며 씽긋씽긋 웃고 있었다.

지금 나는 강가에 혼자 서 있었다.

찰싹찰싹 가까이에서 강물소리가 끊임없이 들려오고 있었다. 문득 알 수 없는 흐느낌이 가슴속 가득히 밀려들었다. 그건 진한 그리움이었다. 혼자서 빈집을 지키고 있을 엄마의 얼굴이 눈앞에 어른거렸다. 지금쯤 무얼 하고 있을까 몹시 궁금했다. 여기에 엄마랑 함께 왔다면 얼마나 좋을까 싶었다. 그리하여 저 밤하늘의 해맑은 달과 별들을 함께 보았더라면 엄마도 몹시 기뻐했을 텐데…….

갑자기 등 뒤에서 인기척이 들렸다. 깜짝 놀라 뒤돌아보자, 누가 이쪽으로 다가오며,

"혼자 거기서 뭘 하니?"

큰소리로 물어봤다. 경욱이었다.

갑작스런 그의 출현에 나는 당혹스러웠다. 한편 무서움에서 구출을 받았다는 안도감도 일었다.

"미선이가 안 보였어. 그러자 산책을 나가는 걸 봤다고 경아가 귀띔을 주더군. 그래서 이렇게 나온 거야."

"……."

"혼자 무섭지 않아?"

"무섭긴요."

내가 짐짓 안 그런 체하자, 경욱이 말했다.

"하긴. 혼자서 몽둥이를 든 여러 애들을 물리친 아가씨니까. 하하."

"그 애길 어찌 알아요?"

"누가 퍼뜨렸는지 벌써 소문이…… 전에, 경아한테서 들었다구."

강가에 단둘이 있기가 머쓱했다. 내가 별장을 향해 발걸음을 옮기자, 경욱도 곁에서 따라 걸었다. 그가 무슨 말을 할 듯하다가 자꾸만 머뭇거렸다. 침묵이 부담스러울 만큼 이어지자, 내가 먼저 입을 열었다.

"경욱 오빤 공부 안하고 여긴 왜 따라왔어요?"

그러자 그가 얼른 말했다.

"그놈의 공부 얘기를 여기서는 안 들으려고 왔는데 말씀야. 하하."

"내년에 대학시험을 칠 사람이니까 그렇죠."

"일류대학 말고 이류대학에 가면 되지, 뭐."

"그건 쉬운가요, 어디?"

"그럼 삼류대학으로…… 그렇게 좀 다니다가 미국으로……."

"미국으로요?"

"내가 먼저 가고, 경아도 졸업하면 올 거라구. 내가 가서 초청할 테니까, 미선이도 그때 함께 오라구. 하하."

"내가 그곳엘 어떻게……."

내가 어설피 웃자, 그가 얼른 중얼거렸다.

"그까짓 유학비용이 얼마나 든다구. 아빠한테 말씀 드리면 미선이 학비쯤이야…… 하하."

"농담이라도 그런 말은 싫어요!"

내가 안 내켜하자, 눈치를 챈 그가 슬그머니 말을 돌렸다.

"우리 아빠는 내일 오신다고 전화가 왔어."

"……."

"와서 우리랑 함께 놀다가 모레, 혼자 떠나실 것 같더라구."

"……."

"우리 아빠는 내 친구들과도 잘 어울리신다구. 그런 분이라구. 하하."

경욱은 사람이 좀 싱거웠다. 그만큼 착해 보였다. 그러니 만큼 요만큼의 악의도 없어 보였다. 무엇 한 가지 부족한 게 없는 풍요로운 집에서 자랐으니 그럴 수밖에 없을 것이다. 공부가 신통치 못한 것이 불만일까, 하지만 그런 것에서 오는 결함도 돈으로 해결이 얼마든지 가능한 세상이니까…….

경욱의 말마따나, 김 회장은 다음날 오후에 왔다. 그러고는 우리들과 어울렸다. 조금 오만한 부인과는 달리, 그는 이번에도 부드럽고 친절했으며, 놀기를 좋아했다.

밤에, 뜰에다가 모닥불을 지폈다. 오늘 밤에도 하늘엔 달이 밝았다. 경욱이 기타를 치고, 우리는 거기에 맞춰서 노래를 불렀다. 그런 속에서, 김 회장은 기분이 좋다며 샴페인을 자꾸만 마셨다. 그런 그는 우리들에게도 포도주를 권했다.

나는 잠깐 자리를 떠나 저쪽 벤치로 가서 앉았다. 김 회장이 슬며시 이쪽으로 오더니, 내 곁에 털썩 주저앉으며 말했다.

"아버님은 뭘 하시나?"

"돌아가셨어요."

"아니, 언제?"

"제가 초등학교 때요."

"저런, 저런!"

담배를 꺼내 피워 문 그가 또 물어봤다.

"그럼 생활비는 누가 버시나?"

"엄마가……."

"미선이하고 엄마 말고, 가족은 몇 명인고?"

"엄마랑 두 식구예요."

"엄마는 무슨 직업에 종사하시나?"

"……."

내가 말이 없자, 무슨 눈치를 챈 듯 그가 말했다.

"염려 마라. 내가 장학금을 줄 테니까."

"네?"

"내가 이번에 장학사업을 벌였다구. 구체적인 것은 뒤에 차츰 말하기로 하구, 당장 다음번 수업료 전액은 물론, 미선이가 졸업할 때까지…… 알겠나?"

"……."

나는 감격했다. 그의 입을 통해서 직접 그런 말을 들었기 때문이다. 어쩌면 나는 그 말을 듣기 위해서 이곳에 온 것인지도 몰랐다. 다음번 수업료는 물론, 내가 원한다면 졸업할 때까지 장학금을 대주겠다니, 이건 꿈이 아니고 무엇이란 말인가! 엄마가 이 소식을 들으면 얼마나 기뻐할까. 나보다도 더 기뻐할 것이 틀림없다.

저쪽에서 아이들은 춤을 출 준비를 하고 있었다. 야외용 전축을 가져다가 잔디밭 한 켠에 틀어놓았다. 그리고 템포가 빠른 그 노래에 맞춰 몸들을 흔들거리며 어서 오라고 내게 손짓을 해댔다.

"우리도 가자구. 헛헛!"

김 회장이 내 손을 잡고 몸을 일으켰다.

"네!"

그의 손을 잡은 채 나도 그리로 갔다.

흥겨운 밤이었다. 행복한 밤이었다. 달이 있고, 별이 있고, 강물 소리가 있고, 음악이 있고, 춤이 있고……. 이 밤이 가지 않고 영원히 이대로 계속되었으면 바랐다. 아니, 서울로 돌아가도 좋았다. 내게는 이제부터 장학금이 기다리고 있으니까 말이다. 나는 세상에 태어나서 여지껏 이렇듯 행복한 순간을 가져본 적이 일찍이 없었다.

춤은 밤이 늦도록 계속되었다. 우리가 잠자리로 돌아온 것은 거의 새벽녘이었다. 우리는 모두 늦잠을 잤다. 잠에서 깨어난 것은 점심때였다. 김 회장은 서울로 먼저 떠나갔다. 우리는 하룻밤을 그곳에서 더 묵고 다음날 오후가 늦어서야 서울로 돌아왔다.

내가 집에 들어간 것은 밤이었다. 버저를 울렸다. 집에 엄마가 없는지, 아무런 응답이 없었다. 열쇠를 꺼내 현관문을 열고 안으로 들어섰다. 집 안은 불이 꺼져 있었다. 엄마는 보이지 않았다. 불을 켜고 한참을 그냥 서 있는데, 갑자기 전화벨이 울렸다. 엄마로구나, 생각하며 얼른 송수화기를 집어들었다.

그러나 상대방의 음성은 귀에 설었다. 처음 듣는 여자의 목소리였다.

"미선 학생인가요?"

"그런데요?"

"난, 학생 엄마가 우리집에 와서 일을 하는 집주인인데……."

"그런데요…… 왜요?"

나는 공연히 가슴이 두근거렸다. 무슨 불길한 예감이 들어서였다. 아니나다를까, 상대방이 곧 말했다.

"아까 오후 세 시쯤, 학생 엄마가 몸에 고열이 나고 복통을 일으키더니 갑자기 쓰러져서 지금 병원에……."

"엄마가 병원에 있다구요?"

"그러니, 얼른 그곳 응급실로 가 봐요."

상대방은 엄마가 가 있다는 병원의 이름과 약도를 말로 일러주고는 전화를 끊었다.

나는 무슨 생각을 해볼 겨를이 없었다. 얼른 현관문을 닫아 걸고, 건물을 빠져나왔다. 그리고 뛰었다. 한길까지 나오자, 마침 빈택시가 눈에 띄었다. 버스를 기다릴 여유가 없었다. 택시를 잡아타고 그 병원으로 달렸다.

병원에 도착한 나는 응급실로 급히 뛰어갔다. 응급실은 환자들로 만원이었다. 간호사에게 엄마를 물어봤다. 조금 후에 간호사가 나를 엄마에게로 안내했다.

엄마의 병상은 다른 환자들 틈에 끼어 있었다. 침대에 누워 두 눈을 조용히 감은 채 한쪽 팔에 링거를 맞고 있었다. 엄마는 내가 온 줄도 모르고 있다가, 인기척을 듣고 눈을 떴다.

"엄마, 어떻게 된 거야? 응? 엄마!"

엄마의 한쪽 손을 움켜쥐고 내가 다급하게 말하자,

"너 왔구나!"

그러면서 입가에 웃음을 지어 보이며 나를 안심부터 시켰다.

"별일 없을 거야. 아마 피로가 쌓여서 그랬을 거니까."

"의사 선생님은 뭐래?"

"당장에 어찌 알겠니. 검사를 해봐야 안다고…… 너, 저녁밥은 먹었니?"

"집에 오자마자……."

"배고프겠다. 어서 저녁부터 먹고 오너라."

"지금 엄마가 내 걱정 하게 됐어? 난 내가 알아서 할 테니까……."

나는 비로소 주위를 둘러보았다. 다른 환자들은 가족이 한두 명씩 딸려 시중을 들고 있었다. 그러나 엄마 곁에는 나 혼자뿐이었다. 여지껏 아무도 찾아온 사람이 없었던 거다. 엄마가 일하러 다니는 집의 주인 여자는 병원으로 엄마를 데려다 놓고는 한동안을 이곳에 있다가, 나름대로 볼일이 있어서 집으로 돌아갔다는 것이다.

"누구한테 알려야지, 엄마?"

"그럴 거 없다. 괜히 이 사람 저 사람 번거롭게……."

"그래도……."

"큰언니한테는 알렸다만, 아직 안 오는 걸 보니까 집안에 그럴 만한 무슨 일이라도……."

이어 엄마가 말했다.

"택환 아저씨 집에는 알리지 마라. 택환의 처는 아기를 해산할 달이 멀지 않았다. 괜히 알렸다가는 배가 남산만큼 부른 불편한 몸으로 여기까지 오느라고 고생만 한다. 곧 퇴원할 거니까, 택환에게도 알릴 필요가 없구. 알겠지?"

그때, 누가 우리의 곁으로 다가왔다. 몸집이 뚱뚱하고 나이가 듬직한 여인이었다. 바로 엄마의 큰언니였다. 그분은 엄마에게 이것저것 증상에 대해서 물어봤고, 엄마는 내게 그랬던 것처럼 그런 언니를 안심시켰다. 나는 이모를 처음으로 본다. 내가 이모에게 인사를 하자, 네가 미선이로구나, 하고 이모는 고개를 끄덕거렸다.

이모는 또 오겠다면서 두어 시간쯤 후에 집으로 돌아갔다. 나는 그날 밤 집에 가지 않고 엄마의 곁에 있었다. 엄마는 내가 곁에 있자, 안심이 되는지 잠이 들었다. 그러나 나는 좀처럼 잠이 오지 않았다. 그러다가 어느 결에 나도 침대 옆에 붙어 있는 간이침대에 누워 잠이 들어버렸다.

다음날, 내과병동의 6인용 병실에 마침 자리가 나서 엄마는 그리로 옮겨졌다. 그리고 혈액 채취, 이어 여러 가지 검사를 받기 시작했다. 나는 엄마를 휠체어에 태우고, 뒤에서 밀며 검사실들을 찾아다녔다.

밤에, 나는 집으로 갔다. 엄마는 내게 예금통장과 도장이 있는 곳을 일러주며, 그것들을 내게 맡겼다. 그 통장에는 약간의 돈이 예금되어 있었다. 그것들과, 밤에 내가 덮고 잘 담요를 싸 가지고 나는 다시 병원으로 돌아왔다.

나는 이런 사실을 현애에게만은 알려야 한다는 생각에 하루는 그 애에게 전화를 걸었다. 나의 전화를 받은 현애는 퍽 놀라면서, 네가 경아네 별장에서 벌써 돌아왔을 텐데도 아무런 연락이 없자, 그동안 여러 번이나 집으로 전화를 걸어봤어도 그때마다 아무도 전화를 받는 사람이 없었다고 말했다.

현애는 다음날 병원을 찾아왔다. 그런데 혼자가 아니었다. 현애의 연락을 받고, 경아와 나리와 은진이도 함께 왔다. 친구들의 얼굴을 보자, 나는 너무나 반가웠다. 그리고 너무나도 고마웠다. 그런데, 다음날엔 김 회장이 병실을 찾아와서 엄마를 문병한 후에, 나를 따로 부르더니 입원비는 걱정하지 말고 엄마의 병간호나 잘하라며 격려해 주고 돌아갔다. 그 말은 내게 얼마나 큰 힘이 되었는지 모른다.

한 주일쯤 후에, 엄마의 검사결과가 나왔다. 그런데, 담당의사를 만나보고 돌아온 이모는, 엄마에게는 애써 대수롭지 않은 표정을 보였지만, 나를 밖으로 불러내더니 말했다.

"큰일이로구나!"

"왜요, 이모?"

"아무래도 네 엄마는 수술을 받아야 하나보다."

"수술을요?…… 무슨 병인데요?"

이모는 잠시 말이 없더니, 하는 수 없다는 듯 말해 주었다.

"암이란다."

"네?"

"위암이래요, 위암."

"엄마가 위암이라고요?"

"그렇단다."

"설마……."

그러면서 나는 다급하게 물어봤다.

"수술을 받으면 낫는대요?"

"그건 당장 자기네들도 장담을 할 수가 없다는구나. 배를 열어봐야 안다면서……."

"……."

나는 눈앞이 캄캄했다. 한동안 멍한 표정으로 서 있었다. 이모도 마찬가지였다.

"어리석은 것! 몸이 그렇게 망가지도록 몰랐다니……."

혼잣말로 중얼거리며 엄마를 탓한 이모는,

"네 생각은 어떠냐?"

내 의견을 물어봤다.

"수술을 받아야 해요!"

"나중이야 어찌 됐든 지금은 그 방법밖에는……."

중얼댄 이모는 다시 담당의사를 만나러 갔고, 한참만에 돌아온 이모는 내게 엄마의 수술날짜가 잡혔다고 일러주었다.

나는 엄마가 얼마나 놀랄까, 그게 걱정이 되었다. 그러나 이모로부터 수술을 받아야 된다는 말을 들은 엄마는 의외로 담담한 표정을 보였다. 어쩌면 엄마는 그동안 이모나 나의 표정을 통해 어떤 낌새를 알아차렸는지도 몰랐다. 아니면 언젠가는 이렇게 되리라는 것을 미리 예측하고, 모든 것을 체념한 채 나름대로 어떤 마음의 준비를 해온 것같았다. 그렇지 않고서야, 그렇듯 침착한 표정을 지을 수가 없었다.

그날이 되자, 엄마는 수술실로 실려 들어갔다. 이모와 나는 수술실 밖에서 기다렸다. 나는 하느님께, 제발 우리 엄마를 살려달라고 빌고 또 빌었다. 불쌍한 우리 엄마 대신 내가 아프게 해달라고……. 이윽고 수술은 끝이 났고, 엄마는 곧 회복실로 옮겨졌다.

수술을 담당했던 의사를 만나고 돌아온 이모는 절망적인 어조로 말했다.

"의사의 말로는, 이미 암세포들이 손을 쓸 수 없을 만큼 위 전체로 넓게 퍼져 있어서 더이상 어쩔 수가 없었다는구나. 그러면서 하는 말이, 암이 이토록 진행되도록 환자가 모르고 있었다니, 기적이라면서……."

"그럼 엄마는 어찌 되는데요, 이모?"

"가망이 없댔어. 길어야 몇 달……."

"뭐라고요? 엄마가 몇 달밖에는……."

나는 긴 복도로 내달렸다. 엘리베이터를 타고 아래층으로 내려와 건물 밖으로 뛰어나왔다. 햇빛은 눈부시게 밝았으나, 나는 앞이 캄캄했다.

엄마는 왜 진작 병원을 찾아가지 않았을까, 원망스러웠다. 자신의 병을 그토록 몰랐을까, 미욱스러웠다. 이것 검사하고 저것 검사하고…… 그런 검사들을 받기가 머리가 무거웠는지도 모른다. 아니, 어쩌면 큰병일는지도 모른다는 생각에 지레 겁을 먹고 병원을 일부러 피했는지도, 아니, 그보다는 적잖은 병원비가 염려스러워서…….

이후로 엄마는 그런 것도 모른 채 병실로 옮겨졌고, 나날이 투병 생활을 계속했다. 나는 남은 방학 기간 동안을 모두 병원에서 보내야 했고, 개학을 하고서도 학교와 집과 병원을 오가며 보냈다. 그랬건만, 석 달이 조금 지나서 엄마는 끝내 눈을 감았다.

엄마의 장례를 어떻게 치렀는지 몰랐다. 정신없이 엄마를 떠나보냈다는 표현이 옳을 듯싶다. 너무나 어처구니가 없어서 슬프지도 않았다. 병원의 영안실에서 삼일장을 치르는 동안, 나는 처음부터 끝까지 멍청한 표정이었다. 그건 엄마의 장례를 끝내고 집으로 돌아왔을 때까지도 그랬다.

집엔 나 혼자뿐이었다. 기다려도 엄마는 돌아오지 않았다. 파출부로 일하는 집에서 오늘은 늦나 싶었지만, 그러나 엄마는 밤이 늦어도 소식이 없었다. 아무리 기다려도 돌아오지 않았다. 밤을 홀랑 밝히며 기다렸어도, 엄마는 끝내 현관의 버저를 울리지 않았다. 이 애가 잠이 들었나? 미선아! 미선아! 현관문을 쾅쾅 소리나게 두드리지도 않았다.

날이 밝자, 나는 비로소 고아가 되었다는 사실을 뒤늦게 알았다.

엄마는 영영 집에 돌아오지 않는다는 것을, 이 집에는 이제는 나 혼자뿐이라는 것을, 내 주위에는 나를 탐탁하게 돌봐줄 친척이 없다는 것을, 앞으로 어떻게 살아가야 할지 앞날이 막막한 아이라는 것을……. 비로소 눈물이 솟구쳤다. 몸도 마음도 무너져 내렸다. 하루 종일 울었다. 아무것도 먹지를 않고, 그렇게 울고 또 울었다.

다음날도 나는 학교에 가지 않았다. 가고 싶지가 않았다. 엄마가 없는데, 공부할 의욕도 어떤 희망도 없었다. 저 애는 고아가 됐다지? 아이들이 수군거릴 것 같았다. 선생님들도 그럴 것 같았다. 그런 대상이 되고 싶지가 않았다. 그런 눈치를 살피며 지내고 싶지가 않았다.

어둑할 무렵에, 문득 버저가 울렸다.

아무 생각 없이 현관문을 열었다. 찾아온 사람은 현애였다.

그 앤 내 표정을 힐끔 살피더니, 그럴 줄 알았다는 듯이 아무 말 없이 집 안으로 들어왔다. 그러고는 책가방을 한 곁에 내려놓고는, 마치 자기 집에나 온 것처럼, 그리고 자기가 평소에 하던 일이나 하듯이 집안 청소부터 하기 시작했다. 나는 그런 그 애를 그냥 내버려 두었다. 내가 말린다고 그만둘 애가 아니라는 생각도 들었지만, 앞서 그 애를 말릴 기력이 없어서였다.

그런 속에서도 현애는 쌀을 꺼내 죽을 끓였다. 가스불 위에 얹혀진 냄비에서 죽이 보글보글 거품을 뿜어올리고 있었다. 그 거품을 바라보며, 나는 엄마의 장례를 치르는 동안에, 누구보다도 현애가 내 곁을 지켜 주었다는 것을 알았다. 그리고 경아, 나리, 은진, 혜옥이가 번갈아가며 나의 곁을 지키며 밤샘을 했었다는 것도, 담임선생님도 반의 간부들을 데리고 와서 문상을 했다는 것도, 누구보다도 김 회장이 마치 자기 집의 행사를 치르듯이 애를 많이 쓴 것 같다는 생각이 들었다.

"이거 조금 떠 먹어!"

현애가 내 앞에다가 죽그릇을 가져다 놓고 권했다. 현애가 엄마처럼 보였다. 엄마가 그렇듯 나를 걱정해 주고 있듯 보였다.

"난 앞으로 어떡해!"

내가 거실 바닥에 쓰러지며 울음을 터뜨리자, 평소에 그렇게 바위처럼 흔들림이 없던 현애도 더는 참을 수가 없었는지, 내 몸을 부여잡고 함께 흐느껴 울기 시작했다. 내가 더 울면 그 앤 더더욱 울고, 그 애가 그러면 나는 더욱더 울음이 진해지고…….

얼마쯤 울고 나자, 문뜩 현애가 먼저 울음을 그치더니 내 등을 다독거리며 말했다.

"얘, 나도 배고프다."

"응?"

"난 아직 저녁밥을 먹지 않았단 말야."

그 말에, 나는 비로소 정신이 들었다. 현애에게 무엇을 먹여야 된다는 생각이 들었다.

"어떻게 하지?"

내가 물어보자, 현애가 말했다.

"가진 돈 있으면 좀 줘. 내가 얼른 슈퍼에 다녀올게. 이런 때일수록 집엔 전처럼 있을 게 있어야 돼. 파도 사고, 감자도 사고…… 그리고 내가 먹을 빵이랑 우유도 좀 사오게 말야."

"알았어."

나는 한 곁에 놓여 있는 가방을 열었다. 그 속에는 조의금으로 들어온 봉투들이 몇 개가 들어 있었다. 그중에서 하나를 얼른 꺼내 현애에게 건네주자, 그 애는 봉투 속에서 만 원짜리 지폐 두 장을 뽑아들고 밖으로 나가버렸다.

얼마만에 돌아온 현애는 사온 물건들을 다용도실에다가 들여놓고, 자기가 먹을 것들을 들고 오더니 내 앞에다가 내려놓았다. 그런데 놀랍게도 소주도 한 병을 사왔다.

"그 술은 독한데, 넌 그걸 마실 수 있니?"

내가 물어보자, 현애는 벌써 잔을 가져다놓고 한 잔을 따른 다음 훌쩍 마시고 나서 말했다.

"난 맥주 같은 술은 안 마셔. 너무 싱거워서 말야."

"취하지 않겠니?"

"난 소주 한 병을 마셔도 끄떡도 안 해. 체질이 그래."

그러면서 현애는 내게 잔을 건넸다. 얼떨결에 내가 잔을 받자, 현애가 술을 따라주었다. 말없이 나도 마셨다. 술 냄새가 역했지만, 조금 지나자 그만큼 기분이 가벼워졌다.

"내 말을 들어봐!"

문득 현애가 말했다.

"무슨 말?"

스스로 또 한 잔을 따라 마신 현애가 천천히 말했다.

"지금부터 우리집 이야기를 할게."

"응?"

"아빠는 노동자야. 공사판을 찾아다니며 하루 벌어 하루 먹는 막노동꾼이라구. 어찌어찌 방 두 개짜리 집은 있어. 그러나 우리 동네는 가난뱅이들만 모여 사는 달동네라구. 무허가 집인 만큼, 그 집을 팔아봤자 이런 동네의 전세값도 안 돼."

"……."

"아빠는 형제가 여럿인데, 그중에서 막내라구. 큰형님은 돌아가시고 작은형님은 교통사고로 반신불수가 되어 생활이 형편없어. 할 수 없이 아버지가 돌아가시자 홀로 남게 된 어머니를 우리 아빠가 모시게 됐어. 그런데 할머니는 성격이 남달랐어. 집안일은 무엇 하나 거들어주는 법이 없이, 하루종일 잔소리만 심하다구. 우리는 딸만 셋이야. 난 맏딸이고, 아래로 중학생, 막내가 초등학교에 다니고 있지. 할머니는 틈만 있으면 엄마를 들볶았어. 남의 집 며느리는 아들들을 수두룩 잘도 낳는데, 이 집은 어째서 딸들만 많으냐고 말야. 좋은 말도 자꾸 들으면 싫증이 나는 법이야. 그렇잖아도 아이들은 자꾸 커가고, 남편의 벌이는 신통치가 않아 갈수록 쪼들리는 생활에, 허구한 날 그런 소리를 들어야 하는 엄만 그만 지친 거야. 어느 날, 집을 나가버렸어. 내가 중학교 2학년이 막 되어서였지."

"……."

"엄마가 가출해버리자, 아빠의 술은 점점 더 늘어만 갔고, 할머니의 잔소리는 더욱 심해졌어. 그 잔소리는 이번엔 우리들에게로 날아왔지. 집안이 이렇게 가난한 것도, 엄마가 가출해버린 것도 모두 우리의 잘못인 양 말야. 하지만 어떡해. 어린 동생들이 불쌍해서라도 내가 참아야지. 난 그때부터 집에서 엄마의 역할을 할 수밖에 없었지. 밥짓고, 설거지하고, 빨래하고…… 그렇게 삼 년 동안을 살아온 거다."

"……."

"방 하나는 할머니와 아빠가 쓰고, 난 이쪽 방에서 동생 둘과 잠을 자. 아이들이 자꾸만 커가자, 이젠 그 방이 비좁아. 무엇보다도 날마다 술을 마셔서 요즘엔 아빠의 건강이 좋지를 않아. 그래도 아빠는 술을 마셔. 술이 없으면 못 사는 알코올 중독자가 된 거라구. 더구나 요즘엔 아빠의 벌이도 신통치 않아서, 나는 물론 동생들의 교육비도 제때에 준 적이 없어."

현애는 말하는 동안에도 야금야금 술을 따라 마셨기 때문에, 술병은 절반이나 줄어 있었다. 그 애가 또 한 잔을 마시더니 안주삼아 빵을 뜯어 씹으면서 말했다.

"난 처음에는 어린 자식들을 버리고 훌쩍 집을 나가버린 엄마가 몹시 서운했고, 미웠고, 원망을 했었지. 그러나 요즘은 달라. 엄마가 왜 그렇듯 가출을 해야만 했는지, 그 심경을 이해하게 됐다구. 나도 때로 엄마처럼 가출해버리고 싶은 충동이 문득문득 들 때가 많으니까 말이다."

"……."

"요즘 우리의 생활은 말이 아냐. 쌀 걱정을 할 때도 많으니까. 동생들에게 들어가는 만만찮은 교육비도 그렇고, 이래저래 이젠 나도 나서서 벌어야만……. 그래서 여러 가지로 생각중이다. 밤에, 머리에 가발을 쓰고 술집에 나가서 돈을 벌까 하고 말야."

"안 돼, 그건!"

"안 될 것도 없다."

그런 현애가 나를 빤히 건너다보며 중얼거렸다.

"내가 왜 지금까지 우리집 얘기를 들려줬는지, 그 이유를 알겠니?"

"……."

"넌 나보다 행복하다는 걸 알아야 해. 만났다가 헤어지고…… 어차피 사람은 언젠가는 혼자가 되는 거야. 그게 좀 일찍 찾아왔다는 것뿐이라구. 울면 안 돼! 울면 지는 거야! 그럴수록 강해야 돼! 그런 자만이 살아남는 세상이야! 알겠니?"

나는 대답 대신 현애의 얼굴을 물끄러미 건너다보았다. 그러면서 천천히 말했다.

"너도 그런 애였구나!"

"이제야 알겠니?"

"난 네가 어쩐지 어른스럽게 침착하고…… 바위처럼 든든해서 기대고 싶을 때가 많았는데, 알고 보니……."

"내게 그런 점이 없진 않겠지. 내가 봐도 난 그렇게 보이니까 말야. 할머니의 잔소리를 들어가며, 때로는 아빠의 술주정까지 받아가며, 아직도 철없는 두 동생을 돌봐야 하고, 그러면서 집안일들을 도맡아 책임져야 하고……. 그러자면 어쩔 수 없이 그렇게 될 수밖에 없다구. 하지만……."

현애가 또 술을 따라 마시자, 나도 얼른 잔을 가져와 술을 따라 마셨다. 그런 나의 모습을 보며 현애가 말을 이었다.

"나도 사람이야. 감정을 가지고 있어. 가정이 부유하고 화목한 다른 아이들이 부럽고, 그런 애들을 공연히 때려주고 싶었고, 그래서 한때는 나도 못된 아이들과 친하게 지낸 적도……. 그뿐이냐, 어디? 때론 실컷 울고 싶고, 누군가의 다정한 품에 안겨보고 싶고……. 그러나 아무리 둘러봐도 내 주위엔 내 얼굴을 바라보며 사는 동생들, 나를 의지하며 살고 있는 나보다 더 불쌍한 두 어린 동생뿐이었어. 내가 무너지면 그 애들도 마찬가지야. 난 그 애들을 위해서라도 살아야 돼. 너보다도 더 불행한 그런 나도 사는데, 넌 왜 못살아?"
"알았어."
"그럼 약속해!"
현애가 새끼손가락을 밀어보였다. 그러자 나도 얼른 내 약지를 거기에 걸고 말했다.
"알겠어. 이제부턴 나도 울지 않을게!"
"웃어봐!"
현애가 내게 명령했다. 내가 애써 웃음을 보이자, 현애가 말했다.
"우리, 내일을 위해 건배를 하자!"
"술이 떨어진 걸."
그러자 현애가 얼른 다용도실로 가더니 소주 한 병을 또 들고 왔다.
"내가 이럴 줄 알고 미리 한 병을 더 사다가 놨다. 자, 우리 건배를 하자구."
그 앤 잔 두 개에다가 술을 따라부었다. 우리는 잔을 하나씩 집어 들고 딸깍 부딪쳤다. 그런 다음 단숨에 마셔버렸다.
그때부터 우리는 잔을 주거니받거니 술을 마셨다. 이제 나는 정신이 몽롱했다. 그러나 현애는 말마따나 아직도 끄떡없어 보였다.
"넌 그만 집에 가봐야잖아?"
내가 물어보자, 현애가 대수롭지 않게 중얼거렸다.
"아까, 밑의 동생한테 저녁 지어먹으라고 전화로 일러놓고 왔다. 하루쯤 나도 이렇게 쉴 때도 있어야지. 난 지금 아주 기분이 좋아. 모처럼 나도 실컷 울어댔더니 가슴이 후련하고, 더군다나 네가 웃는 걸 보니 더욱 그래!"

"알았어. 아까도 약속했지만, 이젠 울지 않을게. 그리고 너처럼 꿋꿋하게 살아갈게!"

문득 엄마의 얼굴이 눈앞에 어른거렸다. 언젠가 혼잣말처럼 중얼거리던 말도 함께 들려왔다. 모든 것이 잘 될 거라고 믿으며 살라던, 그렇지 않으면 두 번 죽는 꼴이 된다던…… 가난뱅이들은 오늘이 당장 고통스러운데, 내일까지 걱정할 틈이 없다는, 그건 사치라던, 오늘은 오늘이라던…….

## 맹수들의 먹이다툼

학교가 끝나자 나는 약속된 제과점으로 갔다. 이모는 이미 그곳에 와 있다가, 나를 향해 손짓을 했다. 인사를 한 나는 이모와 마주 앉았다. 어젯밤에 이모로부터 내게 전화가 걸려오자, 나도 그렇잖아도 이모를 한 번 만나고 싶었던 참이었는데 마침 잘됐다싶어 이렇듯 약속이 된 것이다. 우리는 똑같이 주스를 주문했다.

"지금 학교에서 오는 길이냐?"

이모가 물어보자, 나는 공손히 대꾸했다.

"끝나는 대로 바로 왔어요."

"네 엄마의 장례를 치른 지 사흘만에 학교에 나가고…… 어쨌든 마음을 빨리 수습한 것 같구나."

"……."

"말이 나온 김에 하는 말이다만, 내가 웬만만 하면 너를 데리고 있겠다만, 요즘 사정이 그렇지를 못해서……."

"혼자서도 살아갈 수 있어요."

"그렇다니 다행이다. 앞으로 어찌 살아가겠다는 무슨 계획이라도 있냐?"

"우선 사는 집부터 정리해 다른 곳으로 옮길까 해요. 저한테는 방 두 개가 필요없고, 돈도 들어갈 데가 많이 생길 테고, 더구나 그 집에서 살면 자꾸 엄마 생각이 나서 눈물이……."

"거기까지 생각했다니, 네 생각이 깊구나."

그런 이모가 손목시계를 힐끔 들여다보더니,

"내가 너를 보자고 한 것은 다름이 아니다. 전에, 네 엄마가 나한테 돈을 조금 맡긴 게 있었다. 그걸 주려고 이렇게 부른 거다."

그러면서 곧 핸드백을 열고 얇은 수표 묶음을 꺼내 내게로 건넸다.

"삼백만 원이다. 얼른 집어넣거라. 쓰기 좋게 십만 원 권으로 끊어 삼십 장이다. 세어보고 싶으면 세어보거라."

조금 안 내킨 표정으로 그 수표 묶음을 건네받은 내가 말했다.

"알고 있었어요."

"무얼?"

"전에, 엄마가 이모님께 돈을 맡긴 게 있다는 것을요."

"너도 알고 있었다구?"

"네."

"얼마였는지도 알고 있냐?"

내가 말이 없자, 잠시 생각하던 이모가 사뭇 부드러운 목소리로 말했다.

"그 돈이 얼마였는지, 자세히는 모르고 있는 모양인데……. 그야 이보다는 좀 더 많았었다. 그러나 너도 알다시피 네 엄마의 입원비며 수술비 등 그동안에 그리로 많이 들어갔어. 또 나도 그동안 병원까지 왔다갔다 하느라고 택시비와 식사비 등으로도 썼고…… 그러다 보니, 이게 남은 돈이란다. 알겠니?"

"입원비, 수술비는 김 회장님과 택환이란 사람이……."

내가 말하자, 갑자기 이모가 언성을 높였다.

"얘가 몰라도 무얼 한참을 모르네. 그야 김 회장과 택환이라는 사람이 입원비를 보탠 건 사실이다. 허나 그건 뒤에 그랬고, 처음에는 내가 냈다. 병원에서는 중간중간에 병원비 결산을 요구했고, 그러자 네 엄마는 내게 그 병원비를 나한테 맡겨놓은 돈에서 갚으라고 해서 말이다. 알겠냐?"

"그랬다고 해도……."

"아직도 돈이 많이 남았을 거다, 이 말이냐?"

나는 말하지 않았다. 나는 셈이 빠르지가 못하다. 그러나 전에 엄마가 이모에게 맡긴 돈이 이천만 원은 되는 것으로 얼핏 들은 적이 있는 것 같은데, 그렇다면 이모의 말대로 이것저것을 다 제하고도, 아직도 이모는 적어도 천만 원 정도를 돌려주지 않고 있다는 생각이 들었기 때문이다.

내 표정을 읽은 듯 이모가 성을 냈다.

"전엔 그렇게 보지를 않았었는데, 알고 보니 넌 참 맹랑한 애로구나. 그동안 병원을 쫓아다니며 내가 얼마나 고생을 했는데, 그런 내게 감사는 못할 망정 의심을 하다니…… 이런 딸을 두었던 죽은 네 에미가 불쌍하구나, 불쌍해!"

"죄송해요."

"듣기 싫다. 정 의심쩍으면 네 마음대로 하려무나. 나를 고소를 하고 싶으면 하고……."

"그런 게 아니라……."

"난 그만 가봐야겠다. 무슨 할 말이 있거들랑 집으로 전화를 하거라. 찾아오고 싶으면 그래도 좋고……."

이모가 자리에서 일어섰다. 나도 따라서 그랬다. 이모가 앞장을 서서 카운터로 가 얼른 주스값을 치렀다.

밖으로 나오자, 이모는 그럼 간다면서 나의 인사도 제대로 받지를 않고 휭 가버렸다. 나는 그런 이모의 뒷모습을 멀거니 지켜보고 있었다. 앞으로 나는 돈 문제로 이모와 더 이상 따지고 싶지가 않다. 병원비를 누가 물었든 이제 와서 그걸 이 사람, 저 사람에게 물어보기도 싫었고, 만약에 이모가 거짓말을 했다 하더라도 그분과 더는 다투고 싶지 않았다. 하지만 왠지 그런 이모가 역겨웠다. 이것으로 이모와는 마지막이었다. 더 이상 그분을 만나고 싶지가 않았다.

집으로 돌아왔다.

현관문을 열자, 집 안에서 인기척이 났다. 택환이 안방에서 나오고 있었다. 그러고 보니, 밖의 주차장에 멎어 있는 그의 차를 본 것도 같았다. 어쨌거나 그는 엄마의 열쇠를 가지고 있었다. 병원에 있을 적에, 집에 맡겨놨던 가방을 가져가야 한다면서 열쇠를 받아간 후로 그냥 자기가 가지고 있었다. 그리고 오늘도 그는 제 집처럼 그 열쇠로 현관문을 열고 들어온 것이다.

"가방을 가져가려고 왔는데, 마침 네가 왔다."

택환이 먼저 말했다. 그의 옆에는 엄마의 방에서 들고 나온 청색의 가방이 놓여져 있었다. 그는 내가 병원에서 엄마를 시중 드는 동안에도 수시로 우리집을 들락거렸었다. 그 가방을 맡겨놨다가는 가져가고, 그러다가는 또 가져오고……. 도대체 그 가방 속에는 무엇이 들어 있으며, 그가 왜 하필이면 우리집에다가 맡겨놓는지 그 이유를 알 수가 없었다. 그러나 뒤늦게 물어보기도 뭣하고, 물어봤자 얼렁뚱땅 넘어갈 것 같았고, 그렇다고 함부로 열어볼 수도 없고…….

택환은 이미 거실 바닥에 앉아서 담배를 피우고 있었다. 그는 엄마의 입원에 불만이 많았었다. 내가 어디 남이냐, 남들보다 뒤늦게 알린 이유가 뭐냐는 둥 왜 자기한테 진작 알리지 않았었느냐, 이거였다. 그러더니 엄마가 죽고 삼일장을 치르는 동안에는 장례식을 주도하는 체했다. 이모에게는 자기가 미선이의 삼촌이나 다름없다고 말했고, 아예 김 회장에게는 삼촌이라고 못을 박았다. 어쨌거나 그는 엄마의 장례식 때 수고가 많았었다.

"엄마의 일로 고마웠어요."

내가 감사를 표시하자, 그가 맞은편 자리를 가리키며 말했다.

"거기 앉으라구."

내가 자리하자, 그가 대뜸 말했다.

"오늘은 좀 물어볼 게 있다."

"뭐죠?"

"처음에, 엄마의 병원비와 수술비는 누가 냈지?"

"왜요?"

"글쎄 궁금한 게 있어서 그래."

"엄마의 돈으로……."

"엄마한테 그만한 돈이 있었단 말이지?"

"이모한테 맡겨놓았던 돈이 조금 있었대요. 그것으로……."

"좋아. 그건 그렇다 치고…… 나도 병원에서 한두 번 만나 서로 명함을 주고받았고, 또 장례를 치르는 동안에도 만났는데, 그 풍채가 좋고 허여멀겋게 생긴 중년 남자는 누구지? 무슨 회장에, 뭐다 뭐다…… 이것저것 삐까뻔쩍한 직함이 꽤 여러 개더군."

"김 회장님 말인가요?"

"맞아, 김 회장!"

"헌데, 갑자기 그건 왜 물어봐요?"

"그가 누구인지 좀 더 자세하게 알아야, 나도 훗날 고맙다는 인사를 정식으로 할 거 아니겠어?"

그의 말은 그럴 듯했다.

"전에도 말했잖아요, 내 친구의 아빠라고요."

"흐흠."

"왜요?"

"그 사람은 아주 미선이에게 관심이 많더군. 그러니까 이것저것 여러 모로 미선이를 위해 도움을 주었지. 아닌가?"

"그게 뭐가 어때서요?"

"세상에 공짜란 없어. 있다 하더라도, 언젠가는 그 대가를 치르게 되어 있다구."

"그분은 그런 사람이 아녜요!"

이어 나는 큰소리로 말했다.

"그분은 머잖아 시의원에 출마할 분이래요. 그래서 장학사업을 벌였고, 내게 장학금을 약속하신 그런 분이라고요. 알겠어요?"

"나 대신에 든든한 후원자를 물었구먼그래."

비아냥거린 그가 갑자기 손목시계를 들어다보더니,

"어쨌든 좋아. 자세한 얘기는 뒤에 하기로 하고, 오늘은 내가 시간이 없어서 이만……."

가방을 집어들고 곧 현관문을 나가버렸다.

나는 기분이 후련했다. 이래저래 그에게 여지껏 짓눌려 지내왔던 나로서는 처음으로 그의 콧대를 꺾어놓은 것 같은 느낌이 들어서였다.

이틀 뒤였다.

밤 아홉 시쯤, 밖에서 차 소리가 들리더니 조금 뒤에 우리집의 버저가 울렸다. 현관문의 렌즈 구멍으로 밖을 내다보자, 웬 남자가 서 있었다.

"누구세요?"

내가 큰소리로 물어보자,

"나다, 나야!"

밖에서 역시 큰소리로 대꾸했다. 어디서 많이 듣던 음성이었다. 문을 열자, 김 회장이었다.

"어쩐 일이세요?"

너무나도 뜻밖의 방문에 내가 몹시 당황해하며 물어보자, 그가 집 안으로 들어서며 말했다.

"왜 내가 오면 안 되나?"

"그런 게 아니라, 전화도 없이 갑자기 오셔서……."

"미선이가 보고 싶어서 왔지. 허허허. 보고 싶은 사람은 이렇게 불쑥 찾아와야 더 반가운 법이라구. 아니 그런가? 허허허."

그는 양주병을 아기처럼 품에 보듬고 있었다. 그러면서 이 술은 몇십 년 묵은 프랑스제 고급 샴페인인데, 난 이놈을 즐겨 마신다면서 그걸 내게 건네주었다. 이미 어디서 술을 일차로 마셨는지, 그의 입에서는 술 냄새가 물씬 풍겼다.

"집 안이 누추해요."

내가 조금 얼굴을 붉히자, 웃옷을 벗어 거실 바닥에 던지듯 내려놓고 털퍼덕 주저앉은 그가, 술상을 어떻게 마련해야 좋을지 망설거리고 서 있는 내게 큰소리로 말했다.

"안주는 필요없다구. 이 술은 그냥 마셔도 좋으니까, 잔 두 개만 있으면 돼. 그리고 미선이도 이리 앉아서 나하고 한 잔 하자구. 허허허."

할 수 없었다. 술상에다가 멸치볶음을 꺼내 놓고, 잔 두 개와 함께 그의 앞으로 가져다놓은 다음 마주앉았다.

내가 그의 잔에다가 술을 따르자, 그도 얼른 나의 잔에다가 술을 채워주며 중얼거렸다.

"좋아, 좋아! 우리 마시자구!"

"전 술을 못해요."

"그렇다면 미선이는 나랑 건배만 하고……."

"어디서 약주를 하신 것 같은데요?"

그와 건배를 한 내가 은근히 물어보자,

"그랬어, 그랬다구. 친구랑……. 그러다 보니, 문득 미선이 생각이 나지 뭐야. 그래서 친구도 내팽개치고 이렇게 달려온 거라구. 허허허, 괜찮지?"

"기사 아저씨는 밖에 있나요?"

"아니, 택시를 타고 왔어. 내 차는 어디를 손볼 데가 있다나. 그래서 오늘 정비공장에 들어가 있다구."

"그랬군요."

"택시를 타고 달려올 만큼 미선이가 보고 싶었다구. 허허허."

"잘 오셨어요."

내가 웃어 보이자, 그가 몹시 흐뭇한 표정으로 말했다.

"앞으로 걱정 마라. 미선이 뒤엔 내가 있으니까 말야!"

"고맙습니다. 그렇잖아도 한 번 찾아뵙고, 이래저래 고맙다는 인사를 드리려고 했었는데……."

"됐어, 됐어! 이렇게 만나 얘기하면 되는 거지, 뭐. 허허허."

그는 거푸 술잔을 비웠다. 그러면서 내게도 자꾸 권했다. 그러자 나도 마지못해 조금씩 마시면서 그의 기분을 돋워주었다.

"전에 내가 별장에서도 말했지만, 이번 학기 수업료는 벌써 납부를 시켰구 말씀야……."

"고맙습니다!"

"앞으로 고등학교는 물론 네가 대학을 졸업할 때까지 내가 모든 것을 책임질 테다. 알겠냐?"

"고맙습니다!"

"난 미선이를 내 딸처럼 사랑한다구. 아암, 그렇고말구!"

"고맙습니다!"

"임마, 내 말만 잘 들으면 장차 미국 유학도 시켜주겠다구. 알겠나?"

"……."

"왜 말이 없나?"

"거기까진 바라지 않고 있어요."

"임마, 요즘 세상에선 남자고 여자고 야망을 가져야 해, 야망을!"

이어 그는 내 얼굴을 물끄러미 건너다보며,

"눈에 쌍꺼풀하며 날씬한 콧날이며 볼에 예쁜 보조개며 가뜩이나 예쁘던 얼굴이, 그동안에 얼굴이 조금 야윈 듯 더 예뻐졌구나!"

중얼거리더니 슬며시 내 곁으로 자리를 옮겼고, 내 한쪽 손을 잡고 쓰다듬으면서 말했다.

"어쩌면 손도 이렇게 예쁜가!"

"집안일을 해서 거칠어졌어요."

"아냐, 아냐! 아주 예쁘다구! 허허허."

그는 어느 틈에 내 볼을 끌어다가 자기의 볼에 슬슬 비벼댔다. 그래도 가만히 있었다. 자칫 그가 무안해하면 어쩌나, 은근히 걱정스러워서였다.

"미선이도 나를 좋아하나?"

"……."

대답 대신에 나는 슬그머니 그의 품에서 몸을 빼려고 했다. 그러나 그는 나를 놓아주지 않았다. 다시금 몸을 뽑으려고 들자, 갑자기 그가 숨이 찬 목소리로 중얼거렸다.

"이러지 마라!"

"취하셨어요!"

"취하긴 누가 취해. 난 너를, 너를……."

그는 바닥에다가 나를 쓰러뜨렸다. 그는 공세를 늦추지 않았다. 차츰 나는 기력이 달렸다. 이제 더는 어쩔 수가 없었다.

야릇하게도, 나는 이번에도 엉뚱하게 '동물의 왕국'을 생각하고 있었다. 초원 저쪽에서 사자 한 마리가 외진 나무 밑으로 다가오더니 훌쩍 그 위로 뛰어오른다. 그리고 조금씩조금씩 나무 위로 기어오른 사자는 표범이 잡아다놓고 먹다가 나뭇가지에 걸쳐놓은 사슴고기를 사나운 앞발로 낚아채 땅 위로 떨어뜨린다. 그러자 더 높은 곳으로 몸을 피해 있던 표범은 아껴두었던 먹이를 빼앗기자 으르렁거렸지만, 아랑곳 않고 땅 위로 내려온 사자는 사슴고기를 물고 초원의 으슥한 덤불 속으로 들어간다. 그리고 그때부터 탐욕스럽게 사슴고기를 즐기기 시작한다.

얼마쯤 지났다. 그가 자리에서 일어나 앉으며 중얼거렸다.
"네가 너무 예쁘고 귀엽다 보니, 어쩌다가…… 허허."
"……."
"이왕에 엎질러진 물이다. 이제 어쩔 것이냐. 오늘 일은 너하고 나하고만 알자구. 그리고 이 집에서 그냥 계속해서 살거라. 세는 내가 물어주마. 그렇게 살면서 앞으로 우린 더욱 친하게…… 허허허. 그 대신에, 내가 약속을 지키마. 네게 한 약속들을 말이다."
"……."
그는 주섬주섬 옷을 챙겨 입더니, 비틀거리며 밖으로 나가버렸다.
그가 가버린 지 한참이 됐어도, 나는 가슴 앞에 모아진 두 무릎을 두 손으로 감싼 채 그 위에 이마를 내리고 고대로 앉아 있었다. 그러다가 머리를 들자, 언뜻 술병이 눈에 들어왔다. 아직도 병 속에는 술이 조금 남아 있었다. 그걸 집어들고 병째 꿀꺽꿀꺽 마셨다. 눈물은 나오지 않았다. 대신에, 어처구니없는 웃음이 자꾸만 나왔다. 그러다가 웃음이 너무 솟구쳐 그만 거실 바닥을 뒹굴며 미친 듯이 웃어댔다. 비릿한 역겨움으로 갑자기 속이 매스꺼웠다. 마음속에서 무엇이 자꾸만 파도처럼 일렁거렸다. 슬픔과 미움과 분노였다.

며칠 뒤, 일요일이었다.

밖에서 차 소리가 들리더니, 버저가 울렸다. 렌즈 구멍으로 내다보자, 택환이었다. 그는 내가 문을 열어주지 않으면, 열쇠로 문을 풀고 들어올 것이다. 문을 열어주자, 그가 가방을 들고 들어왔다.

"집에 있었군."

오늘따라 내가 가방을 주시하자, 그런 나의 시선을 의식했는지 그가 가방을 평시에 놓아 두던 안방의 제자리에다가 가져다 놓고 다시 거실로 나오며 중얼댔다.

"저 가방에 신경 쓸 거 없어. 별거 아니니까 말야."

"그런데, 왜 우리집에다가 가져다 놔요?"

"으응, 보관할 데가 마땅찮아서……."

그가 어물거렸다.

"도대체 그 속엔 뭐가 들었기에……."

"시시한 운동복 나부랭이가…… 그런데 오늘따라 왜 묻지?"

"궁금해서 그래요."

"신경 쓰지 말래두 그러네!"

나하고 얘기를 나누는 동안에도 그는 집 안의 이곳저곳을 기웃거리면서 두루 살피고 나더니 문득 말했다.

"다용도실에 버려진 술병은 어디서 났지?"

"무얼 말인데요?"

"몰라서 물어? 보아하니, 그건 꽤 비싼 양주병이던데, 미선이가 사다가 마신 것 같지는 않고……. 누가 왔었던 모양인데, 누구지?"

"……."

"왜 대답이 없지? 혹시, 그 김 회장인가 하는 사람이 왔던 게 아냐?"

"그래요."

나의 말에, 그는 조금 놀란 표정을 지으며 이내 다그치듯 물어봤다.

"낮인가, 밤인가?"

"밤에요."

"그가 저 술을 가지고 왔었나?"

"네."

"그래서 그와 함께 마셨나?"

"……."

"그 사람이 여기엔 무슨 일로 왔지?"

"그냥 지나가던 길에 들렀다고 했어요."

그러자 그가 코웃음을 치더니 고개를 저었다.

"그럴 리가 있나! 그러지 말고 그가 한 말을 솔직하게 말해 보라구."

"장차 대학까지, 내가 원한다면 미국 유학도 보내준댔어요. 왜요, 이제 됐어요?"

"그가 그런 말을 했단 말이지?"

"그래요. 더 궁금한 게 있나요?"

"흥! 그 사람, 인심도 좋구만. 왜 미국 유학까지 보내준다고 했을까 궁금하군. 저번에도 내가 말했지만, 세상에 공짜란 없어. 미선이에게 그 대가로 무엇을 잔뜩 노리고 있는 게 아닐까?"

"좋을 대로 생각해요."

더 이상 그와 말하고 싶지가 않아서 내가 일어서려고 하자, 그가 갑자기 부드러운 음성으로 말했다.

"내 질문이 좀 지나쳤나? 그러나 모두가 미선이를 위해서라구. 어떤 세상인데…… 혹시나 미선이에게 무슨 일이라도 생기면 어쩌나 염려가 돼서 그런 거니까…… 핫핫하!"

어느 틈에 그가 내 손을 잡더니 자기 쪽으로 이끌어갔다. 비실거리며 그에게로 넘어지려던 나는 얼른 몸을 추스르며 급히 주방 쪽으로 물러섰다. 그러자 그도 일어서며 내가 있는 쪽으로 다가오려다가, 내가 얼른 주방용 칼을 집어들자 주춤하면서 중얼거렸다.

"칼을 들어?"

"그래요."

"그 칼로 나를 어쩔 텐가?"

"가까이 오면 찌르겠어!"

"그까짓 칼쯤……."

비웃어댄 그가 성큼 다가들자, 나도 칼을 앞으로 불쑥 내밀었다. 그 서슬에 그는 흠칫하며 한 걸음 뒤로 물러서더니 점점 표정이 일그러지며 중얼거렸다.

"많이 변했군!"

"……."

"무엇이 미선이를 이토록 바꿔놨는지 모르겠군그래."

잠시 무거운 침묵이 흘렀다. 그는 차츰 성깔이 돋는 표정이더니, 이윽고 혼잣말처럼 중얼거렸다.

"너를 이처럼 바꿔놓은 건 바로 그놈이라구. 그 새끼가 나타나서 장학금을 준다, 미국 유학도 보내주겠다고 자꾸 바람을 불어넣자…… 아닌가?"

김 회장을 들먹거린 그가 나를 잔뜩 노려보며 말을 이었다.

"그 새끼를 다시는 이 집 안에 들이지 말라구. 알겠나?"

"……."

"그럴 수 없다, 이말이지?"

"어서 가요!"

"이젠 나를 내쫓는구먼그래. 나를……."

그러더니 그는 곧 현관으로 가서 구두를 신었고, 아직도 칼을 든 채 주방의 싱크대 앞에 서 있는 나를 향해,

"이젠 나 대신 다른 말로 바꿔 타 보실 모양인데, 그렇다고 나를 이렇게 박대해서는 안 되지, 안 돼!"

큰소리로 씨부렁거린 후에 가버렸다.

열흘쯤 지났다.

오늘은 개교기념일이라서 집에서 쉬고 있는데, 아침나절에 어디선가 전화가 걸려왔다. 전화를 받자, 그건 김 회장의 사무실에서 심부름을 하는 여자 아이가 건 것이었다. 오늘 오후에 회장님이 미선 양을 좀 만났으면 하신다면서, 사무실의 위치를 일러주고 전화를 끊었다.

점심을 챙겨 먹고, 그의 사무실을 찾아갔다.

그 사무실은 어느 빌딩의 5층에 자리하고 있었다. 여러 명이 근무하고 있는 사무실을 지나 회장실이 있었다. 김 회장은 아까 손님들과 점심을 먹으러 나가서 여지껏 돌아오지 않았다고 했다. 그가 돌

아올 때까지, 나는 사무실 한편에 놓여 있는 소파에 앉아서 기다리기로 했다.

그러고 있는데, 마침 사원인 듯싶은 남자가 사무실로 들어왔다. 그는 어디서 낮술을 마셨는지 걸음을 조금 비틀거렸고, 그런 그를 경리직원인 듯한 여사원이 나무라자, 그가 대뜸 큰소리로 중얼거렸다.

"빌어먹을! 내가 이놈 집구석 아니면 어디 가서 밥 굶을 줄 알아? 가서 쥐어짜도 안 나오는 걸 낸들 어떡하느냐구! 거기 가서 보면 알겠지만, 밥을 굶는 집들도 있다구. 그런 사람들한테 월세를 어떻게 받아내라는 거야. 그래서 한두 집 월세가 밀린 것 가지고, 회장은 나더러 무능하다느니, 월급 값도 못한다느니, 사정 보고 인정 쓰기 시작하면 끝이 없다느니, 그런 집은 사정 보지 말고 내쫓으라느니……."

그의 말을 빌리면, 김 회장은 이 빌딩 말고도 또 하나를, 그리고 몇 채의 임대용 다세대주택 건물들을 소유하고 있는 모양이었다. 그런데 몇 명의 세입자가 요즘에 월세를 못 내자, 김 회장은 오늘, 그들로부터 다달이 월세를 받아내는 게 임무인 그 사원을 몹시 닦달한 모양이고, 그러자 그는 홧김에 낮술을 퍼먹고 사무실로 들어온 듯싶었다.

"김 회장, 저 사람! 마누라 덕분에 회장입네 팔자 좋은 사람이란 말야. 마누라가 누군 줄 알아? 소문난 복부인이라구, 복부인! 땅장사로 억수로 돈을 벌었는데, 그 처음의 밑천은 어디서 생겼겠어? 남편이 공직에 있을 때, 이러쿵저러쿵 뇌물질로 긁어모은 돈 아니겠어? 그게 들통이 나자 공직에서 쫓겨났고, 그러나 저렇게 팔자 좋게……."

이번에는 그가, 아침 나절에 내게 전화를 걸었던, 이곳 회장실에서 심부름을 하는 어린 여자 아이를 겨냥하고 중얼거렸다.

"이놈아야, 너도 조심하그라! 지금 네가 앉아 있는 그 자리, 어떤 자린 줄이나 알아? 먼젓번 그 자리에 있던 계집아가 왜 그만 뒀는지 알아?"

그러자 아까 그 여자 경리사원이 얼른 그의 입을 막으려고 소리를 질렀지만, 그러나 그는 아랑곳하지 않고 시부렁거렸다.

"저놈의 김 회장이 자꾸만 귀찮게 굴자, 그만…… 어휴! 내가 말을 말아야지! 그러구서도 이 지역 청소년선도위원이라지, 아마?"

그가 무슨 말을 또 하려고 할 때, 사무실의 문이 벌컥 열리더니 김 회장이 안으로 들어왔다. 사무실의 사원들은 모두 몸들을 움찔하며 아까 하던 일에 매달리는 체했다.

나는 소파에서 몸을 일으켰다. 김 회장은 나를 못본 체하며 곧바로 회장실로 들어갔다. 심부름 아이가 따라 들어오라고 내게 눈짓을 보냈다. 나는 말없이 그리로 들어갔다.

심부름 아이가 녹차 두 잔을 가져다가 소파의 탁자 위에 올려놓자, 김 회장은 그 애에게 밖으로 나가 있으라고 손짓을 해보였다. 이윽고 실내에 두 사람만 남게 되자, 커다란 책상의 회전의자에 앉은 채 그는, 그 곁에 엉거주춤 서 있는 내게 앉으라는 말도 하지 않고 대뜸 말했다.

"알고 보니, 미선이는 보통내기가 아니더구먼."

"네?"

어리둥절한 표정인 내게 그가 또 빈정거렸다.

"그러고서도 내 앞에서는 요조숙녀인 체…… 그래도 되는 거야?"

"도대체 무슨 말씀이신지……."

"몸 자랑을 너무 했더군!"

"네?"

"놀라기는 왜 놀라나? 전에, 사진사한테 누드 모델 노릇 했었나? 한 커트 허락하고 몇 푼이나 받았어?"

"그런 적이 없어요, 저는……."

"그 누드 사진, 역시 늘씬하더구먼. 그러면서도 풍만하고……."

"없어요, 전혀! 그런 적이 전혀……."

"이러지 말라구. 증거가 있는데도 시침을 떼긴가?"

"언제 보셨어요?"

"정 그렇다면 보여주지!"

그는 책상 서랍 속에서 서류봉투를 집어내더니, 그걸 내게로 통째로 건네면서 중얼거렸다.

"꺼내 보라구."

나는 서류봉투 속으로 손을 넣어 내용물을 꺼내들었다. 그런 나는 온몸이 뻿뻿하게 굳어버렸다. 그건 내가 알몸으로 거실 바닥에 반듯이 누워 있는 사진이었기 때문이다. 다른 한 장은 내가 한 손으로는 앞가슴을, 다른 손으로는 아랫도리를 가리고 있는 사진이었다.

물어보나마나, 이건 택환의 짓이 분명했다. 이 사진들은 그의 아파트에서 내가 엄마랑 그와 함께 살 적에, 그의 카메라에 담겼던 여러 장면들 중의 일부였다. 그는 후에 내게 그 필름을 내주었는데, 하지만 그건 역시 가짜였었고, 진짜 필름은 여지껏 자기가 가지고 있다가, 그걸 사진으로 만들어 이렇듯 김 회장에게…….

그러나 당황하던 나는 곧 침착해졌다. 이제 와서 김 회장에게 이러쿵저러쿵 변명 같은 것을 늘어놓기가 싫었다.

"이 사진을 어디서 구하셨어요?"

"궁금한가?"

"그래요."

"그 서류봉투의 겉장을 보라구. 어떤 자가 내게 등기로 부친 거라구. 발신인 주소야 적혀 있지만, 그게 진짜라고 믿을 사람은 하나도 없고……. 어찌 됐건 난 그 사진들을 이틀 전에 받아봤다구."

"……."

"어떤 자가 왜 이런 짓을 했는지, 집히는 사람이라고 있나?"

"……."

"말을 하지 않는 걸 보니, 의심이 가는 사람이 있는 모양이로구먼 그래. 그렇다면 그 자가 누군인지 어디 말해 보라구."

그래도 내가 입을 다물고 있자, 그가 역정을 냈다.

"아, 말을 해야 그놈을 잡든가 말든가 하지! 안 그래?"

"없어요."

내가 거짓말을 하자, 고개를 힐끔 돌려 내 얼굴을 바라다본 그가 중얼거렸다.

"이제야 말이지만, 난 네가 참으로 순진한 아이라고 믿었었다구. 그런데 그날, 알고 보니 넌 이미 남자관계가 있었던 아이였어. 처녀가 아니더라, 이거지. 난 그런 네게 적이나 실망을 했는데, 이어 이런 사진들을 받고 보니…… 내 참 기가 막혀서!"

"안녕히 계세요."

"가려구?"

"네."

두 장의 사진이 담긴 서류봉투를 들고 돌아서는 내게 그가 말했다.

"그 사진들을 가져갈 거야?"

"왜요? 여기에 두고 갈까요?"

"그런 건 아니지만서두……."

"여기에 놔두면, 회장님도 심심할 때마다 꺼내 감상하시려고요?"

"뭐야?"

그가 버럭 성을 냈지만, 나는 이미 회장실의 문을 열고 있었고, 얼른 사무실을 지나 복도로 나와버렸다,

'택환이도 나쁜 놈이지만, 김 회장, 당신도 그보다 못잖은 사람이야! 어쩌면 그보다도 더한……. 난 언젠가 당신한테도 복수할 테야!'

나는 그길로 곧장 집으로 돌아왔다.

주차장에는 차량 두세 대가 멎어 있었다. 택환의 차도 보였다. 분노가 끓어올랐다. 그러나 나는 냉정하기로 했다. 이런 때일수록 그래야 한다는 걸 나는 이젠 알고 있었다.

짐짓 버저를 울렸다. 아무런 반응이 없었다. 열쇠를 꺼내 현관문을 열고 안으로 들어갔다. 그러나 집 안에는 아무도 없었다. 이리저리 둘러봤어도 택환의 모습은 보이지 않았다. 안방을 새삼스레 눈여겨보자, 그의 청색 가방은 눈에 띄지 않았다. 그렇다면 집 안으로 들어와서 그가 가지고 나간 모양인데, 그러나 그의 승용차는 주차장에 그대로 있다니…….

그때, 갑자기 현관의 버저가 울렸다. 렌즈 구멍으로 내다보자, 두

명의 건장한 남자가 밖에 서 있었다. 누구냐고 물어보자, 형사라고 대꾸했다. 가슴을 두근거리며 문을 열어주자, 그들 중의 한 명이 얼른 신분증을 꺼내 보이더니 구두를 신은 채 벌써 거실로 올라섰고, 그때부터 두 사람은 안방과 건넌방, 다용도실이랑 냉장고 속, 나아가 화장실의 천장까지 익숙한 솜씨로 샅샅이 뒤지기 시작했다.

"왜들 이러세요?"

내가 항의했지만, 그들은 못 들은 체했다. 한동안 뒤지던 그들은 자기네들이 목적했던 것이 끝내 나오지를 않자, 아까 신분증을 보여주었던 사내가 내게 말했다.

"함께 가줘야겠어."

"어디를요?"

"경찰서까지."

"왜요?"

"마약밀매 용의자라구. 알아?"

"내가요?"

"가보면 알아."

그들은 나를 밖으로 데리고 나오더니 택환의 차 바로 옆에 멎어 있는 승용차로 데리고 가서 뒷좌석에 태웠다. 그리고 나를 곧장 경찰서로 연행했다.

경찰서로 들어가자, 나는 곧바로 담당형사에게 인계되었다. 그는 아까 우리집에 왔었던, 그리고 나를 이곳까지 연행했던 그들과는 달리 인상이 사뭇 부드러웠다. 그러나 입가에 잔잔한 웃음을 내비치면서도 그의 눈매는 역시 날카로웠다. 그런 시선으로 한동안 나의 겁을 잔뜩 먹고 앉아 있는 표정을 살피던 그가 고개를 갸웃거렸다.

이윽고 그는 나름대로 무슨 생각을 굳힌 듯, 조서를 받기 위해 책상을 사이하고 마주앉아 있는 내게 부드러운 어조로 귀띔을 주었다. 즉, 마약사범은 마약을 만드는 제조책, 그것을 가져다가 넘겨주는 공급책, 그리고 공급받은 마약을 유통시키는 판매책으로 구분되는데, 택환은 어느 계보의 중간 공급책이라는 것이다. 경찰은 이미 이를 파악하고 그를 미행해 오다가, 아까 그가 우리 아파트에서 청색 가방을 들고 나오는 것을 덮쳐서 검거했고, 마약을 증거물로 압수했다고 했다.

증거물이란 그 청색 가방이었다. 가방을 열면 운동복이 들어 있으나, 그 가방은 이중으로 되어 있으며, 그 아래칸에는 마약이 숨겨져 있었다고 말해주었다. 그것이 시중에 유통이 되면 그만큼 마약 환자가 늘어나며, 그럴 때 환자는 물론 그 가족들까지 불행해진다면서,

"나도 집에 너 같은 딸이 있다. 아무리 봐도 그런 자들과 연루돼 범죄를 저지를 아이 같지는 않다. 그러니 어떻게 그 자와 알게 됐으며, 그와의 그동안의 관계를 솔직하게 말해 주기 바란다. 솔직하다고 인정될 때는 선처를 약속하겠다. 그러나 뒤에 거짓말이 드러날 때는, 더욱 무거운 벌이 네게 내려진다는 것을 명심해라. 내 말을 알아들었겠지?"

담당형사가 이번에도 웃음을 보이며 말했다. 그가 부드럽게 나를 다루는 것은, 내게는 윽박지르는 것보다는 좋은 말로 달래는 것이 바른 진술을 얻어 내는 데 효과가 있겠다고 여겼던 때문인 듯싶다.

나는 조용히 눈을 감았다. 거짓말을 할 필요가 없었다. 다만 택환

이 그동안에 나에게 가한 성폭행에 대해서는 굳이 이런 자리에서 말하고 싶지 않았다. 우선 부끄러웠고, 또 말해봤자 그건 그의 마약에 얽힌 범죄와는 직접적인 관계가 없을 것 같아서였다. 어쨌거나 나는 그것을 빼고는 숨길 것도, 두려울 것도 없었기 때문에, 그와 알게 된 계기와 그 이후의 일들, 그리고 그 청색 가방에 대해서 그동안의 경위를 처음부터 끝까지 솔직하게 말해 주었다.

서너 시간이 지났다. 지금까지의 나의 진술을 기록으로 남긴 담당형사는 오늘은 일단 집으로 돌아가도 좋다고 말했다. 그러나 여기서 끝난 것은 아니며, 뒤에 더 조사할 사항이 있으면 다시 부르겠다면서 이런 말을 덧붙였다.

"택환이란 그 자는 증거물까지 잡혔으니 빼도 박도 못한다. 그런데, 만약에 그 자가 너를 물고 들어갈 땐 어떡하지?"

"저를 물고 들어가다니요?"

"너는 그 청색 가방 속의 내용물을 전혀 알지 못했다고 했지만, 그가 이미 너도 알고 있었다고 우길 경우 말이다."

"그건 절대로 그렇지가 않아요! 저를 믿어주세요!"

"그럴 경우, 그와 여기서 만나 얼굴을 마주보며 주장할 수도 있다, 이 말이지?"

"그건 여기뿐만 아니라, 어디서든지 자신있어요!"

"좋다. 그건 그렇고……."

여전히 날카로운 시선으로 내 얼굴을 살피던 그가 웃어가며 말했다.

"어쩌면 그는 이번에 자기가 체포된 것은 네가 경찰에 밀고를 했기 때문이라고 생각할지도 모른다."

"그런 적도 없어요, 저는!"

"알고 있어. 이미 우리는 전부터 그를 추적해 오다가 이번에 검거한 거니까 말야. 그러나 그는 나름대로 그렇게 믿고 네게 앙심을 품을는지도 몰라. 이건 내가 그냥 해본 소리니까 그렇게 알라구."

나는 곧 풀려났다.

경찰서의 정문을 나서다가 나는 잠깐 그 자리에 섰다. 도시의 하늘은 희읍스름 회색빛이었다. 그런 하늘을 잔뜩 지켜보며 나는 움직이지 않았다. 그러다가 문득 중얼거렸다.

"언젠가 엄마는 내게 말했어요. 남을 용서하면 그만큼 내 마음이 편해진다고요. 그래서 남을 용서한다고……. 하지만, 난 달라요! 지금까지 내 마음에 깊은 상처를 준 그들을 결코 용서할 수 없어요. 언젠가 난 그들에게 복수할 거예요! 그래서 내 마음이 괴롭더라도 말예요. 난 엄마의 딸이지만, 엄마처럼 살지는 않을 거예요!"

"네 마음대로 하렴."

어디선가 엄마가 대꾸를 했다.

가까이에는 정문을 지키는 젊은 경관이 근위병처럼 꼼짝도 않고 고대로 서 있었다. 그가 앳되어 보인다는 엉뚱한 생각을 하며 나는 걷기 시작했다.

바로 앞에서 한길이, 아니 세상이 나를 기다리고 있었다. 어서 오라고 자꾸만 손짓하고 있었다. 히죽히죽 웃다가 이내 흰 이빨 드러내며 깔깔 웃어대더니, 입을 크게 벌린 채 나를 기다리고 있었다.

갑자기 가슴이 답답했다. 울렁울렁 곧 터질 것만 같았다. 누구라도 좋으니 얼른 만나서, 내가 왜 이렇게 가슴이 터질 것 같은지를, 왜 내가 이렇게 되었는가를 속 시원하게 털어놓아야만 숨통이 트일 것 같았다. 얼핏 현애가 머릿속에 떠올랐다. 현애를 만나기로 했다. 만나서 그 애한테만은 택환과 나와의 지난 날을 들려주고 싶었다. 그러면 나보다 늘 어른스러운 그 애로부터 어떤 해법을 들을 수 있을 것만 같았다.

'그래, 현애를 만나자! 만나서…….'

# 흐르는 친구

크리스마스가 지난 거리는 여전히 세밑 기분으로 한껏 들떠 있었다. 행인들로 붐볐다.

버스에서 내린 나는 급한 걸음으로 약속장소를 향해 걷기 시작했다. 한 손에 지니고 있는 휴대전화기가 갑자기 울렸다. 얼른 받았다. 현애의 음성이 대뜸 흘러나왔다.

"왜 아직 안 와?"

"버스가 길이 막혀서……."

"지금 어디야, 거기?"

"차에서 막 내려 그리로 가고 있는 중이야."

"얼른 와!"

"다 왔어. 이삼 분이면 돼."

전화를 끝낸 나는 걸어가면서 잠깐 동안 휴대전화기를 들여다보았다. 이건 얼마 전에 경욱으로부터 선물로 받은 것이었다. 그는 요즘에도 자주 집으로 전화를 걸어왔다. 대입 수능시험이 의외로 쉽게 출제되어 시험을 잘 쳤다는 둥 그때마다 자기의 하루하루의 생활을 하하 웃어가며 보고하듯 들려주곤 했다. 그러던 그가 무슨 생각이 들어서인지 최신형의 휴대전화기를 내게 선물했다. 나는 처음에는 부담스러워서 마다했으나 그가 자꾸 권하자 못 이기는 체 받고 말았다.

새 휴대전화기가 생기자 문득 생각나는 사람이 있었다. 현애였다. 나는 그동안 현애로부터 얼마나 많은 도움을 받았었나! 이런 기회에 그 애에게 조금이나마 보답을 하자고 마음먹었다. 나는 현애에게 내가 그때까지 사용해왔던 휴대전화기를 주었다. 현애는 너무너무 기뻐했다. 그럴 것이, 요즘에 현애는 휴대전화기가 없었다. 어찌어찌 구입했던 '싸구려' 중고품을 그나마 얼마 전에 잃어버렸다. 그러나 생활이 여유롭지 못한 현애는 새로 구입도 못하고 크게 불편했었는데, 그러다가…….

커피전문점으로 들어선 나는 잠시 두리번거렸다. 현애는 저만큼 벽쪽에 자리하고 있었다. 나처럼 그 애도 지금 사복 차림이었다. 키도 크고 몸피도 실한 그런 애가 전에 없이 머리에 가발까지 했기에, 지금 현애는 교실에서 보던 때와는 사뭇 다른 모습이었다.

"늦어서 미안해!"

나의 말에,

"어서 앉아!"

맞은편 자리를 손가락으로 가리킨 현애가 다가온 종업원에게 커피 두 잔을 주문했다.

"갑자기 내가 너를 왜 보자고 했는지 알아?"
"글쎄."
그러자 현애가 엉뚱하게 중얼거렸다.
"그건 보고 싶기도 했지만, 달리 이유가 있어서야."
"그게 뭔데?"
"휴대폰을 선물로 받은 것 감사도 할 겸 또……."
"또 뭔데?"
"앞으로는 자주 만날 수 없을 것 같아서라구."
"왜지?"
"내가 전처럼 한가해야 말이지."
"그건 또 무슨 소리야?"
내가 의아해하자, 날라져 온 커피를 한 모금 마신 현애가 말했다.
"언젠가는 어차피 알게 될 건데, 나도 너한테만은 솔직하게 말해 주마. 다른 사람들한텐 굳이 알릴 거 없다."
"뭔데, 그게?"
"나, 아르바이트 자리 구했다."
"응?"
"돈 벌기로 했다구."
"어딘데, 거기가?"
"말만 그럴 듯하지, 한 마디로 술집이라구."
"뭐라고?"
"놀라기는."
"하필이면……."
"넌 몰라서 그래."

"모르긴 뭘 몰라."

"피자집이라든가 제과점이라든가, 요즘에는 학생들을 아르바이트로 고용하는 가게들도 많아. 허나 그런 데는 대부분 몇 시간을 꼬박 서서 벌어봤자 하루에 고작……. 술집에 나가 그만큼 일하면 손님들이 주는 팁만으로도 그 몇 곱절이나…… 그게 한 달이면 얼만줄이나 아니?"

"……."

"너도 알다시피 우리집은 당장 돈이 필요하고, 이젠 내가 나서서 벌어야만 될 형편이야. 어차피 그렇게 될 거라면 하루라도 빨리…… 생각 끝에 결정을 굳혔다구."

"언제부턴데, 그게?"

"내일 밤부터."

"내일 밤부터라고? …… 이게 처음이야?"

"이미 몇 번 나갔었다. 이 가발은 그때 사귄 어떤 언니가 빌려준 것이구. 헌데 처음이라서인지 너무 피곤하더라구. 그래서 며칠 쉬며 곰곰히 생각해 봤다. 그러다가 다시 결심한 거다."

"그랬었구나."

나는 고개를 끄덕거렸다. 현애가 머리에 쓰고 있는 가발 말고도, 집히는 게 또 있었다. 얼마 전에, 현애는 교실에서 수업시간에도 전에 없이 잠만 잤었다. 요즘에 수업시간에 잠을 자는 애들은 한두 명이 아니었다. 하지만 그날따라 너무하다 싶었는지 교실 뒤쪽에 와 있던 선생이 본보기로 현애를 깨워 일으켜 세우더니 큰소리로 야단을 쳤다. 간밤에 무엇을 했느냐, 내 과목이 그렇게도 시시해 보이느냐, 다음에도 내 수업시간에 잠을 잘 생각이면 아예 교실에 들어오지를 말라는 둥……. 그러나 현애는 아무런 대꾸도 하지 않았다. 선생은 교단으로 돌아가버렸다. 자리에 앉은 현애한테서 언뜻 야릇한 냄새가 번져왔다. 하긴 진작부터 술 냄새 같은 것이 엷게 풍겼었다. 그러고 보면, 현애는 그 전날 밤에도 술집에 나갔던 것은 아닐까. 그랬다가 너무 피곤해서…….

"너무 무리하지 마!"

내가 은근히 걱정을 하자, 현애가 대꾸했다.

"요즘에 남자 어른들은 딸 같은 어린 여자애들을 좋아해. 어릴수록 좋아한다구. 그러자 이를 노리고 우리 또래의 여자 아이들은 '원조교제'로 돈 버는 애들도 많아. 하지만 네 말이 무슨 뜻인지 알겠어. 아무리 궁해도 그런 짓은 안할 테니까."

"너네 집에서도 알아?"

"아직은…… 허나 차츰 눈치를 챌는지도……."

"그럼 어쩌지?"

"아빠는 처음에는 나를 죽이겠다고 펄쩍 뛸는지도 몰라. 그게 정상이지. 그러나 알아도 모르는 척할는지도……. 그러면 가난이 어느 정도 해결되니까. 돈은 그만큼 좋은 것이니까!"

"……."

"난 그렇고, 넌 앞으로 어떡할 거야?"

"……."

"그 집에서 그냥 살 거냐구?"

"왜 물었어, 그건?"

"우리 동네는 방값이 아주 싸."

"생각중이야, 요즘."

집주인과의 계약기간은 아직 몇 달이 남아 있었다. 그런데 이미 누가 월세를 지불했고, 앞으로도 그쪽에서 월세를 지불하겠노라고 말했다며 주인으로부터 며칠 전에 전화가 걸려왔었다. 누가 그랬는지는 끝내 말해주지 않았다. 누구의 짓이지? 누구라도 내가 살고 있는 집의 주인이 어디에 사는 누구인지, 알려고 마음만 먹으면 얼마든지 가능하다. 얼른 김 회장의 얼굴이 떠올랐다. 그 사람 말고, 달리 그럴 사람이 없었다. 어쩌면 나랑 화해를 하자는 의도인 듯싶었다. 다시 관계를 이어가고픈 모양이었다. 그러나 나는 그 속셈을 안다. 보살펴 주는 척 이것저것 선심을 쓰다가 어느 기회에 또……. 당장 돈을 되돌려주고 싶었다. 그런데 그쪽에서는 아직 이렇다 할 전화가 걸려오지 않고 있었다. 그렇다고 내가 먼저 전화를 걸고 싶진 않았다.

"택환인가 하는 그 사람은 어떻게 됐지?"

현애가 택환의 소식을 물어봤다. 경찰서에서 나오던 날, 나는 하도 가슴이 답답해서 현애를 만나, 지금 내가 어디서 오는 길인가를, 왜 그랬는가를 들려주었었기에, 현애는 그걸 물어보고 있는 것이다.

그날, 나는 말해야 할지 말지에 대해 심한 갈등을 겪었었다. 아무리 세상에서 둘도 없는 친한 친구라고 해도 그런 내 자신이 너무 부끄러웠기 때문이다. 그러다가 가슴이 너무 버거워 끝내 결심했다. 솔직한 만큼 얻는 것도 있을 거라고. 그러고도 한참만에야 용기를 내어, 택환이 얼마나 잔인한 인간인지, 그에게 당했던 지난 날의 고통을 모두 털어놨다. 예측대로 공연히 말했다는 후회가 일었다. 그러나 그러고 나니까 부끄럽고 허탈한 만큼 가슴이 후련했다.

내 말을 들은 현애는 의외로 표정이 담담했다. 몹시 놀라워할 줄 알았는데, 그 앤 그렇지가 않았다. 요즘 사회에서 흔히 있는 얘기를 또 들었다는 듯, 그런 놈은 능히 살인을 저지를 수 있는 놈이기에 섣불리 고발을 할 수도 없다면서, 어쨌거나 그런 과거를 자기한테 들려준 나에 대해서 한층 우정을 느낀다고 말했다.

"며칠 전에 그의 아내로부터 전화가 걸려왔었어."

"그랬어? ……뭐래?"

"그쪽에서 말했어. 어제, 자기 남편한테 면회를 갔었다나."

"그랬는데?"

"그가 말하더래. 달리 생각해 보니, 그 백 속에 무엇이 들어 있었는지 미선이가 모를 수도 있었다구 말야. 가방 속을 뒤져봤다면 알 거지만, 남의 가방 속을 뒤져볼 그럴 애가 아니라나. 형사에게도 진작 그렇게 말했다고."

"흠."

"자기는 아무래도 한동안 감방에서 살 것 같다면서 자기가 자기의 형량을 예측하더래. 그러면서, 미선이가 혼자 살면 여러 가지로 힘들 거라면서, 미선이를 우리집으로 데려와 함께 살라고 명령조로 말하더래."

"그래서?"

"그냥 이 집에서 살겠다고 거절했어."

"그게 다야?"

"그러다가 곧 전화를 끝냈어."

"그랬어?"

무엇을 조금 생각하던 현애가 혼잣말처럼 중얼거렸다.

"웃기는 녀석이로구나."

"뭐가?"

"병 주고 약 주는 놈이라구!"

"왜지?"

"놈은 지금 수를 쓰고 있는 거야. 처음에는 형사의 말대로, 너를 끌고 들어가려고 생각했을지도 몰라. 그러다가, 그래봤자 득이 될 게 없다는 생각에서 얼른 생각을 바꾼 거야. 차라리 너를 끔찍이 걱정하는 사람으로 위장하기로 작전을 바꾼 거라구. 그렇게 함으로써 자기가 감방에서 풀려나는 날까지 계속 너를 주위에 묶어두려는……. 알겠니?"

"내 생각도 그랬어."

"놈은 제 말마따나 한동안 풀려나지 못할 테니까 걱정할 것 없다. 당장 오늘 살기에도 벅찬데, 그때까지 걱정하지 말라는 뜻이야. 그땐 그때 가서……."

현애가 슬며시 말을 돌렸다.

"경욱이는 시험을 잘 봤대?"

"기대 이상인가봐."

"집에 돈이 많으니까, 그까짓 시험 못 봐도 걱정없지."

"수도권에 있는 대학을 들먹이더라. 대학이 결정되면 자기는 학교 근방에 있는 원룸에 들어갈 거래. 또 곧 운전을 배우겠다나."

"그들 남매, 솔직히 말해서 참 부러운 아이들이다."

"……."

"너, 경욱에 대해서 솔직하게 말해 봐."

"무슨 말이야, 그건?"

그러자 현애가 빠른 어조로 말했다.

"너한테 휴대폰을 선물한 건 나름대로 이유가 있어서야. 덕분에 난 네 휴대폰을 선물로 받았구 말야. 어쨌거나, 내 예측대로, 경욱인 널 무지무지 좋아하고 있어. 이제 대학만 결정되면 그 앤 너를 귀찮을 정도로 찾을 테니 두고 보라구!"

"그저 친구의 오빠일 뿐, 그 이상도 그 이하도 아냐!"

"요즘 세상에, 집에 돈 많겠다, 인물도 그만하면 괜찮고, 더구나 속 없이 착하겠다…… 요즘에 그런 녀석도 흔치 않다. 사귀어 해될 것 없다. 그럴 바엔 단단히 잡아놓으라구. 그러면 장차 엄청난 그 집 재산이 모두 네 것이 될 테니까. 알겠니?"

"얘는, 농담도……."

"농담이 아냐! 너도 알잖아, 지금이 어떤 세상인지를. 농담할 틈이 없을 만큼 바쁜 세상이고, 초등학생들도 돈에 대해서, 성에 대해서 알 만큼 다 아는 세상이고, 어른들은 낮에는 성자의 가면을 썼다가 밤이면 본래의 추한 모습으로 돌아가는 세상이라는 걸 말이다."

"……."

"세상에 믿을 것은 돈 그리고 나밖에 없다는 사실을 알아야 해. 전에 난 며칠 술집에 나간 동안 그게 소득이었어. 그리고 또 하나……."

"뭔데?"

"여자는 남자한테 언제든지 다가갈 수 있는 타고난 무기가 있다는 것을 새삼스레……."

"타고난 무기라니?"

"몸이야."

"……."

"그 앞에서는 고자가 아닌 다음에야…… 남자들이란 결국엔 다 그렇더라구. 그게 본능이고, 그게 진심이고, 어쩜 그게 진실일 수도 있어. 많은 남자들이 낮에는 넥타이 매고 위선을 떨다가 밤에는 넥타이 풀고…… 그게 어른들이고, 그게 술집이더라구."

"……."

"참, 그저께 밤에 경아한테서 전화 왔었다."

"경아가? …… 너한테? …… 왜?"

"전엔 나한테 좀처럼 전화를 걸지 않던 애라서 나도 궁금했지. 듣고 본즉……."

"뭔데?"

"자기 아버지가 장학금을 줄 아이를 한 명 더 추천하라기에, 얼른 나를 추천했다나. 미선이도 받고 있다면서 말야."

"그래?"

"속이 들여다보였어. 몇 달 후에 시의원 선거가 있지, 아마? 이번에 출마할 모양이야. 그때, 나는 이렇게 좋은 일을 많이 한 입후보자라며, 선전용으로 써먹으려고 장학금 줄 아이의 숫자를 이 학교, 저 학교에서 좀 더 늘리고 있는 것 같았어. 틀림없다구."

"그래서 어떻게 했어?"

"생각해 보겠다고 했지."

"생각해 보다니?"

"지금 내 처지로는 얼씨구나 승낙했어야 하는 건데, 그러기엔 마지막 자존심이 꿈틀대더라구. 장학금을 주려면 학교를 통해 정식으로 줄 것이지, 그때마다 멋대로 한 사람씩……. 물론 자기 돈 가지고 자기가 쓰는 거니까 할 말은 없지만…… 그 돈 받으면 어쩔 수 없이 경아의 눈치를 보며 살아야 하구, 그 애 비위를 맞추어야 하구……. 밤에 나가 사흘만 벌면 그깟놈의 꺼림칙한 장학금을 벌 수가 있어. 그래서 생각 중인 거라구."

현애는 그랬다. 가난하지만, 아직도 자존심이 살아 있었다. 그 자존심을 지키려 하고 있었다. 집안의 가난을 현실로 받아들이고, 그러나 슬퍼만 하지 않고 이를 해결하기 위해 정면으로 맞서고 있었다. 술집도 마다하지 않고 있었다. 무엇보다도 용기가 있었다. 그 용기가 그 애의 자존심을 지켜주고 있었다. 그런데 나는 이게 뭔가. 내게는 자존심 따위는 처음부터 없었던 건 아닐까. 진작부터 어디에 기대려고만 들고, 그러다가 덫에 걸리고, 함정에 빠지고……. 그랬어도 용기는커녕 잔뜩 움츠리며 드러내기를 부끄러워하고, 하기에 아직도 그들의 덫과 함정에서 헤어나지를 못하고…….

현애가 먼저 일어서며 말했다.

"너, 낚지볶음 좋아하지? 어디 가서 그거 먹자. 오늘은 내가 살게."

해가 바뀌었다.

하지만 안방 벽엔 아직도 해묵은 달력이 그대로 걸려 있었다. 엄마 생각이 났다. 엄마가 살아 있었으면, 어디서 구해서라도 진작에 새것으로 바꾸어 놓았을 텐데 말이다.

나는 마음이 심란했다.

새해가 되면 걱정보다는 그래도 희망이 앞서는 법이다. 그러나 내게는 어떤 희망도 없었다. 보나마나 올해도 먹구름 낀 하늘, 먹구름 낀 가슴, 먹구름 낀 삶일 것이 분명했다.

나는 집에만 틀어박혀 있었다. 일절 외출하지 않고 지냈다. 찾아갈 데도 없었지만, 누굴 만나고 싶지도 않았다. 전화를 걸지도, 일절 받지도 않았다. 휴대전화기도 마찬가지였다.

끼니를 찾아 먹는 것도 귀찮았다. 음식 만들기가 귀찮아서 남은 것이 있으면 먹고, 그러자 거를 때도 많았다.

그 대신 홀짝홀짝 술을 마셨다. 혼자서 그랬다. 다른 것은 몰라도, 술이 떨어지면 왠지 불안하고 초조해서 견딜 수가 없었다. 그러면 슈퍼로 가서 소주를 사 가지고 돌아오곤 했다. 돌아가신 아빠는 술꾼이었었다. 차츰 엄마도 술을 입에 댔었다. 그분들이 왜 그랬었는지, 지금은 이해가 되었다.

그러던 어느 밤부터 으슬으슬 한기를 느꼈다. 차츰 몸에 열이 높았다. 점점 몸을 가눌 수가 없었다. 화장실을 가는데도 다리가 허청거릴 정도였다. 밤새도록 고열에 시달렸다.

다음날도 마찬가지였다. 하루종일 아무것도 먹지 않았다. 먹을 것이 있어도 먹지를 못했다. 입맛이 없어서였다. 갈증이 심했다. 그때마다 냉수만 마셨다. 어느 틈엔가 또 밤이…….

끊임없이 파도가 일렁거렸다.

그런 바다에서 가위질하듯 물살을 가르며 무엇이 빠르게 미끄러져 가고 있었다. 그건 상어의 꼬리지느러미였다. 그런데 지금 상어는 한 마리도 아니고 두 마리였다. 그러던 두 마리의 상어는 무엇을 가운데 두고 빙글빙글 물 속에서 크게 원을 그리며 맴을 돌기 시작했다. 가운데에서 어린 물개 한 마리가 잔뜩 겁에 질린 채 그들로부터 벗어나려고 안간힘을 다하고 있었다. 하지만 물개가 탈출하려고 하면, 재빨리 눈치를 챈 상어들은 더욱 재빠르게 움직이면서 좀처럼 포위망을 풀어주지 않았다. 장난치듯 데리고 놀고 있었다. 그러던 상어 한 마리가 고개를 물 밖으로 내밀며 히죽 웃어댔다. 그러자 이번엔 다른 한 마리도 따라서 그랬다. 그런데 둘 다 퍽 낯이 익다 싶고, 어디서 본 듯한 웃음이었다. 어느 순간 상어의 대가리들이 사람의 얼굴들로 슬며시 바뀌었다. 바로 김 회장과 택환의 얼굴이었다. 아아…….

나는 꿈에서 깨어났다. 온몸에 식은땀이 흥건했다. 더듬거려 방 안의 형광등을 켰다. 집 안은 고요했다. 얼핏 시계를 보았다. 한밤이었다. 한동안 엎치락뒤치락거리던 나는 다시금 잠이 들었다.

이번엔 어느 초등학교 교실 안에 내가 있었다.

나는 교단 위에 서서 아이들에게 열심히 글을 가르치고 있었다. 그런데 누가 화단으로 열린 교실 유리창으로 안을 기웃거렸다. 나하고 시선이 마주치자 그가 히죽 웃어댄다. 택환이었다. 순간 나는 섬뜩하며 교단에 고대로 서 있었다. 눈치를 챈 아이들의 시선이 교단에 서 있는 나와 유리창 밖에서 안을 들여다보며 야릇하게 웃고 있는 그를 번갈아가며 지켜보면서 어리둥절한 표정들을 짓고 있었다. 어느 틈엔가, 그러던 나는 운동장에 나와 있었다. 오늘은 학교의 무슨 행사가 있는 날인가보다. 전교생이 운동장에 줄을 서 있었고, 지금 교단 위에서는 학교장의 뒤를 이어 올라온 점잖은 사친회장이 축사를 하고 있었다. 어느 틈에 그의 시선이 이쪽으로 건너오더니 아이들 뒤에 서 있는 나의 시선과 마주쳤다. 나를 향해 멀리서 그가 한쪽 눈을 찡긋거리며 히죽이 웃어보였다. 그런 그의 얼굴이 점점 또렷하게 부각되기 시작했다. 바로 김 회장이었다. 나는 얼른 뒤돌아서서 도망치기 시작했다. 하지만 아무리 달려도 헛걸음질로 그 자리가 그 자리였다. 어찌어찌 교문을 나섰다. 그런데 누가 가까운 담벽에 붙어서서 무엇인가 붙이고 있다. 여자의 벌거벗은 알몸을 찍은, 내가 그런 모습으로 찍힌 바로 그 사진이었다. 사진을 붙이고 있던 그가 힐끔 나를 돌아다본다. 택환이었다. 아아. 안 돼! 안 돼!

발버둥을 치다가 다시금 잠에서 깨어났다. 방 안에는 불이 켜진 채였다. 이리저리 머리맡을 더듬었다. 무엇이 손에 잡혔다. 물주전자가 아닌, 마시다가 놓아둔 술병인 듯싶다. 입으로 가져왔다. 얼른 한 모금을 마셨다. 조금도 쓰지가 않았다. 달았다. 꿀꺽꿀꺽 또 마셨다. 이담에 선생님이 되고 싶었는데…… 나는 어설프게 웃었다. 그랬었는데…… 자꾸만 웃음이 솟구쳤다. 이제 나는 이 다음에 선생님이 될 수 없다. 어찌어찌 노력해서 되었다고 해도, 꿈 속에서처럼 그들은 나를 계속해서 따라다니며 괴롭힐 것이다. 자기네들의 욕망을 채우기 위해, 자기네들의 말을 듣지 않으면 이런저런 교묘한 방법으로 말이다.

이미 내 꿈은 깨어졌다. 짓밟혔다. 다른 것은 그때마다 참고 견디어 왔다지만 소박한 꿈이 이미 깨어져 있다는 사실을 뒤늦게 알았을 때, 나는 그들이 저주스러울 정도로 미웠다. 나는 몸을 부르르 떨며 미친 듯이 소리쳤다. 복수할 거야! 복수하고 말 테니 두고 봐! 꼭 하고 말 테니까……. 그러기 위해서, 나는 이제부터 여러 가지 방법들을 찾아볼 것이다. 그리고 복수할 수 있는 길이라면, 무엇이든지 할 생각이다. 내가 받은 만큼 갚아줄 것이다. 어떤 어려움이 있더라도, 어떤 희생을 치르더라도 기꺼이 말이다. 그러자면, 그만큼 냉정해져야 하고, 그만큼 용기가 필요하다. 나는 입술을 지긋이 깨물었다. 앞으로는 그렇게 살기로 마음먹었다. 억지로라도 그렇게…….

그렇듯 결심을 굳히자, 한결 마음이 평온해졌다. 정신도 또렷해졌다. 가눌 수 없을 정도로 흐느적거리던 몸에도 힘이 느껴졌다. 모두가 이상할 정도로 그랬다. 문득, 그러자면 무엇보다 앞서 얼른 병부터 나아야겠다는 생각이 퍼뜩 들었다.

# 하얀 결심

계약이 만료되기 두 달 앞서서 나는 집을 옮겼다. 산동네였다. 비탈길에 집들이 다닥다닥 붙어 있는, 행인 두 사람이 마주치면 한 사람은 다른 사람이 지나칠 동안 한쪽 담벽에 바짝 붙어서서 기다려야 할 정도로 비좁은 골목길이 이어진 가난한 동네였다.

현애네 집에서 서너 집 떨어져 있었다. 자식도 없는, 나이가 칠순 안팎인 노부부가 집주인이었다. 마당도 없이 작은 방이 고작 두 개뿐인, 태풍이 크게 불면 당장 무너져버릴 듯한 낡고 볼품 없는 그런 집의 문간방이었다. 동네도, 집도 이렇다 보니, 현애의 말마따나 보증금도, 월세도 믿기지 않을 정도로 아주 쌌다.

이사를 오면서 나는 짐들을 과감하게 정리했다. 버릴 것은 버리고 이웃에게 줄 것은 주어버렸다. 내게 딸린 물건들 중에서도 덜 필요한 것들은 다 버렸다. 그러고 나니까, 내 몸만 남다시피 했다. 그랬는데도 방이 워낙 작다보니 이것저것 배열하고 남은 공간은 아주 비좁았다.

그랬어도 난 불만이 없었다. 전에도 난 이런 방에서, 이런 비좁은 공간에서 살아본 적이 있었다. 아빠랑 엄마랑 살 때도 이랬었다. 그때로 되돌아간, 마치 고향으로 돌아온 느낌이었다. 다만, 그때와는 달리 이제는 달랑 나 혼자뿐이라는 것, 내가 식구인 동시에 가장이었다. 그렇듯 외로웠지만, 한편 그만큼 홀가분했다.

이학년이 되자, 현애와 나는 반이 갈리었다. 섭섭했지만 할 수 없었다. 우리뿐 아니라 나리만 현애와 같은 반이 되었을 뿐 경아와 은진은 모두 다른 반으로 뿔뿔히 갈리어 배정되었다.

학교에서 현애와 나는 비록 다른 반이 되었지만, 집이 이웃이다 보니, 현애는 날마다이다시피 내 방에 들렀다. 그러다가 밤에는 아예 나랑 함께 자버리는 때도 많았다. 동생들과 방을 함께 쓰고 있는 현애로서는 이래저래 그만큼 내 방이 편했고, 아무리 방이 작다지만 그 애랑 함께 잠을 잘 수 있는 공간은 남아 있었기에, 나도 그때마다 이를 환영했다.

자주 그러는 건 아니지만, 현애는 요즘에도 술집에 나간다고 말했다. 미성년자를 술집에 고용하는 것은 불법이었다. 그래서 단속이 나올 때마다 주인은 미리 이를 용케 알고 현애를 집에서 쉬도록 했고, 그런 날들이 요즘들어 잦다고 했다. 어쨌거나 처음과는 달리 이제는 어느 정도 적응을 해서 전만큼 피곤하진 않았지만, 나름대로 불쾌한 일들이 한두 번이 아니어서 그만두려고 해도, 궁핍한 살림을 보면 당장 그럴 수도 없다며 웃어댔다. 현애가 내 방에서 잠을 자는 경우는 흔히 술집에서 늦게 돌아오는 밤이었다.

"여기서 자고 가도 돼?"

오늘 밤에도 물어보는 쪽은 오히려 나였고, 그러면 현애는

"또 네 방에서 자고 오는 줄로 알 테지."

여느 때처럼 그렇게 말했다.

우리는 만나면 가정 얘기는 하지 않았다. 말하지 않아도 서로 다 알고 있으니까 그랬다. 하기에 그날그날 학교에서 일어난 이야기가 오히려 화제에 오르곤 했다.

"재미있는 얘기 해줄까?"

현애의 말에, 내가 얼른 물어봤다.

"뭔데?"

"요즘에 나리와 경아는 사이가 별로야."

"왜 그러지?"

"나랑 같은 반이 되자, 나리는 외로운 모양인지 전보다 더 나를 찾아오곤 해. 그런데 오늘은 경아 아빠를 은근히 깎아내리더라구."

"어떻게?"

"경아 아버지가 이번에 시의원 선거에 출마한다는군. 그런데 정당의 공천을 받는 과정에서 잡음이 많았다나봐. 정당에다가 돈을 엄청나게 바치고 공천을 받았다나. 그러자 공천에서 탈락한 경쟁자는 불만을 품고 탈당을 하겠다고 반발을 하는 등 요즘에 아주 시끄러워 경아 아빠 체면이 말이 아니라는군."

"그 앤 그걸 어떻게 알았지?"

"집에서 엄마랑 아빠가 주고 받는 말을 들은 모양이야."

"나리 엄마는 경아 엄마와 서로 친하잖아?"

"요즘엔 그렇지도 않은 모양이야. 나리를 슬슬 구슬러가며 물어

봤더니, 그 애가 실토를 하더구나. 경아 엄마와 나리 엄마는 어느 증권에 함께 투자를 했다더구나. 그런데 그 주식값이 폭락할 것이라는 정보를 어찌 알고 경아 엄마는 귀띔도 주지 않고 혼자서 슬쩍 팔아버려 손해가 없었는데, 그러나 그대로 쥐고 있던 나리 엄마는 아주 큰 손해를 봤나봐. 그러자 나리 엄마와 아빠는 의리 없는 여자라며 경아 엄마를 욕하고, 따라서 경아 아빠도 곱게 보일 리 없고…… 재미있잖니?"

말이 없는 내 표정을 힐끔거린 현애가 생각난 듯 불쑥 물어봤다.

"아까, 점심시간에 얼핏 보니까 경아가 너희 반으로 들어가던데, 혹시 널 만나러 간 거 아냐?"

"맞아."

"무슨 일로 왔는데?"

"늘 그랬듯이, 이런 말 저런 말을 주책없이 지껄이다가 갔어."

"글쎄, 그게 무슨 말이었냐구?"

"대학에 합격한 경욱 오빠는 수도권 대학이라서 통학하기가 멀다며 학교 근처에 있는 원룸을 얻어달라고 조른다나. 자꾸 그러자, 아빠랑 엄마도 허락을 했다는군. 그리고 운전면허도 땄다나봐. 경욱 오빠가 스포츠카를 사달라고 조르자, 그것도 곧 그러기로 했대."

"그 말 하려고 왔댔어?"

"그리고……."

"다 말해봐."

"자기 아빠가 이번에 현애한테도 장학금을 주었다고……."

그러자 현애가 피식 웃었다.

"내 이럴 줄 알았다구. 자기딴엔 생각해서 주는 것 안 받기도 뭣

하고 해서 결국 받았더니, 그 딸이 당장 생색을 내는구먼. 그건 그렇구…… 또 없어?"

"이번에 경욱 오빠 친구들이 대학 입학을 계기로 우정도 새롭게 다질 겸 한자리에 모인다나봐. 그날, 저녁식사를 자기 아빠가 내기로 했다는군. 그런데 각각 여자 파트너를 한 명씩 데리고 와야 한대. 그렇지 않으면 벌칙금을 내기로 했다나봐."

"그러니 너더러 경욱 오빠의 파트너가 되어달라, 그런 말이로군. 아냐?"

"그 앤 자기도 오빠 친구들 중의 한 명을 좋아한댔어. 그리고 그의 파트너가 되기로 했다면서, 나더러 함께 그 모임에 참석하자는 거야."

"그렇다면 자기가 직접 전화로 할 것이지, 자기 여동생을 통해서 그럴 건 뭐야?"

"아무래도 좀 어색해서 그랬겠지."

"덩치와는 달리 성격이 수줍어서 그랬다 치고…… 그래서?"

"확답을 주지 않았어."

"왜?"

조금 망설거리던 나는 솔직하게 대꾸했다.

"휴대전화기를 선물로 받았으니까, 파트너가 되어 그 빚을 갚을까도 생각해봤어. 그러나 그 자리엔 김 회장도 참석할는지 모른다는 생각에……."

"그게 어때서?"

"그냥 그저……."

나는 말을 얼버무렸다.

나의 예측은 옳았었다. 이사를 오기 전, 집주인에게 집세를 내준 사람은 바로 김 회장이었다. 얼마쯤 지나자 그가 먼저 내게 전화를 걸어왔고, 전에 사무실을 찾아온 내게 자기가 그렇듯 화를 낸 것은 그만큼 너를 아꼈기 때문이다, 얼마나 아꼈으면 그랬었겠느냐면서 얼렁뚱땅 웃어넘겼다. 그러면서 앞으로도 집세며 학비는 염려마라, 현애도 장학금을 주었다는 둥 요즘에 자기가 바쁜 일이 있어서 그런다며 틈을 내어 한 번 만나자고 했다. 나는 건성으로 대꾸하며 전화를 끝냈다. 바로 그 다음날, 나는 집주인에게 전화를 걸어 이사를 가겠다고 말했고, 다행히 마침 이사철이라서 쉽게 방을 빼고, 방을 얻어 이곳으로 이사를 오게 된 것이다.

그는 내가 이곳으로 이사를 온 것을 이미 알고 있을지도 모른다. 그리고 의논도 없이 그랬다는 것에 대해 몹시 섭섭하게 생각할는지도 모른다. 그러나 그가 어떻게 생각을 하든 나는 신경을 쓰지 않기로 했다. 그건 나의 자유이고, 앞으로는 누구의 간섭도 눈치도 살피지 않고 살기로 했다.

어쨌거나, 내가 경욱의 파트너가 된다는 건 아무래도 내키지 않았다. 솔직히 말해서 경욱은 밉지가 않았다. 좀 싱거운 게 흠이랄까, 그만큼 착했다. 현애의 말마따나, 오히려 그런 그와 깊이 사귀어보고 싶은 생각도 없지 않았다. 그러나 경욱을 생각하면 곧바로 김 회장의 얼굴이 떠오르곤 했다. 어쩔 수 없이 그랬다. 그는 바로 김 회장의 아들이었다. 아버지에게 희롱당한 몸—그것이 강제로 당한 것이었다고 해도—으로 그 아들을 사랑할 수는 없었다.

내가 나름대로의 생각 속에 잠겨 있을 때, 현애는 이미 그런 나를 전에 없는 시선으로 지켜보다가 문득 물어봤다.

"너, 혹시 내게 숨기는 거라도 있는 거 아냐?"
"뭘?"
내가 깜짝 놀라며 얼른 표정을 가다듬자, 현애가 고개를 갸웃거리며 중얼거렸다.
"아무래도 그런 것 같다."
"내가 어쨌기에……?"
"요즘의 넌 예전의 미선이가 아니니까 하는 소리다. 전에는 그래도 명랑했던 애가, 이쪽으로 이사를 와서는 딴 사람처럼 변했으니까 그래. 바보처럼 멍한 표정이다가 갑자기 싸늘한 표정으로 바뀌기도 하고…… 무엇인가 혼자서 골똘히 생각하는 표정이었다구. 무엇인가 내게도 말 못할 그런 것을 감추고 사는 듯한…… 이사 오기 전에, 또 무슨 일이 있었던 거 아냐?"
"아냐, 아무것도!"
"아니긴 뭐가 아냐. 지금도 도둑질하다가 들킨 아이처럼 후다닥 놀란 표정인걸. 방금은 무슨 생각을 했었니?"
"아니라니까."
"너, 혹시 택환이를 생각하는 거 아냐?"
엉뚱하게 택환을 짚은 현애가 이어 중얼거렸다.
"전에도 내가 말했다만, 그놈에 대해서 자꾸 겁먹을 필요가 없대두 그러네. 놈은 지금 감방 안에 있어. 나오려면 아직도 멀었다구. 만약에 형기를 끝내고 출옥한 놈이 또 너를 괴롭힌다면, 그땐 내가 가만히 안 있을 거다. 그러니 안심하라구. 알겠니?"
"네가 무슨 수로, 그를……."
"방법이야 찾으면 얼마든지…… 마음만 먹으면 복수하기도 쉽지.

요즘 세상엔 돈만 있으면…….”

“응?…… 어떻게?”

“어쨌든 그땐 그때니까, 지금은 걱정할 것 없다.”

현애의 얼굴을 건너다보며 나는 문득 말을 돌렸다.

“이번에 시의원 선거가 있대?”

현애가 더는 캐려들지 않고 시큰둥 대꾸했다.

“선거운동원들이 암암리에 사람들을 만나가며 진작부터 선거운동을 하고 있다구.”

“김 회장도 정말 출마를 할까?”

“거액을 들여 공천까지 받았는데, 그럼 출마를 안해?”

“…….”

“갑자기 그건 왜 물었지?”

“그냥 그저…….”

“아무래도 이상타! 이번엔 네가 갑자기 선거에도 관심을 가지고…….”

“난 그러면 안 되니?”

“그런 건 아니지만…….”

“그만 불 끄고 잘까?”

“그래. 자자꾸나. 내일 얘기하자구.”

내가 전등불을 껐다. 피곤한 모양인지, 나란히 누운 현애는 곧 가볍게 코를 골며 잠들어버렸다.

그러나 나는 좀처럼 잠이 오지 않았다. 자리에 누운 채 어둠 속에서 두 눈을 말똥거리고 있었다. 항시 자신 만만한 김 회장의 얼굴이 어둠 속에 어른거렸다. 그는 당선이 될까? 아니, 그를 낙선시키자!

느닷없는 생각이 불쑥 떠오르자 나는 나 자신도 깜짝 놀랐다. 하지만 안개 속을 헤매듯 답답하던 가슴이 안개가 걷힌 듯 갑자기 후련해졌다. 찾아 헤매던 그 무엇이 비로소 눈에 보이고 손에 잡힌 쾌감이었다. 그런 생각은 꼬리를 물고 이어졌다. 낙선을 하면 그는 얼마나 실망이 클까. 공천을 받기 위해 당에다가 엄청난 돈을 바치고, 또 돈이 많은 사람이니까 알게 모르게 그 이상의 선거 비용을 쓸 게 틀림없고, 그러고서도 낙선을 한다면 마음이 얼마나 쓰리고 참담할까. 나는 비참하게 일그러져 있는 그런 그의 얼굴이 얼른 보고 싶었다.

내가 나서서 그를 그렇게 만들고 싶었다. 김 회장 말고, 누가 당선이 되건 그건 상관이 없었다. 어쨌거나 그는 이번 선거에서 꼭 떨어져야 하고, 낙선자들 틈에 그는 반드시 끼어 있어야 한다. 그렇게 함으로써 복수를 하고 싶었다. 통쾌하게 복수를……. 그런데, 어쩌지? 미성년자들은 선거운동을 할 수 없다는 것쯤은 나도 알고 있다. 그러던 나는 주먹을 꼬옥 쥐었다. 그를 낙선시키기 위해서, 내가 할 수 있는 무슨 방법이 있을 것 같았다. 찾아보면 틀림없이 있을 거라는 생각이 들자, 내 가슴은 다시금 환희로 뒤바뀌었다. 그래! 이제부터 그 길을 생각해 보고, 알아보고…….

휴대전화기가 울렸다. 전화를 받았다. 경욱으로부터 걸려온 전화였다. 그는 술을 마신 것 같다. 목소리가 그랬다.

"왜 전화 걸었어요?"

내가 묻자, 그가 싱겁게 웃어대더니 말했다. 전에 경아가 나를 찾아와서 말한 내용이었다. 이번 친구들 모임에 자기의 파트너가 되어 참석해 줄 수 없겠냐는 것이다. 그는 술을 마신 탓인지 퍽 용기 있게 말했고, 어쩌면 그런 말을 하기 위해서 짐짓 술을 마셨는지도 모른다.

"왜 하필이면 나예요?"

"미선이밖에 없으니까, 하하."

"그런 거짓말은 하지 말아요."

"전엔 한두 명이 있긴 했어. 하지만…… 그냥 친구로서…… 미선이를 본 뒤부터는…… 하하. 지금은 만나지도 않아. 그런 지 오래됐는 걸. 참말이라구!"

"다른 파트너를 구해 봐요."

"없다니까 그러네. 있어도 그럴 생각이 없구……. 하하, 하하하."

그의 웃음소리가 자꾸 공허하게 들렸다. 역시 그는 착하다. 밀어붙이지를 못하고 얼른 굴 속으로 뒷걸음을 치고 있다. 그런 그가 너무 안됐다 싶다.

그에게 진 빚이 없나, 생각해 본다. 휴대전화기를 선물로 받은 것이 있다. 이번 기회에 갚고 싶은 마음이 일었다. 김 회장이 그동안 준 두어 번의 장학금이랑 집세도 그의 아들을 통해 갚아주자는 생각도 들었다.

"김 회장님도 참석하시나요?"

나의 말에, 한 가닥 희망을 감지한 그가 얼른 말했다.

"아빠는 우리 친구들을 아주 좋아하신다구. 그래서 틈을 내어 그 자리에 잠깐 참석하기로 했다구. 하지만 어쩌면 아빠는 요즘에 선거 때문에 바빠서 참석 못할는지도…… 하하."

"알았어요."

김 회장과 얼굴을 마주치지 않는 편이 더 낫다. 그러나 굳이 피하고 싶지도 않았다. 오히려 만나는 편이 더 좋을지도 모른다. 그러면 그는 나를 요만큼도 의심하지 않을 테니까. 그런 내가 이번 선거에서 자기를 낙선시키겠다는 생각을 가지고 있다는 것을 전혀 눈치채지 못할 테니까.

"승낙한 걸로 알아도 좋아?"

"그래요."

"고마워! 미선아, 정말 고맙다! 난 얼마나 걱정을 했는지…… 하하하."

어린애처럼 좋아하며 경욱은 토요일인 다음날 저녁에, 우리가 만날 장소와 시각을 일러주고는, 내 마음이 다시금 변할까 겁이 났는지 서둘러 전화를 끊어 버렸다.

전화를 끝낸 나는 그의 청을 들어주기를 잘했다는 생각이 들었다. 이건 빚을 갚는 행위였다. 그와 그의 아버지로부터 받은 물질적인 빚을 말끔히 갚아주고 싶었다. 그런 다음, 김 회장이 내게 진 빚을 따로 받아낼 작정이었다. 그가 내게 저지른 짓, 그것으로 인한 그동안의 내가 받은 엄청난 먹빛의 고통—이라는 그런 빚을 말이다.

다음날 저녁에, 나는 약속을 지켰다. 경욱의 친구들은 저마다 여자 파트너와 함께 모임에 참석을 했다. 경아는 경욱의 누이동생으로서가 아닌, 오빠 친구의 파트너로 왔다. 김 회장은 갑자기 중요한 약속이 있기 때문이라면서 참석하지 않았다.

우리는 레스토랑으로 가서 값비싼 저녁식사를 먹은 다음에, 남자들이 앞장서서 당구장으로 몰려가 시간을 보내다가, 이번에는 춤추는 데를 찾아가서 춤도 추고 술도 마셨다. 자정이 가까웁자, 흥을 이기지 못한 남자들 중의 하나가 갑자기 어느 룸살롱을 들먹이자, 차츰 그들은 그리로 몰려갈 눈치였다. 그러자 나는 경아에게 먼저 간다는 말을 남기고, 혼자서 슬그머니 그곳을 빠져나와 택시를 탔다.

집으로 돌아오는 택시 속에서, 나는 의외로 기분이 가라앉아 있었다. 오늘, 나는 경욱의 파트너로서 할 일을 다했다. 나를 보자 경욱의 친구들은, 듣던 대로 네 파트너가 빼어난 미녀라면서 허풍 섞인 찬사를 아끼지 않았다. 아마 경욱은 나에 대해서 친구들에게 이미 자랑을 단단히 해놨던 모양이었다. 그들은 나아가 이런 미녀를 여지껏 숨겨놓고 소개를 시키지 않은 벌로 경욱에게 한턱 단단히 내라고 다그쳤다. 어쨌거나 경욱은 그들로부터 부러움이 깃든 찬사를 받자 싱글벙글 좋아했고, 다음 기회에 다시금 크게 한턱을 내겠다고 쾌히 약속했다.

정신은 그렇지도 않았으나 몸이 피곤했던지, 나는 택시 속에서 깜빡 잠이 들었다. 언뜻 깨어보니 택시는 밋밋한 비탈길을 오르고 있었다. 조금 후에 나는 차에서 내렸다. 택시가 곧 떠나가자 나는 잠시 그 자리에 서서 주위를 둘러보았다. 다른 가게들은 모두 문을 닫았고, 길 건너의 오직 한 곳만이 불빛이 환했다. 24시간 문을 여는 편의점이었다. 그리로 가서 소주 한 병과 말린 오징어포를 사 가지고 다시금 길을 건너와 골목길로 들어섰다. 한길에는 이삼층 건물들이랑 여느 도시의 변두리와 다름이 없었지만, 여기서부터 내가 사는 집까지는 갑자기 비좁고 가파르게 이어진 산 비탈길을 1백여 미터쯤 더 올라가야 했다. 그렇듯 이 지역은 얼른 눈에 띨 정도로 작고 낡은 집들이 다닥다닥 서로 어깨를 들비비며 가득히 들어차 있는, 도시 속의 외딴 섬—처럼 아직 개발이 되지 않은 낙후된 동네였다.

골목길로 열린 내 방에 불이 켜져 있었다. 예측대로 현애가 와 있었고, 나를 그렇게 기다리고 있었다. 들창문을 가볍게 두드리자, 커튼을 조금 제치고 밖을 내다본 현애가 얼른 나와 대문을 열어주었다. 집주인의 방에는 불이 꺼져 있었다.

방으로 들어오자 현애는 내가 편의점에서 사 가지고 온 것들을 보며 크게 반겼다.

"네가 나를 위해, 이럴 줄 알았다."

"혼자 다녀와서 미안해."

"미안한 줄 알고, 대신 이거 사왔으니까 됐다."

빙긋이 웃어댄 현애가 오징어포의 포장지를 찢으면서 이어 말했다.

"재미있었니?"

"그저 그렇지, 뭐."

"말하는 투가 별로였던 모양이로구나. 누구누구 왔어?"

"열 명이 다 왔어."

"얘기해 봐."

옷을 갈아입지도 않고 한쪽 벽에 등을 기댄 채 두 다리를 쭉 뻗고 앉아 있던 나는 궁금해하는 현애에게 보고하듯 말했다.

"남자들 다섯 명 중에서, 경욱을 포함해 세 명이 대학에 합격을 했대. 하지만 떨어진 두 명은 어학 연수차 곧 미국으로 건너간다더라. 여자 한 명도 머잖아 오스트레일리아, 또 한 명은 캐나다로 유학을…….”

“우리들과는 처음부터 차원이 다른 애들이라는 걸 모르지 않았다 만서도…… 모임이 끝나서 온 거야?”

“저녁 먹고, 당구장에 가서 시간 보내다가 춤추러 가고, 그러다가 이번엔 어느 룸살롱으로 몰려가려는 눈치여서, 혼자 빠져나왔다구.”

“룸살롱으로?”

“그래.”

“그게 한두 푼이 드는 곳이 아닌데…….”

“저녁을 경욱이 내자, 다음부터는 이 애, 저 애가 서로 앞다투며 돈을 내겠다고…… 춤추러 가서, 양주를 마셨어. 값이 꽤 비싸겠더라.”

이미 반쯤 비워진 술병으로 내가 손을 뻗치자, 현애가 얼른 손으로 술병을 가리며 짐짓 빈정거렸다.

“양주를 마셨다며? 이런 술 먹으면 입 버린다.”

“그러지 말고 나도 한 잔 줘.”

“거기서도 마셨을 테고…… 알고 보니, 네가 나보다 주량이 센가 보다.”

“다 깨어서 그래.”

“술이 다 깬 게 아니라, 이건 아까 마신 것이 이제야 슬슬 효력을 발휘하기 시작하고 있다는 증거라구.”

웃으면서 현애가 내게 술병을 건네주었다. 병째 한 모금을 꿀꺽 마신 내가 문득 물어봤다.

“집에서, 뭐하고 지냈어?”

“요즘엔 주말만 되면 골프장 혹은 가족과 함께 여행을 떠나는 등 내가 나가고 있는 주점만 해도 손님이 뜸해. 큰 룸살롱에 비하면 격이 떨어지는 곳인데도 말야. 그러니 나가봤자 별 볼일 없을 것 같고, 집에 있으면 또 할머니랑 말싸움이나 벌일 것 같아서, 아버지에게 소주 한 병 사다가 안긴 뒤에 PC방에 가서 시간을 보내다가, 나도 느지막이 이곳으로 왔다."

"날마다 아버지에게 소주 한 병씩…… 넌 참 효녀다."

"아빤 이미 몸이 많이 망가졌다구. 그러면서도 술 없이는 단 하루도 못 살아. 술의 힘으로 하루하루를 버텨나가고 있지. 아빠한테는 술이 독약이 아니라 보약인 셈이야. 알고 보면 불쌍한 사람이지. 앞으로 살면 얼마나 더 사는지……. 그동안만이라도 좋아하는 것, 마시고 싶어하는 술 말리지 않을 생각이다."

"너답구나."

"그건 그렇다 치고, 두 동생이 문제야. 우리집에 있는 컴퓨터는 전에 누가 버리려는 것을 얻어다가 놓은 낡은 구닥다리거든. 내가 술집에 나가게 된 것도 얼른 동생들한테 컴퓨터를 사 주고 싶어서였는데, 그게 뜻대로 안 되네."

그런 현애가 혼잣말처럼 중얼거렸다.

"술이 다 떨어졌군."

"나도 마셔서 그래."

내가 자리에서 일어서자, 눈치를 챈 현애가 얼른 따라 일어서며 중얼거렸다.

"편의점에 가려구?"

"내가 사올게."

"그렇다면 돈 이리 줘. 내가 얼른 다녀올 테니까."

"괜찮대두."

"넌 아직 우리 동네를 몰라서 그래. 가난뱅이 동네라서 부자 동네처럼 계획적인 큰 범죄는 없다구. 대신에 시도 때도 없이 우발적인 범죄는 끊이질 않아. 난 이 동네 토박이라서 웬만한 얼굴들은 다 알아. 그러니 너보다는 내가 휑 다녀오는 게 백 번 낫다."

"알았어."

이미 우리는 대문 밖으로 나와 있었고, 내게서 돈을 받아 든 현애는 벌써 저 아래로 사라져가고 있었다.

그냥 여기 서서 현애를 기다리기로 했다. 저만큼 외등이 걸려 있었지만, 그랬어도 골목길은 우중충했다. 비좁게 이어진 골목길에서 이제라도 당장 누가 불쑥 튀어나올 것만 같았다. 초등학생 때 꾸었던 꿈이 문득 머릿속에 떠올랐다. 택환이 학교에 가는 나를 기다렸다가 불쑥 튀어나왔던 그 꿈 속에서의 골목길처럼 음산했다. 그는 어찌 되었을까. 나는 그가 얼마의 실형을 언도받았는지 아직 모르고 있다. 혹시 그는 죄를 감형받기 위해서 변호사를 통해 상고를 했는지도……. 그의 집으로 전화를 걸어보면 당장에라도 이것저것에 대해서 알 수 있겠지만, 굳이 그러고 싶지는 않았다. 보다 중요한 것은, 그도 나의 복수의 대상이라는 것이다. 사람에게는 장래에 무엇이 되겠다는 희망이 있다. 그것 때문에 가난해도 용기를 가지고 살아간다. 초등학교 선생이 되고 싶었던, 내게는 일찍이 그런 희망이 있었다. 그런데 그 희망은 절망으로 바뀌었다. 훗날 내가 다른 길을 택해서 돈을 엄청나게 많이 벌었다고 해도, 그리고 아주 유명한 사람이 되었다고 해도 나는 그리 기쁠 것 같지 않다. 왜냐하면 그건 애초에 내가 바랐던 길이 아니었고, 따라서 나는 기대 이상의 돈과 명예를 얻는다 하더라도 그건 내가 바라던 이상 실현에 실패한 것이기 때문이다. 나를 이토록 만든 자들은 누구인가. 택환은 김 회장 못잖게, 어쩌면 그 이상으로 내게 큰 죄를 지은 자이다. 지금 그는 복역 중이지만, 그건 어디까지나 다른 죄에 대한 대가일 뿐, 나하고는 무관하다. 그가 나에게 저지른 죗값은 아직도 고대로 남아 있다. 나는 그에게 그 죄를 묻고야 말겠다. 김 회장에 이어 다음에는 그를 반드시…….

"무슨 생각을 하고 있어?"

편의점에 다녀오던 현애가 지금까지 집 앞에 오도카니 서 있는 나를 툭 건드리며 얼른 앞장을 서서 대문 안으로 들어갔다.

대문을 잠근 뒤에 내가 방 안으로 들어서자, 이미 휴대전화기를 집어들고 문자판을 들여다보고 있던 현애가 그걸 슬며시 내게로 건네주며 말했다.

"마침 네 휴대폰이 울리기에……. 문자가 왔어."

나는 건네받은 내 휴대전화기의 문자판을 들여다봤다.

— 고맙다. 난 무지무지 행복했다. 고마워! 샹훼 샹훼

문자 메시지는 거기서 끝나 있었다.

"누가 보낸 거지?"

혼잣말처럼 내가 중얼대자, 현애가 얼른 말했다.

"몰라서 묻니? 보나마나 경욱이지."

"이 시각에……."

"지금쯤 친구들과 룸살롱에 있을 게고, 그러다가 네가 문득 보고 싶자……. 아마 그는 샹훼(사랑한다는 유행 신조어)란 글자를 밤새도록 문자판에 찍고 싶었을 게다. 그는 너를 그만큼 좋아하고 있어! 알아?"

## 정글의 법칙

시의원을 뽑는 선거이지만, 국회의원 선거 못잖게 요란하다. 출마자들의 얼굴들이 담긴 선거용 포스터가 진작부터 여기저기 담벽에 나란히 나붙어 있고, 중요한 길목마다 저마다의 현수막이 내걸려 있었다. 그중에는 김 회장의 얼굴도, 현수막도 끼어 있었다. 그런가 하면, 저 산 밑에 자리한 초등학교 운동장에서는 토요일이나 일요일을 이용하여 이따금씩 주민들을 모아놓고 선거 연설을 하기도 했다. 그때마다 한 표를 부탁하는 입후보자의 열띤 목소리가 확성기를 통해 이 산동네까지 울려오곤 했다.

그러던 어느 날, 현애가 문득 말했다.

"오늘, 학교에서 화장실에 갔다가 우연히 마주친 경아한테 들은 얘긴데, 요즘에 김 회장이 선거에서 유리하게 돌아간다고 아주 좋아하더라."

"어떻게……?"

"처음에는 김 회장과 라이벌인 후보가 서로 지지율이 엇비슷했다나. 그러다가 얼마 전부터 여론조사에서 자기 아빠가 앞지르기 시작해 선두로 나섰다고 말야."

"……."

"하지만 무소속으로 출마한 가장 나이 젊은 그 사람도 만만찮아. 돈이 없어 그렇지 사람이 똑똑하다며, 그 사람 찍어주겠다는 사람도 많더라구. 그 사람이 다크호스로 바짝 그들을 뒤쫓고 있대."

그러나, 나는 이번에도 입을 다물고 있었다. 여당의 공천자는 누구이고 야당의 공천자는 누구이며 이번 선거에 모두 몇 명이 출마를 했는데, 누가 더 당선 가능성이 있다는 둥 지금 내게 그런 것들은 요만큼도 관심이 없었다. 그보다는 김 회장이 그런 출마자들 중에 끼어 있다는 것, 나는 그를 이번 선거에서 꼭 떨어뜨리고야 말겠다는 생각을 지금도 가지고 있다는 것, 그러기 위해서는 어떤 방법이 가장 좋을까—오직 그것만이 내 관심거리였다.

날이 갈수록 나는 초조했다. 그 가장 좋은 방법이 아직까지 떠오르지를 않았기 때문이다. 집집마다 찾아다니며, 또는 거리에서 이 사람 저 사람을 붙잡고 내가 전에 김 회장에게 당했던 과거를 자초지종 말해버리면 어떨까. 그럴 용기가 있느냐고 나는 스스로 물어본다. 있다. 그래서 그가 낙선만 된다면 나는 이로 인해 내가 겪을 부끄러움과 수치스러움쯤 얼마든지 감당할 자신이 있었다. 그러나 나는 차츰 고개를 저었다. 그러기에는 투표일이 너무나도 촉박했고, 앞서 나는 이 사실을 안 김 회장의 선거운동원에게 이끌려가서…….

답답한 나머지 현애에게 응원을 청해보고도 싶었다. 그 앤 언제고 나보다는 생각이 어른스러워서 그때마다 내게 도움을 주곤 했었으니까. 하지만 이번에도 난 머리를 저었다. 만약에 김 회장이 내게 저지른 짓을 현애가 알게 되면, 그 애는 가만 있지 않을 것이 뻔했다. 무엇보다도, 당장 학교에서 경아를 만나보고 그 애에게 그런 사실을 말해버림으로써 망신을 주고……. 나는 경아에게는 충격을 주고 싶지 않다. 그 애에게 무슨 잘못이 있단 말인가. 경아가 충격을 받고 학교에서 망신을 당한다면 그 애도 아빠로 인한 피해자인 것이다. 이건 어디까지나 나하고 김 회장—두 사람이 해결해야 할 문제였다. 또 현애의 입을 통해 어쩔 수 없이 소문이 번져나가면, 자칫 일을 그르칠 수도 있기에, 이래저래 나는 이번 일에는 현애를 개입시키지 않기로 했다.

그러던 어느 날 밤에, 팔베개를 하고 방바닥에 누워 있던 나는 벌떡 몸을 일으켰다. 이윽고 그 방법을 찾아냈다. 지금까지 밤낮으로 그렇게 찾던 묘수가 갑자기 머릿속에 떠오른 것이다. 한 입후보자를 찾아가서 그에게 이 사실을 알려주기로 했다. 그러면 그는 이를 당장 선거에 이용할 것이고, 그렇게 되면 김 회장이 어떻게 될 것인지는 불을 보듯 뻔하다.

나는 내가 찾아낸 그 방법이 최선이라는 것에 몹시 흥분했다. 벌써부터 가슴이 뛰었다. 왜 이제서야 그런 생각이 떠올랐을까 몰랐다. 아니, 뒤늦게라도 그런 생각이 떠오른 것이 얼마나 다행인지 모르겠다. 그러나, 나는 곧 스스로를 타일렀다. 흥분하면 안 돼! 이럴수록 차분하고 냉정해야 돼!

차츰 마음이 진정되었다. 누구를 찾아가지? 누구면 어떠랴 싶다. 이제 투표일까지는 얼마 남지 않았기에, 그들은 젖먹던 힘까지 동원해가며 안간힘을 쓰고 있다. 막바지로 한 표라도 더 얻기 위해서 다른 후보들의 약점을 잡아 깎아내리고 있는 그들이기에, 누구라도 나의 제보를 크게 환영할 것이고 보면, 이제 모든 것은 나한테 달려 있었다.

다음날이다.

학교에서 돌아오는 길에, 나는 전에 눈여겨봐두었던 어느 후보의 선거사무실을 찾아갔다. 사무실은 길가 건물의 5층이었고, 현수막이 밖으로 내걸려 있었다.

모두 선거운동을 하러 외출을 한 때문인지, 선거사무실치고는 고요할 정도로 한가했다. 어디로 전화를 걸고 있는 여직원 한 명과 두 명의 남자만이 사무실을 지키고 있었는데, 몇 개의 책상과 의자, 빛이 바랜 소파라든가 집기들이 하나같이 낡아서, 첫눈에도 대뜸 가난한 후보의 선거사무실이라는 느낌을 주었다.

나를 보자, 점잖고 부드러운 인상인 중년의 사내가 무슨 용건으로 왔느냐고 얼른 물어봤다.

"후보님을 만나보러 왔는데요."

"그분은 지금 안 계신데……. 왜 만나려고 하죠?"

"만나서 꼭 드릴 말씀이 있어서요."

"무슨 말인지……."

"중요한 정보를 드리려고요."

내 말에, 사내의 눈이 갑자기 번쩍 빛났다. 이어 자기는 후보님의 선거참모라면서 얼른 내게 손짓을 했다. 나는 그를 따라 한편의 작은 방으로 들어갔다. 소파에 나랑 마주앉은 그는 다시금 밖으로 나가더니 주스 두 잔을 가지고 들어와서 한 잔을 내게 권하며, 그것이 어떤 내용의 정보냐고 물어봤다.

나는 김 회장을 입에 올렸다. 그러자 참모는 더욱 크게 놀라며 어떤 기대감으로 가득 찬 표정이었다. 이번에는 내가 김 회장은 파렴치한 사람이며 그가 과거에 내게 어떤 짓을 저질렀는지에 대해 구체적으로 말하려고 하자, 참모가 얼른 중얼거렸다.

"이것이 얼마나 중대한 사건인지에 대해서는 학생도 잘 알고 있겠죠?"

"물론예요."

"그런 만큼 잘못하면 우리 모두가 상대방으로부터 명예훼손죄나 무고죄로 고발당할지도 몰라요. 알겠어요?"

"겁나지 않아요. 모두가 사실이니까요!"

내가 또렷하게 말하자, 잠깐 동안 무엇인가 나름대로 생각하는 표정이던 참모가 얼른 말했다.

"좋아요! 그렇다면 우리 이렇게 할까요?"

"어떻게요?"

"학생의 말을 녹음기에 담자구. 그래야만 신빙성이 있고, 훗날 무슨 일이 일어나도 증거가 될 테니까 말이지. 그럴 자신이 있어요?"

"마음대로 하세요."

내가 대꾸하자, 참모가 얼른 밖으로 나가더니 조금 후에 다시금 들어와서 나랑 마주앉았다. 그는 작은 녹음기를 탁자 위에 올려놓고 얼른 스위치를 틀었다. 그리고 시작하자며 내게 손짓으로 신호를 보냈다. 나는 입을 열었다. 그리고 그때부터 이십여 분 동안, 내가 김 회장을 알게 된 동기며 그가 내게 베푼 그동안의 이런저런 호의, 그러나 집으로 찾아온 그는 엄마를 잃은 지 며칠밖에 되지 않은 나를 결국……. 말이 거기까지 이르자, 나는 끓어오르는 분노로 몸을 바르르 떨며 더는 말을 잇지 못했다.

"됐어요. 그만 해도 돼요."

참모가 표정을 일그러뜨리며 이어 큰소리로 말했다.

"죽일 놈! 그런 놈이 시의원이 되겠다고……."

"그런 사람은 꼭 떨어져야 해요!"

내가 소리치자, 참모가 얼른 그런 나를 거들었다.

"염려 말아요. 그런 자는 꼭 떨어져야 하고, 또 반드시 낙선시키고야 말 테니까!"

"부탁 드려요. 그래서 이렇게 찾아온 거예요."

"알겠다구! 솔직히 말해서 김 회장—그 사람, 이대로 간다면 자기가 당선될 거라 믿고 있을 만큼 요즘 한참 잘 나가고 있는데, 그러나 그 사람, 여기서 모든 게 끝장이라구. 이 녹음 테이프 한 방으로 모든 것은 끝났다구. 헛헛헛!"

"……."

"그나저나 학생은 용기가 참 대단하구먼. 알게 모르게 이런 경우가 우리 사회에 어디 한둘인가? 그럼에도 당하고서도 용기가 없어서 혼자 속앓이만 하고 있구……. 그런 점에서 학생은 이 나라 여권신장의 기수임은 물론 그런 자를 사전에 낙선시키는 데 결정적인 역할을 함으로써 이 나라 의회민주주의 발전에도 크게 기여했다구. 아암, 공로가 크고말구!"

"전 그런 거창한 건 잘 몰라요. 그저 다만……."

나는 탁자 위의 녹음기를 손가락으로 가리키며 물어봤다.

"이걸 언제 쓰실 작정이세요?"

얼른 내 말의 뜻을 알아차린 참모가 말했다.

"이따가 후보님이 돌아오시면 상의를 하겠어요. 이제 선거 기간이 촉박하게 남았다구. 이번 토요일에 마지막 합동유세가 있고, 그런 다음 얼마 안 있어 곧 투표일이라구. 내 생각으로는 후보들의 그 마지막 합동유세장에서 확 터뜨리는 게 가장 효과적이고, 아마 우리 후보님도 그게 좋겠다고 내 말에 동의하실 게 틀림없다구."

"이번 토요일이면 사흘 남았네요?"

그러자 참모가 말했다.

"그게 마지막이기에 그만큼 이 테이프는 결정적인 역할을 할 게 틀림없고, 하기에 어떤 보석보다도 값진 것이지. 그런데 참, 학생이 어디 사는 누구인지 이젠 알아도 될까?"

"그게 당장에 꼭 필요한가요?"

"누군지를 알아야 더 신빙성이 있지 않겠나?"

내가 잠시 머뭇거리자, 내 눈치를 살핀 참모가 얼른 말했다.

"만약에 김 회장 쪽에서 명예훼손이니 무고니 하며 우리 쪽을 고소할 때, 그러면 훗날의 법정에서는 학생의 목소리만으로도 신빙성이 가겠지. 그러나 우리 후보가 이런 내막을 단상에서 폭로하면, 운동장에 있던 상대방 운동원들이 그 증거를 대라며 당장에 난장판을 벌일 게 뻔해. 그리고 이 녹음테이프를 거기서 끝까지 틀도록 여유를 상대방이 주지도 않을 게고……."

"……."

"최상의 방법이 있긴 한데……."

"그게 뭔데요?"

"그날, 학생이 직접 그 유세장에 나와 있는 거야. 그런 다음 우리만 알고 있는 가까운 어디에 숨어 있기만 하면 돼. 상대방이 난동을 부리면, 그 학생이 지금 이 유세장에 나와 있다면서 오히려 우리 쪽에서 역공을 펴면, 상대방은 꼼짝없이……. 물론 학생의 신변은 우리 운동원들이 둘러싸고 철저히 보호를 해줄 것이고, 그렇게만 되면 그보다 더 좋은 방법이 없을 텐데 말씀야."

"할 수 있어요!"

"응?"

"내가 그리로 나가겠어요!"

"그렇게 해주겠다구?"

"네!"

나의 말에, 참모는 한동안 내 얼굴을 빤히 건너다보았다. 그러다가 불쑥 손을 내밀며 악수를 청했다. 나도 손을 내밀어 그와 악수를 함으로써 약속을 했다.

"정말 용기가 대단한 아가씨로군!"

몇 번이고 고개를 끄덕거리며 감탄을 해댄 참모는, 이 테이프에 담긴 이야기를 또 어느 후보를 찾아가서 말하지 말라는 것을 내게 당부했다. 나는 그러지 않겠다고 이번에도 약속을 했다. 그러자 그는 마지막 합동유세장이 열리는 장소는 어느 중학교 운동장이라는 것, 시각은 오후 3시부터인데, 오늘부터 학생은 우리가 지정해 준 어느 여관에서 지내는 게 어떠냐고 은근히 물어봤다. 아무래도 기밀이 누설될까 염려스러워서인 듯싶었다. 염려하지 말라며 내가 이를 마다하자, 그는 내가 살고 있는 곳의 위치를 물어봤고, 그러자 나는 그것만은 일러주었다.

"그 근처 한길가에 편의점이 있지?"

"있어요."
"그럼 이렇게 하자구. 오후 세 시부터 유세가 시작되니까, 학생은 오후 두 시 정각에 그 편의점 앞으로 나와 있으라구. 그러면 우리가 차를 가지고 학생을 태우러 갈 테니까. 그래서 함께 그리로 가자구. 어때?"
"그게 좋겠어요."
"토요일 오후 두 시— 잊지 않겠지?"
"염려 마세요!"

다시금 손목시계를 들여다보았다. 오후 2시 정각이었다.
길의 위아래를 휘둘러보았다. 길 저쪽에서 검은색 승용차 한 대가 이쪽으로 슬금슬금 다가왔다. 그러고 보니, 아까부터 그곳에 멎어 있었던 차였다. 내 앞에서 차가 멎었다. 뒷문이 열리며 하마처럼 덩치가 엄청나게 큰 정장 차림의 청년이 얼른 내리더니 내게 목례를 보냈다. 나를 데리러 온 차가 분명했다. 나는 그리로 가서 열려진 차의 뒷좌석으로 올랐다. 차 안에는 운전기사 말고도 뒷좌석에 청년 한 명이 더 타고 있었다. 나를 태우기 위해 내렸던 그가 다시 차에 오르며 문을 쾅 닫았다. 뒷좌석에서, 나는 두 명의 청년 사이에 자리하고 있었다. 차는 곧 떠나갔다.
운전을 하던 청년이 갑자기 휴대전화기를 꺼내들었다. 어디선가 전화가 걸려온 모양이었다. 한 손으로 핸들을 잡은 채 다른 손으로 전화를 받던 그는
"오케이—."
짧막하게 말하더니, 간단하게 전화를 끝냈다. 모든 것이 순조롭

게 잘 되어간다는 뜻인 듯싶었다.

차가 어느 만큼 달렸는데도, 그들은 말이 없었다. 하나같이 말을 하지 않고 있었다. 먼저 말을 꺼내기도 멋쩍어서 나도 입을 다문 채 이리저리 슬쩍슬쩍 그들의 눈치만 살펴볼 뿐이었다. 앞에서 운전을 하고 있는 30대 안팎의 청년과 뒷좌석에서 나를 가운데 두고 앉아 있는 20대 중반의 청년 두 명은, 나이만 조금씩 다를 뿐 모두가 하나같이 운동선수처럼 체격이 크고 다부져 보였다. 그리고 머리는 스포츠형으로 짧게 깎은, 검은색 양복을 입은 정장 차림이었다. 하기에 세 명은 겉으로 얼핏 봐서는 누가 누구인지 얼른 구별이 되지를 않았다. 굳이 구별을 하자면 왼쪽의 청년은 옆모습으로도 퍽 잘생긴 얼굴이었고, 아까 나를 차에다 태우기 위해 내렸었던 오른쪽의 청년은 역시 하마처럼 덩치가 엄청나게 컸다.

오늘, 그들은 나를 경호하기 위해 따라붙은 청년들 같았다. 이제부터 그들은 나의 보디가드로서, 이따가 유세장에서 어떤 불상사가 일어날 경우, 이들은 나를 에워싸고 철저하게 보호해 줄 것이다. 그런 생각이 들자, 건장한 체격이며 말없이 신중한 모습인 그들이 더없이 믿음직스러웠다.

차는 이따금 신호등에 걸려 정차를 했다. 그런 다음에는 무서울 정도로 속력을 내며 달렸다. 그런데 차츰 이상했다. 아무래도 그랬다. 그동안 차는 꽤 먼 거리를 달려왔고, 이미 그 유세장에 도착했음직도 한데, 아직도 달리고 있는 것이다. 그것도 전혀 엉뚱한 방향만 같다.

"어디로 가는 건가요?"

내가 슬며시 물어봤다. 그러나 그들은 아무런 대꾸도 하지 않았다.

"어디로 가느냐구요?"

그러나, 이번에도 그들은 아무 말도 하지 않았다.

퍼뜩 불길한 생각이 나를 휘감았다. 다급한 어조로 크게 소리쳤다.

"댁들은 누군가요? 네? 얼른 내려 줘요. 얼른요! 안 그러면…… 차에서 뛰어내릴 거예요!"

이때, 운전을 하고 있던 청년이 큰소리로 말했다.

"얘들아, 뒷좌석이 너무 시끄러운 거 아냐?"

그러자 내 곁의 '하마'가 얼른,

"알았습니다. 형님!"

대꾸를 하더니, 거친 어조로 내게 중얼거렸다.

"입 다물고 있어! 그렇지 않으면……."

"그렇지 않으면 어쩔래요?"

그런 나는 갑자기 움찔했다. 언제 꺼냈는지 그의 손에 칼이 들려 있었기 때문이다. 고작 한 뼘 정도의 칼이었지만, 그러나 그건 횟집에서나 쓰는 회칼처럼 칼날이 예리했다. 그가 그 칼로 자기 목을 두어 번 긋는 시늉을 해 보이며 말했다.

"입 다물고 있는 게 좋아! 그렇지 않으면, 너를 뒷 트렁크 속에다가 쑤셔넣을 테니까. 그러다가 이 칼로 네 목을 두 토막으로 싹 잘라버리든가, 아니면 목 졸라 죽인 다음 강물 속에 던져버리든가, 산속으로 데려가 구뎅이 푹푹 파고 묻어버릴 테니까. 어쩔 테야?"

"……."

"얌전하게 말을 잘 들으면 죽이지는 않겠다. 약속하지. 어디 말해

봐!"

나는 이미 그 회칼을 본 순간 기가 죽어 있었다. 온몸에 맥이 하나도 없었다. 그들이 어떤 사람들이라는 것을 나는 지금 온몸으로 느끼고 있었다. 그들은 폭력배였다. 그리고 나는 지금 그들에게 납치를 당해 어디로인가 이끌려가고 있는 중이었다. 내가 여기서 반항을 하면, 그들은 나를 정말로 죽여버릴 것이다. 그러고도 남을 사람들이라는 것을 나도 안다.

"그럴게요."

"옳지, 옳지. 진작에 그럴 것이지. 아까도 말했지만, 고분고분 얌전히 말만 잘 들으면, 살려주겠다. 어때?"

"약속할게요."

이때, 여지껏 잠자코 있던 왼쪽의 청년—눈치로 보건데, 그는 부두목인 듯싶었다—이 사뭇 부드러운 어조로 말했다.

"얌전하게 지시대로 따르기만 하면, 우리도 너를 신사적으로 대해 주겠다. 약속하겠다!"

"그러겠어요!"

내가 동의하자, 하마가 내 손에 들려져 있던 휴대전화기를 낚아채듯 얼른 빼앗으며 중얼거렸다.

"알고 보니, 눈치가 빠른 아가씨로군."

"그런데 한 가지 궁금한 것이……."

"우리는 무엇 하는 사람들이며, 앞으로 너를 어떻게 할 것이냐, 이거지?"

"그래요."

"얌전하겠다고 약속했으니까 말해 주지. 우리는 너를 하룻동안 책임을 맡은 사람들이라구. 그 책임이 끝나면 너를 풀어줄 거라구. 더이상은 묻지 않는 게 좋아."

이어 그가 빠르게 명령했다.

"이제부터 두 눈을 감아. 그리고 아주 자연스런 모습으로 자는 척해. 잠을 자면 더욱 좋구."

"……."

시키는 대로 했다. 그럴 수밖에 없었고, 또 나를 위해서라도 이미 그러기로 약속을 했다. 나에게 두 눈을 감으라는 것은 내가 어디로 끌려가고 있다는 것을 알지 못하게 하기 위해서이고, 행여 남의 눈에도 자연스레 보이기 위함일 것이다.

두 눈을 감은 채 나는 등을 뒷좌석에 기대고 얌전히 앉아 있었다. 차라리 그러는 게 오히려 편했다. 얌전히 지시대로 따르기만 하면, 자기네들도 나를 신사적으로 대해 주겠다고 아까 부두목은 약속을 했었다. 어쩐지 그의 말은 퍽 신뢰가 갔다. 그를 믿기로 했다. 지금으로서는 그 길만이 나의 한 가닥 희망이었다.

'그런데 도대체 어떻게 된 걸까.'

조금은 마음의 안정을 찾자, 나는 어떻게 되어서 내가 이렇듯 엉뚱한 곳으로 가게 된 것인지 비로소 의문이 들었다. 선거참모라던 그가 머릿속에 떠올랐다. 나는 김 회장의 비행에 대해서 그 사람 말고는 아무에게도 말한 적이 없다. 전에도 그랬었고, 이후에도 그랬다. 현애에게도 말해주지 않았던 것이었는데……. 그는 자기가 모시고 있는 후보에게 그 녹음 테이프를 들려주며 의논을 했을까? 어쩌면 그날 후보가 들어오지를 않자, 그걸 캐비닛 속에 넣어두었다가 밤에 침입한 누구에게 도둑을 맞은 것은 아닐까. 아니면 집으로 가지고 가다가 분실을 했든가……. 그런데 우연히 그게 김 회장의 손으로 들어가고, 그러자 김 회장은 폭력배들을 시켜 나를 이렇게…….
그렇지 않고서야…….

그러나 그것도 얼른 납득이 가지 않았다. 도둑을 맞았다든가 분실을 했다고 하더라도 그것이 어떻게 이렇게도 빨리 김 회장의 손에 들어갈 수 있었단 말인가. 우연히 그렇게 될 수 있다손 쳐도, 그 우연이라는 게 도저히 믿어지지가 않았다. 어쨌거나 내가 2시 정각에 편의점 앞에서 누구를 기다리며 서 있을 거라는 것을 이 사람들은 어떻게 알았을까. 그곳에서 그 시각에 만나기로 한 약속은 선거참모와 나밖에는 모른다. 그렇다면 이래저래 그 참모라는 사람을 의심치 않을 수가 없었다. 아까, 그가 나를 직접 데리러 오지 않은 것이 조금은 안 내켰었지만, 워낙 이것저것 바쁘다 보니 대신 남들을 이렇게 보낸 모양이라고 좋게 해석했었다. 그런데 이런 결과가 되자, 이제 그에게 의심이 가는 것은 당연하다. 그의 짓이 아니고는…….

그가 그 녹음테이프를 김 회장에게 넘겼을까? 그럴 리가 없다. 자기가 모시고 있는 후보와 김 회장은 서로 적이나 다름없는데, 그런 적을 위해 이쪽에서 확보한 기밀을 넘겨줄 리가 없다. 그렇다면 혹시 엄청난 거액을 받고 김 회장에게 그 테이프를 팔아먹은 것은 아닐까. 그 녹음테이프가 선거에 얼마나 큰 영향을 끼칠 것이라는 것을 김 회장이 모를 리가 없고, 그러자 저쪽 참모가 흥정을 걸어오자 김 회장은 거액을 주고 그것을 산 다음, 정각 2시에 편의점 앞으로 나가면 나를 잡을 수 있다는 것도 알아가지고……. 그럴 리가…… 그 참모는 점잖았고, 인상도 부드러웠고, 더구나 그날 김 회장을 죽일 놈이라면서 나보다도 더 흥분했던 사람이었는데, 자기 주인을 배반하고 그럴 리가…….

수수께끼는 좀처럼 쉽게 풀리지가 않았다. 그 수수께끼를 풀기에 나는 힘이 부쳤다.

내가 이끌려간 곳은 어느 외떨어져 있는 듯싶은 집이었다. 꽤 넓직한 방 안의 커튼은 닫겨져 있었고, 더블침대와 텔레비전, 옷걸이 말고는 재떨이와 휴지뭉치 한 개가 고작이었다. 집 주위는 고요했다. 이 집에는 우리들 말고 다른 사람은 없는 모양인지, 동네처럼 집 안도 고요했다.

나는 이곳이 누구의 집인지, 어디쯤 되는 곳에 있는 집인지 전혀 모르고 있다. 내가 뒷좌석에서 두 눈을 감고 있는 동안에도 차는 달렸고, 그러다가 방향을 여러 번이나 바꾸었고, 그러고도 다시 달리다가 끝내 도착한 곳이기 때문이다. 차에서 내릴 때도 나는 눈을 감은 채였다. 우리를 차에서 내려놓은 두목은 잘 지키라는 명령을 던진 다음 휭 차를 몰고 떠나가버렸다. 이후, 나는 앞장선 하마에게 이끌려 이 방으로 들어왔고, 비로소 눈을 떠도 좋다는 지시를 받았다.

부두목이 벗어서 건네준 웃옷과 자기 것을 옷걸이에 걸어놓은 하마가 내게 말했다.

"이제부터 내일 이맘때까지 이 방에서 우리 세 명이 함께 지낸다. 식사는 그때마다 함께 음식점에 주문을 해서 먹고, 화장실에 가고 싶으면 그건 가도 좋다. 그러나 내가 따라간다. 물어볼 것 있나?"

나는 하마 대신에, 그보다 나이가 두어 살쯤 많아 보이는 부두목을 바라보며 다짐을 받듯 물어봤다.

"아까 약속하셨죠?"

"무얼 말인가?"

"내가 얌전하게 있으면 신사적으로 대해주겠다고요?"

담배를 피우고 있던 그가 빙긋이 웃으며 고개를 끄덕거렸다.

"그랬지."

"약속을 지키실 거죠?"

"믿으라구. 우린 한 번 한 약속은 반드시 지키니까. 이제부터 네 몸에 손끝 하나 대지 않겠다. 그러나 그건 네가 우리에게 한 약속을 지킬 때에 한해서다. 알겠지?"

"알았어요, 고마워요"

그의 말을 듣고 나는 마음이 한결 놓였다. 내가 약속을 먼저 깨지 않는 한 그들도 내게 한 약속을 먼저 깨지 않겠다는 것은 무슨 '신사협정'과도 같았기 때문이다.

"내 휴대폰 좀 주시겠어요?"

내 말에 하마가 퉁명스럽게 대꾸했다.

"그건 왜?"

"전화를 걸 데가 있어서 그래요"

"어디다가 걸려구?"

"가까운 친구에게 전화를 해놓아야 그쪽에서 안심을 한다구요."

하마가 부두목의 눈치를 보았다.

"줘 보라구."

그의 지시에, 하마는 아까 빼앗아갔던 휴대전화기를 내게 건네주었다. 나는 그의 매서운 시선을 의식하며 얼른 현애에게 전화를 걸었다. 나는 현애에게, 중학교 때 친하게 지냈던 친구를 만나 그 애의 집에서 자고 가기로 했다고 거짓말을 한 다음 얼른 전화를 끊었다. 전화기를 도로 하마에게 건네주자, 그는 누구의 전화도 걸려오지 못하도록 전화기를 꺼버렸다.

"전화 내용, 내 맘에 쏙 들었어."

라이터로 담뱃불을 붙인 하마가 처음으로 내게 조금 부드럽게 말했다.

내가 화장실에 다녀오겠다고 말하자, 하마가 집 안에 있는 화장실로 나를 안내했다. 그는 내가 화장실에서 나올 때까지 그 앞에서 기다리며 서 있다가 다시 나를 데리고 방 안으로 돌아왔다.

저녁때가 되자, 부두목은 내게 무엇을 먹겠느냐고 물어봤다. 먹고 싶은 생각이 없다고 말했다. 그러자 하마가 어디로인가 볶음밥 세 그릇을 일방적으로 주문했고, 오는 길에 생수도 큰 것으로 몇 병을 사 가지고 오라고 일렀다. 반 시간쯤 지나자 오토바이 소리가 나더니 누가 음식 배달을 왔다. 하마가 얼른 밖으로 나가더니 음식 그릇들을 챙겨 가지고 다시 들어왔다. 부두목이 내게 조금이라도 먹으라고 자꾸만 권했다. 그가 자꾸 그러자 자칫 그들의 비위를 건드릴까봐 마지못해 반 그릇쯤 비웠다. 내가 그러는 동안 그들은 몹시 시장했는지, 마파람에 게눈 감추듯 벌써 다 먹어치웠다. 하마는 방 안에 자욱한 담배 연기를 뽑기 위해 커튼을 열어젖히고 창문을 조금 열어놓았다.

밤이 되자, 그들은 채널을 이리저리 돌려가며 텔레비전을 한동안 보았다. 그러다가 하마가 침대 밑에서 화투와 방석을 꺼내더니 이번에는 돈 따먹기 화투를 치기 시작했다.

갑자기 부두목에게 전화가 걸려왔다.

"이상 없습니다. 형님."

그가 짧게 말한 후에 그쪽의 얘기를 조금 더 듣더니,

"말 잘 듣고 있습니다…… 염려 마십쇼."

거기서 전화를 끝냈다. 두목한테서 걸려온 전화인 듯싶었다.

조금 후에 하마가 부두목의 의견을 물은 후 또 어디로인가 휴대전화를 걸어 캔 맥주 열 개, 소주 두 병과 마른안주를 주문했고, 얼마쯤 지나 주문한 것들이 배달되자 그때부터 그들은 술을 마셔가며 다시금 화투에 매달렸다. 무료함을 달래기 위해서 사온 술인지 그들은 아주 천천히 마셨고, 하마는 그때마다 맥주에 소주를 조금씩 타서 마셨다. 그러던 하마가 덥다면서 갑자기 러닝셔츠마저 벗어던졌다. 그의 등에는 꿈틀대는 용의 문신으로 가득했다.

"너도 이리 와서 안주나 씹어"

부두목이 문득 내게 말했다.

"생각 없어요."

한쪽 벽에 등을 기대고 앉아 있던 내가 도리질을 하자, 손에 든 화투장으로 방석 위에 깔린 화투장들 중의 하나를 세게 내리치며 하마가 중얼거렸다.

"싫으면 잠을 자든가."

부두목도 내게 권했다.

"그래. 침대 위에 올라가서 자라구."

"그냥 여기가 좋아요."

그런 내가 화장실에 또 가고 싶다고 말하자, 일어설 듯하던 하마가 얼른 다녀오라고 허락을 했다. 이번에는 따라나서지 않았다. 새삼스레 집 안을 휘둘러 봤다. 거실과 안방은 불이 꺼진 채 컴컴했다. 화장실의 유리창은 비좁았고, 그나마 방범 창살이 밖으로 설치

되어 있었다. 잠시 후에 다시 방 안으로 돌아오자, 그들은 내게 더는 신경을 쓰지 않고 화투에 열중했다.

나는 두 무릎을 세운 다음 손깍지를 껴서 두 다리를 감싸안은 채 무릎 위에다가 이마를 가만히 올려놓았다. 처음에는 아무런 생각도 들지 않았다. 차츰 이런저런 상념들이 안개처럼 피어올랐다. 현애의 얼굴이 떠올랐다. 그러다가 김 회장의 얼굴로 바뀌었다. 한 명은 보고 싶은 사람, 또 한 명은 미운 사람이었다. 내가 이런 곳에 잡혀 있는 줄 현애는 까맣게 모르고 있다. 이따가 그들이 잠든 사이에 휴대전화기를 가져다가 현애에게 전화를 걸고 싶다. 그러면 그 애는 깜짝 놀라 나를 구출하기 위해서 경찰에 연락을 할 게다. 그런데, 이곳이 어딘 줄을 알아야……. 아니면, 틈을 봐서 탈출을 할까? 그러나 그것도 쉽지가 않다. 요행히 집 밖으로 빠져 나갔다쳐도, 그때부터 나는 이리저리 방황을 할 것이고, 뒤늦게 내가 탈출한 것을 안 그들은 급히 뒤쫓을 게 틀림없다. 그러면 나는 얼마 못 가서 지리에 훤한 그들에게 잡힌 다음 도로 끌려와서, 이번에는 잔뜩 성난 그들에게 어떤 봉변을 당할는지……. 오늘, 나의 일정이 계획대로 되었더라면 지금쯤 김 회장은 어떤 얼굴일까. 우선 모두에게 부끄럽고, 이후에 닥쳐올 갖가지 일들이 두려운 나머지 아마 모든 것을 포기하고 어디로인가 잠적해버렸을지도 모른다. 그리고 그런 속에서도 나에게 어떻게든 복수를 하려고 단단히 벼르고 있을는지도……. 그러나 오늘, 그는 불행해지지 않았다. 불행해진 건 오히려 나였다. 그는 지금쯤 껄껄거리며 웃고 있을 것이고, 나는 이렇게 반대로…….

갑자기 큰소리로 하품을 해댄 하마가 부두목에게 중얼거렸다.

“형, 졸립지 않수?”

"아직……."

"오늘은 이상하게 벌써 피곤하네."

"한잠 자라구."

"그럼 내가 먼저 잘까?"

"그러라구."

"이따가 세 시쯤 일어나겠수."

몸을 일으킨 하마가 조금 열려져 있던 유리창을 닫은 후에 곧바로 침대로 가더니 옷을 입은 채 그대로 벌렁 누워버렸다. 그러더니 조금 후에는 벌써 잠이 든 듯 코를 드르렁거렸다.

런닝셔츠 바람인 부두목은 그 자리에 고대로 앉아 있었다. 그는 술잔을 들고 찔끔찔끔 말없이 혼자 술을 마시고 있었다. 그러다가 이번에는 담배를 피워 물더니 맞은편 벽을 주시한 채 말이 없었다.

그런 모습을 지켜보고 있던 내가 낮은 어조로 말했다.

"나도 한 잔 마셔도 돼요?"

"응?"

얼른 그가 내 쪽으로 시선을 돌렸다.

"나도 술 좀 마시고 싶어서 그래요."

"마실 줄 아나?"

"그럼요."

그러자 빙긋이 웃어댄 그가 고개를 끄덕거렸다.

"좋아. 술이 아직 남아 있으니까."

나는 그리로 다가가서 얼른 소주병을 집어들었다. 그리고 반 병쯤 남아 있는 술을 잔도 필요없이 몇 모금 꿀꺽거리며 목으로 넘겼다.

"안주도 먹어."

"필요없어요."

"안주는 필요없다?…… 나보다도 술이 쎄군."

나는 대꾸도 없이 다시금 두어 모금을 또 마셨다. 갑자기 역한 냄새가 꾸역꾸역 목구멍으로 넘어왔다.

"그 심정 알 만해."

"알긴 뭘 알아요?"

"오늘밤만 참으라구. 그럼 내일 풀어줄 테니까."

"도대체 누구의 지시로 나를 이렇게 잡아왔어요?"

"허헛!"

그는 나의 당돌한 질문에 조금 놀란 듯하면서도 재미있다는 듯이 이내 말했다.

"글쎄 누굴까?"

"그러지 말고 솔직하게 말해 줘요. 난 지금 아까 한 약속을 잘 지키고 있잖아요! 그러니까 그쪽에서도 날 믿고 이제는 모든 것을 들려줘요. 궁금해서 그래요. 네?"

"좋아. 약속을 잘 지키고 있으니까 우리도 그 보답을 해야겠지. 앞서 그럼 누가 너를 이렇게 만들었다고 생각이 드는지 먼저 말해 보는 게 어떨까?"

그가 이죽거리자, 나는 서슴잖고 말했다.

"솔직하게 말하겠어요. 난 무슨 기밀을 폭로하려고 어느 입후보자의 선거사무실을 찾아갔어요. 거기서 선거참모라는 사람을 만나 녹음기를 틀어놓고 모든 것을 말해 버렸어요. 그런 다음 토요일 오후 두 시에 우린 그 편의점 앞에서 만나 함께 선거유세장으로 가기로 했고요. 그랬었는데, 엉뚱하게도 댁들이 나타나서 나를 이렇게…….
어떻게 돼서 내가 이리로 오게 된 거죠? 네?"

"글쎄."

"김 회장의 지시가 맞죠? 그렇죠? 네?"

"누가 우리에게 이런 일을 부탁했는지 그건 말해 줄 수가 없어."

"그 선거참모라는 사람이 김 회장에게 모든 사실을 알려 주었던 모양인데, 그러나 그가 그럴 리는 없고……."

"왜 그렇지?"

"아주 점잖게 생긴 사람이었다구요, 그는."

"점잖은 개가 부뚜막에 먼저 올라갈 수도 있지."

"더구나 그는 내가 그런 기밀을 폭로하자, 학생은 이 나라 여권 신장의 기수라느니, 의회민주주의 발전에도 크게 기여를 했다느니 하며 칭찬을 했었는데, 그런 그가 내게 거짓말을 했을 리가……."

그때, 침대에서 잠을 자고 있던 하마가 버럭 소리쳤다.

"이놈아야, 거짓말이 그들의 직업이라는 것도 모르나!"

그 소리에 내가 움찔하자, 부두목이 웃으며 말했다.

"저 친구, 워낙 잠귀가 밝다구."

하마는 내가 언제 그랬느냐는 듯이 다시금 코를 골며 잠들어버렸다.

'선거참모라는 그 사람!'

그 사람의 짓이 분명했다. 어쩌면 그는 진작부터 김 회장이 심어놓은 첩자였는지도 모른다. 아니면, 자기가 모시고 있는 후보가 선거에서 아무래도 승산이 없자, 녹음테이프를 김 회장에게 팔아먹어 한밑천을 챙기고, 더하여 김 회장이 당선되면 무슨 자리를 약속받았든가…….

다시 벽쪽으로 돌아온 나는 이마를 두 무릎 위에 얹어놓고 아까 그 자세로 앉아서 애써 눈을 붙이려고 했다. 얼마쯤 지나 고개를 들어보자, 부두목은 혼자서 무슨 화투놀이를 하고 있었다. 그러고 깜빡 눈을 붙였다가 깨어났을 때, 부두목은 침대 위로 올라가서, 하마는 방문 가까이에 벌렁 누워서 자고 있었다.

그들은 늦잠을 잤다. 우리가 식사를 한 건 아침나절이었다. 짬뽕을 시켜다가 먹었다. 나도 동의를 했지만, 이번에도 별로 식욕이 없었다. 마지못해 반 그릇쯤 비우자, 내가 남긴 것을 하마가 얼른 가져다가 먹어버렸다.

변한 것이 있었다. 나와 그들과의 관계는 사뭇 부드러워져 있었다. 약속대로 내가 말썽없이 하룻밤을 보내자 그들은 나를 믿었고, 그들도 약속대로 내 몸에 손끝도 대지 않았기에 나도 그들에 대한 적대감이 한결 사라졌기 때문이다.

"오늘은 풀어줄 거죠?"

내가 물어보자, 부두목이 고개를 끄덕거렸다.

"약속하지. 이따가 우리를 태우러 차가 올 때까지 기다려."

"나를 이렇게 하라고 지시한 사람은 김 회장이 맞죠?"

"왜 그걸 자꾸 물어보지?"

"아무래도 궁금해서 그래요."

"궁금해도 할 수 없어. 이번에도 우린 누구의 부탁이라는 것을 말해줄 수 없다구."

"왜요?"

"그건 고객과의 약속이니까."

"고객?"

"김 회장이라는 사람이 직접 우리에게 부탁을 했건, 그가 다른 사람에게 부탁한 것을 그 사람이 다시 우리에게 부탁을 했건, 어쨌든 상대방은 우리에게 일을 맡긴 고객이라구. 고객과 청부업자는 서로 약속을 지켜야 한다는 게 불문율로 되어 있거든. 그래야 또 일거리가 생기면 안심을 하고 맡기지. 안 그래?"

"청부업자라고 했죠?"

"한 마디로 말해서, 우리의 직업은 그래."

"이런 사건들을 전문으로 맡아서 해결해 주는군요?"

"알고 싶은 게 꽤 많은 아가씨로군. 뭐 비밀스러운 것도 아닌데……. 이 사회엔 우리 같은 동업자들이 많아. 그러니까 업자들끼리 경쟁이 치열하지. 하기에 고객과의 약속을 지켜야 단골 고객이 확보된다고나 할까."

문득 현애의 말이 떠올랐다. 요즘 세상엔 돈만 있으면 복수하기도 쉽다고 언젠가 그 앤 내게 말한 적이 있었다.

"만약에……."

"만약에…… 뭐지?"

"내가 댁들에게 무엇을 부탁해도 들어주나요?"

그가 빙긋 웃으며 대꾸했다.

"물론이지. 대가만 준다면 말야."

"대가가 얼만데요?"

"그거야 일거리에 따라서 다르지."

"가령 누구를 혼내주라고 부탁한다면?"

"혼내 주는 방법도 여러 가지지. 깨끗이 없애버린다든가, 아니면

평생 동안 불구자로 지내게 만들어 놓든가, 아니면 그저 단단히 혼을 내 주는 경우도 있고……. 네가 지금 바라고 있는 건 어떤 경우지?"

"당장은 어떤 것이 더 좋을지…… 차츰 생각해 보구요."

"그러고 보니, 맺힌 한이 많은 아가씨로군! 하긴 미녀한테는 부러움만큼 수난도 따르게 마련이니까."

"……."

"지금 상대방은 어디 있는데?"

"감방에요."

"허헛!"

"그가 석방되면, 난 그에게 반드시 복수할 거예요!"

"이거 우연찮게 예비 고객을 만났구먼그래. 그땐 다른 사람한테 가지 말고 우리를 찾으라구. 그럼 원하는 대로 깨끗이 처리해 줄 테니까. 핫핫핫."

하마가 화장실에 간 사이에 그는 내게 전화번호를 적어주었다.

"혹시 필요할지도 몰라. 가지고 있으라구."

그 종이쪽지를 얼른 주머니 속에 넣으며 내가 말했다.

"내가 풀려나서 이걸 가지고 경찰에 고발하면 어쩌려고 그래요?"

"그럴 애가 아니니까."

"그걸 어찌 알아요?"

"난 척 보면 알 수 있지. 또 고발해봤자야. 핫핫핫."

이어 그가 사뭇 진지한 어조로 말했다.

"난 앞으로 네가 걱정이다."

"왜요?"

"이 사회는 인정 사정 없이 서로 먹고, 먹히는 냉정한 정글이라구. 뛰는 놈 위에 나는 놈, 그 위에 타고 가는 놈…… 충고인데, 풀려나면 모든 걸 잊어라. 누가 너를 이렇게 납치하도록 부탁을 했는가에 대해서 알려고 하지도 말고, 알았어도 모르는 척해라. 조용히 지내란 말이다. 그렇지 않고 네가 또 일을 벌이려고 하면, 그땐……."

"그땐?"

"이보다 몇 곱절 크게 불행해질 수가 있어. 자칫 증발해 버릴 수도…… 알겠니?"

"……."

"이후로, 만약에 네 신변에 무슨 일이 일어나면, 곧장 내게 연락해라. 그러면 내가 힘껏 도와주마. 물론 그땐 너한테는 대가를 한 푼도 받지 않겠다. 알겠지?"

"알겠어요."

하마가 화장실에서 돌아오자 그와 나의 이야기는 거기서 그쳤다.

오후 두 시쯤, 승용차가 우리를 데리러왔다. 두목이 운전을 하던 어제 그 차였다. 집 안의 현관문을 나서기 전부터 하마는 내게 두 눈을 감으라고 지시했고, 나도 별 저항 없이 그렇게 했다. 그리고 밖으로 나온 나는 어제 그 순서대로 그 차의 뒷자리에 올랐다.

반 시간쯤 달리던 차가 갑자기 멎더니, 하마가 내게 말했다.

"이제부터 내 말대로 따라라. 차에서 내리면 그때부터 곧장 앞을 바라보며 걸어가라. 절대로 뒤돌아보지 마라. 그리고 이건 차비니까 받아둬."

"내 핸드폰을 주세요."

부두목이 말했다.

"주라구."

하마가 만 원짜리 지폐 몇 장과 나의 휴대전화기를 내 손에 쥐어 주었다. 이미 차의 문은 열려 있었다. 나는 시키는 대로 했다. 차에서 내린 순간 두 눈을 뜨고 곧장 앞을 바라보며 걸었다. 도로 위로 차들이 이따금씩 오갔다. 길 옆은 꽤 드넓은 밭이었고, 저만큼 건물들이 눈에 들어왔다. 한동안 걷다가 문득 뒤돌아봤다. 차는 이미 그 자리에 없었다. 내가 앞을 보며 걷는 동안 어느 순간에 차를 돌려 반대 방향으로 사라진 듯했다.

갑자기 긴장감이 확 풀리며 피곤이 한꺼번에 밀려들었다. 두 다리에도 맥이 풀려 있었다. 흐느적거리며 그냥 앞으로 걸었다. 이윽고 건물들이 가까웠다. 두리번거릴 것도 없이 얼른 눈에 띈 음식점으로 들어갔다. 작은 한식집이었다. 중년의 여인이 주인이었고, 손님은 저쪽에 한 사람뿐이었다. 카운터 가까이에 털썩 주저앉으며 꺼져 있던 휴대전화기를 풀자, 문자가 들어와 있었다.

오늘은 일요일, 어제 오후부터 네게 왜 전화가 안 되지? 무슨 일이 있니?

경욱이 보낸 것이었다.

메뉴판을 훑어봤다. 여전히 식욕은 없다. 문득 취하고 싶다. 낙지볶음과 소주 한 병을 주문하고는, 한동안 두 눈을 감고 앉아 있었다. 눈물은 나오지 않았다. 그건 내 눈에서 이미 사라진 지 오래였다. 대신 분노가 자꾸만 꿈틀거렸다. 굳이 누구에게랄 것도 없는 분노였다.

여주인이 술과 주문한 안주를 가져왔다. 휴대전화기가 울렸다. 받아보자, 경욱의 목소리가 흘러나왔다.

"미선아, 나야!"

"……."

"그동안 왜 전화를 안 받았지? 열 번도 넘게 전화를 했는데, 통 받지를 않아서……. 내가 문자 보낸 거 받아봤어?"

"조금 아까……."

"지금 어디 있지?"

"나도 몰라."

"무슨 소리야, 그게? 어딘지 모른다니? 무슨 일이 있었구나. 그렇지?"

"모른다니까, 여기가 어딘지!"

가까운 카운터에서 이쪽의 눈치를 살피고 있던 주인 여자가 얼른 내게 말했다.

"전화 걸고 있는 사람이 지금 어디 있수?"

"모르겠어요."

벌써 술 한 잔을 따라서 마신 내가 퉁명스럽게 대꾸했다.

"전화 이리 줘봐요."

이미 곁으로 와서 얼른 전화기를 빼앗듯 받아쥔 주인 여자가 그때부터 상대방에게 이곳의 위치를 어쩌구저쩌구 하면서 일러주었다. 그러는 동안 나는 얼른 또 한 잔을 따라 마셨다. 자꾸만 두 눈이 감긴다. 간밤에 잠을 제대로 못 잔 탓일 게다. 모든 것에 흥미가 없고 짜증스럽기만 하다. 이곳의 위치가 어디인지 관심도 없다. 주인 여자의 말들이 귀에 건성으로 들려왔다. 다만 이곳이 서울의 어느 변두리 지역이라는 것은 알았다.

한 시간쯤 지나자 밖에서 차 한 대가 멎었다. 조금 있다가 경욱이 음식점 안으로 뛰어들어오더니, 맞은편 의자에 마주앉으며 중얼거렸다.

"혼자서 낮술을…… 어떻게 된 거니? 응?"

나는 안주에는 손도 대지 않은 채 술을 벌써 반 병도 넘게 홀짝거리며 비운 뒤였다. 지치고 피곤했던 탓인지 내 정신은 몽롱한 것이 전에 없이 술에 젖어 있었다.

"가자!"

경욱이 일어서며 말했다.

"어딜 가요?"

"가면서 얘기하자구."

그는 벌써 카운터로 가더니 주인 여자에게 음식값을 치르고 있었다.

"내 술값을 왜 오빠가 내? 내건 내가 낸다구!"

"어서 가자구!"

경욱이 내 팔을 잡아 일으켰다. 비틀거리며 일어섰다. 그가 내 몸을 부축하며 음식점을 나섰다. 가까이에 차가 멎어 있다. 예쁘고 앙증스럽다. 빨간색의 스포츠카였다.

그가 나를 운전석 옆자리로 밀어넣었다. 안전띠도 매어준다. 그러고 난 그는 차의 앞머리를 돌아 얼른 운전석으로 오르더니 시동을 걸었다. 차가 곧 움직였다.

차는 점점 경쾌하게 달리기 시작했다. 이미 틀어놓은 성능 좋은 카스테레오에서는 음악이 쾅쾅 흘러나오고 있었다. 사랑한다고 이젠 말해줄 수 없겠니, 난 오늘 밤도 이렇게 잠 못 들어 하는데, 사랑한다고 사랑한다고……. 젊은 남자 가수가 앳된 목소리로 자꾸만 애절하게 사랑을 호소하고 있었다.

"어떻게 된 거니, 도대체?"

운전을 하면서 그가 조심스럽게 침묵을 깨며 물어봤다. 그러자 등받이에 온몸을 던진 채 두 눈을 감고 늘어져 있던 나는 나른한 의식 속에서도 문득 짓궂은 감정이 고개를 치켜들었다. 그는 착하다. 하지만 폭력배들을 고용하여 하룻동안 나를 납치해 이렇듯 고통을 준 사람은 다름 아닌 김 회장이었고, 그는 그런 김 회장의 아들이었다. 착하다는 것만으로 이제 그는, 더는 내게 곱게 받아들여지지가 않았다.

"뭘 알고 싶은 거예요?"

"휴대전화기도 꺼져 있었고, 엉뚱하게도 이런 곳에 와 있고, 게다가 또 혼자 낮술까지 마시고 있었으니 도대체가 궁금해서……."

"그렇담 내가 먼저 물어볼게요."

"뭔데?"

"내가 조금 전까지 누군가에 의해 납치를 당해 있었다면, 오빤 그들을 찾아가서 복수를 해줄 수 있나요?"

"뭐? 납치를 당했었다구? 도대체 어떤 놈이 그런 짓을…… 응?"

그가 얼른 음악의 볼륨을 낮추더니 옆으로 고개를 돌리면서 말했다.

"누구지, 그놈이? ……내가 꼭 복수를 해줄 거야!"

"정말요?"

"정말야! 약속한다구!"

"상대방이 오빠하고 아주 가까운 사람일 경우에도요?"

"나랑 아주 가까운 사람? ……그게 도대체 누구지?"

나는 느릿느릿 말을 둘러댔다.

"나랑 중학교 때 친하게 지낸 아이가 있었어요. 그 앤 아주 얼굴이 예뻤어요. 그러나 집안이 너무 가난했다구요. 그런 애한테 어느 친구의 아빠가 온정의 손길을 뻗쳤어요. 굉장한 부자인 그는 그 애의 수업료를 내어주는 등 친절을 베풀었어요. 그런데 알고 보니 그게 아니었어요. 그는 어느 날 밤에 그 애를 겁탈했어요. 이후에도 자꾸만 지분거리며……. 이윽고 그 애는 이를 어디에다가 폭로하려고 했어요. 그랬지만 한발 앞서서 정보를 입수한 그는, 그 애를 누구를 시켜서 납치를 했고……."

"……."

"알고 보니, 그는 내 친구뿐만이 아니고, 전에는 자기 사무실에서 잔심부름을 하는 어린 여자애도 자꾸만 못살게 굴었다더군요."

"혹시, 그 사람……."

무슨 말을 하려던 그가 갑자기 말끝을 흐렸다.

"왜요?"

"친구라는 그 애는…… 친구가 아니라, 바로 미선이구. 아냐?"

갑자기 차를 도로 가에 정차시키면서 그가 중얼거렸다.

"그리고, 그 부자라는 사람은……."

"집히는 사람이라도 있나요?"

나름대로 이미 무엇인가를 감지한 듯 사뭇 표정이 일그러져 있던 그가 갑자기 "하하 하하 하하하" 자꾸 허전하게 웃어댔다.

"왜 그러죠?"

"어이가 없군."

"무엇이 그렇다는 건가요?"

“…….”

“말해 봐요!”

멎어 있는 차의 핸들을 두 손으로 잔뜩 말아 잡은 채 앞면의 유리창 밖을 뚫어져라 응시하고 있던 그가 전에 없이 격앙된 어조로 중얼거렸다.

“이런 일이 있었어. 사무실의 심부름 아이를 건드리려고 하자, 엄마는 자기가 취직시켜 심어놓은 그곳 여직원을 통해 이를 알고는 집에서 한바탕 난리가 났었다구. 난 어쩌다가 그걸 보게 됐고 말야. 그때 아빠는 엄마한테 두 무릎을 꿇고 다시는 안 그러겠다고 싹싹 빌어서 겨우……. 그랬었는데, 이번에는 어처구니없게도…… 미선이, 너를…….”

“난 그게 나라고 말한 적 없어요. 그리고 그가 김 회장님이라고 못박은 적도 없고…….”

“그럴 수가…….”

이후로 우리는 누가 먼저랄 것도 없이 입을 다물고 있었다. 야릇한 침묵이 계속해서 이어졌다. 다시금 차가 움직였다. 그는 내가 살고 있는 집의 위치를 물어봤다. 말해 주었다. 그는 그곳을 알고 있었다. 그러는 동안 나는 깜빡 잠이 들었다.

차가 멎었다. 차에서 내린 그가 밖에서 앞문을 열어주었다. 안전띠를 풀고 비틀거리며 내렸다.

우리집 근처였다. 길 건너로 편의점이 눈에 들어왔다.

“또 연락할게.”

“…….”

“조심해서 가.”

무슨 말을 더 할 듯하던 그는 이내 돌아섰고, 그러다가 다시금 돌아서서 내게 웃어 보였다. 그러나 그건 애써 지은 사뭇 어색한 웃음이었다. 그는 차에 올랐고, 그리고 곧 떠나가버렸다.

길을 건너가 편의점에 들러 술을 한 병 샀다. 그리고 다시금 길을 건너와 산비탈의 골목길을 비실비실 걸어 올랐다. 집으로 돌아온 나는 그 술을 혼자서 다 마신 후에 곧 잠이 들었다.

긴장감이 풀린 데다가 지치고 피곤하고 술까지 마시자, 나는 깊이 잠들어버렸다.

현애가 왔었다. 그러나 내가 너무 피곤하게 잠들어 있자, 그 애는 옆에서 걱정만 하다가 그냥 돌아갔고, 아침에도 들렀다가 내가 그때까지도 자고 있자 혼자 등교를 했다는 것이 어렴풋이 기억에 남아 있다.

내가 잠에서 깨어난 것은 정오에 가까운 시각이었다. 휴대전화기가 울렸다. 현애가 학교에서 건 전화였다.

"미선아, 일어났니?"

"지금 막……."

"너, 어제 혹시 경욱 오빠를 만난 적 있니?"

"그건 왜 물어봐?"

"나리한테서 들었는데, 글쎄 경욱 오빠가 교통사고를 크게 당했다는구나."

"그가?"

"어젯밤에 차를 몰고 학교 근처의 원룸으로 돌아가다가, 고속도로에서 그만 중앙분리대를 들이받고, 게다가 차들끼리 추돌을……. 음주운전을 했던 모양이야. 운전면허 딴 지 얼마나 됐다고, 술까지 많이 마시고 운전을 했으니……. 오늘 아침, 뉴스에도 나왔다는군. 지금 병원에 있대. 어디를 어떻게 다쳤는지 몹시 중태로 아직도 의식이 깨어나지를 못하고 있다는구나. 그래서 오늘, 경아는 결석을 했구……."

이어 현애가 또 은근히 떠보았다.

"너, 어제 경욱 오빠 만난 적 있지?"

"……."

"있어, 없어?"

"없어! 만난 적 없다니까!"

왜 김 회장이 아닌, 아버지를 대신하여 아들이 그랬단 말인가. 착한 경욱을 그토록 망가뜨릴 생각은 없었는데…….

## 공항버스

미선이 학교를 그만둔 것은 1학기 기말고사를 며칠 앞둔 시기였다. 김 회장이 선거에서 당선이 되고, 그러나 교통사고를 당한 경욱이 의식을 회복하지 못한 채 식물인간이 되어 병원에 그대로 누워 있고, 그런 지 얼마 되지 않아서였다.

현애는 미선이 왜 학교를 갑자기 그만두었는지에 대해서 아직도 그 이유를 모르고 있다. 가장 친한 친구인 현애에게도 미선인 말해주지 않았기 때문이다. 현애가 그 이유를 자꾸 물어봐도, 그저 모든 것이 귀찮아서였다고 미선은 그때마다 가볍게 대꾸할 뿐이었다.

현애가 그 이유를 안 것은 몇 달이 지나서였다. 어느 날 밤에, 미선은 현애에게 비로소 김 회장과의 그동안의 얽혔던 일들, 그의 지시로 납치를 당해갔던 사실에 이르기까지 하나도 숨김없이 털어놓았다. 그 말을 듣게 된 현애는 너무나도 어이가 없어서 한동안 아무 말도 하지 못했다. 그러다가 택환에 이어 김 회장에게도 괴롭힘을 당하고 살았던 미선의 그동안의 정신적인 고통이 너무나도 가엾어서, 현애는 미선을 껴안고 소리 내어 울었다.

앞서, 미선은 집에 있기를 불안해했다. 학교를 그만둔 미선은 반 달쯤은 방 안에 틀어박혀 꼼짝도 안했다. 어떤 때는 들창 밖으로 지나치는 행인의 발짝 소리에도 깜짝 놀라곤 했다. 행여나 김 회장으로부터 어떤 보복이 또 있지나 않을까, 나름대로 신변의 위협을 느끼는 듯싶었다.

한 달쯤 지나자, 미선은 외출을 하기 시작했다. 차츰 집에 들어오지 않을 때도 있었다. 그러더니 외출을 했다가 사흘 만에, 혹은 닷새 만에 돌아올 때도 흔했다. 그러자 현애는 처음에는 그 애의 소재가 궁금해서 휴대전화기를 걸어보곤 했지만, 그것도 그 애에게 어떤 부담을 주는 것 같아서 차츰 뜸해졌다. 그러다가 집으로 돌아온 미선은 방금 가까운 편의점에라도 다녀온 듯 아무렇지도 않은 표정이었고, 그러면 현애도 그냥 넘어갈 수밖에 없었다.

미선은 한 달이면 보름 이상을 밖에서 살았다. 어느 때는 거의 며칠밖에 집에 들어오지 않았다. 그랬지만, 방값은 때가 되면 하루도 어김없이 집주인에게 꼬박꼬박 지불했다. 방값으로 살림을 꾸리다시피 살아온 집주인으로서는 그런 미선이 그저 고마울 따름으로, 오히려 미선이 다른 곳으로 이사를 갈까 은근히 걱정이 되는 눈치였다. 전에도 그랬었지만, 미선이의 방은 현애의 방이나 다름없었다. 어느 때부터인가, 현애는 아예 미선의 방으로 옮겨와서 지냈다.

미선이 밖에서 무엇을 하며 지내는지 현애는 통 모른다. 궁하게 사는 것 같지는 않았다. 아니, 어디서 생기는지 돈은 풍족한 것 같았다. 미선은 옷도 머리 모양도 눈에 띄게 바뀌었다. 평소에는 즐겨 입던 청바지 차림이다가도 때로는 야하다 싶을 정도로 짙은 화장에 값진 옷차림으로 외출을 했다. 그런가 하면 동해안의 콘도, 어느 때는 해운대나 제주도, 동남아 여행을 다녀오는 길이라고도 말하곤 했는데, 어쨌거나 그런 미선의 핸드백 속에는 돈이 항상 넉넉하게 들어 있었고, 어느 때는 용돈을 하라면서 깜짝 놀랄 정도로 많은 돈을 현애에게 주기도 했다.

그러자 현애는 미선에 대해서 궁금한 것이 많았다. 이 애는 도대체 밖에서 어떤 생활을 하고 있으며, 무슨 일을 해서 이렇듯 돈을 버는가였다. 그 궁금증이 풀린 것은 그해 겨울방학 무렵쯤이었다. 현애는 나리로부터 미선에 관한 야릇한 소문을 전해들었다. 미선이 강남에서 건장하게 보이는 청년과 어울려 돌아다니는 것을 본 친구가 있다는 것이다. 소문인 만큼 현애는 믿으려 하지 않았다. 그러나 나름대로 김 회장으로부터 신변의 위협을 느낀 나머지 미선이 혹시 그럴는지도 모른다는, 그렇다면 어울려 다닌다는 상대방은 그 애가 가끔씩 입에 올리곤 했던, 전에 자기를 납치해갔던 그 조폭(조직폭력배)의 부두목일 수도 있다는 생각이 들었다.

졸업반이 되자, 현애를 찾아온 나리는 이런 소문도 전해 주었다. 강남의 유흥가에는 이미 알 만한 사람들은 다 알고 있는 고급 사교클럽이 있다는 것이다. 그 사교클럽이란 말만 그렇지 사실은 하나같이 부유층인 중년의 남자 회원들에게 미성년의 여학생들을 알선하는 조직인데, 빼어난 미모를 갖춘 미선이기에 그들로부터 인기가 대단하다고 했다.

나리로부터 그런 말들을 들을 적마다 현애는 미선이 그럴 리가 없다면서 화를 냈다. 그러나 나리는, 미선이 한 명, 때로는 두세 명의 건장한 청년들과 어울려 고급 승용차를 타고 다니는 것을 직접 본 친구가 한두 명도 아니고, 또 미선이 웬 중년의 사내와 호텔에서 나오는 것을 본 사람도 있다면서 이번에도 지려고 들지 않았다. 현애는 겉으로는 나리에게 화를 냈지만, 마음속으로는 그렇지도 않았다. 어쩌면 나리의 말들은 모두가 옳을지도 모른다. 그동안의 이런 저런 미선의 행동으로 미루어 볼 때, 그 말들에는 충분한 타당성이 있었기 때문이다. 전에 없이 모든 것이 확 뒤바뀌어버린, 모든 것을 자포자기한 듯싶은 미선이었다. 누가 미선을 그토록, 무엇이 미선을 그렇게 변신토록 했을까 생각이 들자, 현애는 그런 미선이 밉기도 하고 불쌍하기도 해서 가슴이 아파 견딜 수가 없었다.

언젠가 현애는, 용돈으로 쓰라면서 또 많은 돈을 준 미선에게 은근히 물어봤다.

"넌 한 번도 아니고 돈을 이렇게 자주 내게 주는데, 그래도 되는 거야?"

그러자 미선은 담담한 어조로 중얼거렸다.

"되니까 주는 거라구."

"난 네게 어디서 돈이 생기는지는 묻지 않겠다. 그러나 돈이 항상 벌리는 것도 아니고, 그렇다면 저축을 하든가 알뜰하게 써야지. 안 그러니?"

"나도 생각이 있어."

"무슨 생각?"

"내가 필요한 만큼은 알아서 챙기고 있으니까 염려 마. 그 나머지를 쓰는 거라구. 알겠니?"

"필요한 만큼이란 무슨 말이야?"

"지금은 말해줄 수 없어. 두고 보면 알 거니까."

그런 미선은 일 년을 더 그 집에서 살다가 다른 곳으로 이사를 갔다. 미선은 뒤에 이사간 곳을 알려주겠다고 말했지만 이후로 말해주지 않았고, 그러자 현애도 굳이 알려고 하지 않았다.

고등학교를 졸업한 현애는 앞날이 막막했다. 집안 형편으로 대학으로의 진학은 꿈도 꿀 수가 없었다. 막노동자인 아버지로서는 두 어린 동생의 학비만으로도 벅찼기 때문이다. 그렇다고 어디에 취직이 쉽지도 않았다. 그럴 것이, 대학 졸업자들도 취직난으로 아우성인데, 현애 같은 고졸자는 그게 당연했다. 하는 수 없이 하던 일을 계속할 수밖에 없었다. 밤에, 술집에 나가는 일이었다.

어느새 겨울이었다.

요즘엔 몸살로 며칠 동안 업소에도 나가지 못하고 집에서 쉬고 있던 현애는, 아침나절에 텔레비전 뉴스를 시청하다가 깜짝 놀랐다. 지난 새벽에 웬 남자가 두 발목에 중상을 입은 채 수도권에 있는 한 개인병원 앞에 버려져 있는 것을 마침 순찰중이던 경찰차가 발견하여 곧바로 종합병원으로 데리고 가서 입원을 시켰다는 것이다. 그런데 누군가에 의해 어디로인가 끌려가서 그렇듯 피격을 당한 듯한 그 남자는 신원을 확인한 결과 마약사범으로 감방에서 출소한 지 얼마 되지 않았다고 했고, 더구나 현금 등 소지품이 그대로 있는 점으로 보아 경찰에서는 그냥 우발적인 단순한 폭력사건이라기보다는 과거의 그의 사업과 연관된 어떤 원한관계로 인한 보복극일 가능성이 크다고 보고 수사중이라고 했다.

뉴스를 들은 순간, 현애는 흠칫했다. 사람에게는 직감이란 것이 있다. 머릿속에 얼른 떠오른 사람이 있었기 때문이다. 피해자가 마약사범이라는 것과 출소한 지 얼마 되지 않았다는 점이며 나이로 볼 때, 그는 다름 아닌 택환이라는 생각이 자꾸 들었다. 또한 양쪽 발목의 아킬레스건이 예리한 흉기로 끊겼기에, 앞으로 그는 두 발로 걸어다닐 수 없는 불구자가 되었다는 점이 현애에게 더욱 어떤 확신을 주었다.

현애는 가슴이 떨리었다. 마음이 진정되지를 않았다. 누가 그를 그토록 잔인하게 불구자로 만들어놓았는지 궁금했다. 보나마나 폭력배들일 것이다. 그리고 그 폭력배들의 배후에 혹시 미선이가 있는 것은 아닐까. 미선은 택환이 감방에서 출소를 하자 폭력배들을 고용하여 그를 혼내주도록 부탁했고, 그러자 청부업자인 그들은 보수를 받고 기꺼이 이를 수행했는지도 모른다. 미선은 그들을 고용하기 위한 돈을 마련하기 위하여 그동안 몸을 팔았는지도……. 현애는 어느 땐가 미선이 한 말이 얼핏 머릿속에 떠올랐다. 자기가 필요한 만큼의 돈은 알아서 챙기고 있다면서, 필요한 만큼이 무슨 뜻이냐고 물어보자 지금은 말해줄 수 없다, 두고 보면 알 거라고 그 애는 그렇게 웃으며 말한 적이 있었다. 그랬던 만큼, 그들의 배후에는 틀림없이 미선이가…….

미선에게 전화를 걸어봤다. 걸리지가 않았다. 그런 지 조금 후에 느닷없이 전화가 걸려왔다.

"누구시죠?"

현애가 물어보자, 얼른 그쪽에서 말했다.

"나야. 미선이……."

"미선아! 그렇지 않아도 방금 네게 전화를……. 받지를 않아서 궁금하던 참이었는데, 지금 어디야, 거기?"

"그건 말해줄 수가 없고……. 너, 지금 나를 만나줄 수 있니?"

"어디서?"

미선이 장소와 시각을 일러주더니 얼른 전화를 끊어버렸다.

그 애가 무엇 때문에 갑자기 만나자고 하는지, 현애는 자꾸만 불안하고 불길한 예감이 들었다.

현애는 미선과 약속된 장소로 나갔다. 카페가 아닌, 강남의 어느 택시 정류장이었다. 손님은 한 사람뿐, 정류장은 한가했다. 저만큼 표지판이 높다랗게 세워져 있었다. 그곳은 인천국제공항으로 가는 '공항버스' 정류장이었다. 오히려 그쪽에는 몇 사람의 손님이 저마다 짐을 가지고 버스를 기다리며 서 있었다.

약속시각이 되자, 택시 한 대가 정류장에서 멎었다. 그러나 차에서 내린 사람은 미선이 아니었다. 이때, 저쪽에서 공항버스 한 대가 달려와 그쪽 정류장에 멎더니, 문이 열리며 미선이 차에서 내려왔다. 손에는 핸드백 말고 조그만 손가방이 더 들려져 있었다.

내가 그쪽으로 급히 걸어가자, 몇 걸음 이쪽으로 다가온 미선이 웃으면서 말했다.

"왜 그런 눈으로 나를 봐?"

"도대체 어떻게 된 거니?"

"시간이 없어서 길게 얘기를 못해. 난 조금 후에 외국으로 떠나. 그래서 마지막으로 너를 보려고 전화를 건 거라구."

"외국으로?"

"그동안 난 어느 결혼상담소를 통해 그곳에 사는 우리 교민 한 사람을 알게 됐는데, 그 사람하고 결혼하기로 됐거든."

"뭐라고?"

"식당을 경영한다고 했어. 아내는 작년에 교통사고로 죽고, 일곱 살과 세 살짜리 어린 딸이 있대."

"뭐라고?"

"사진으로만 보고 전화 통화를 해봤는데, 사람이 착해 보여서 결혼하기로 했다."

"홀아비에 어린것들까지 딸린 사람한테……. 너, 미쳤니?"

"이곳보다야 낫겠지."

피씩 웃어댄 미선이 얼른 들고 있던 조그만 손가방을 현애에게 건네주며 말했다.

"이건 네게 주는 선물이야. 받아."

"뭔데, 이게?"

그 조그만 손가방을 엉겁결에 건네받은 현애가 물어보자, 손목시계를 흘끔 들여다본 미선이 빠른 어조로 말했다.

"그 안에는 내가 쓰던 귀고리랑 목걸이, 팔찌 같은 것들이 들어 있어. 전에, 선물로 받은 것들이라서 값이 꽤 나갈 거라구. 네가 사용하든가, 돈이 필요할 땐 팔아서 써도 돼. 그리고 현금도 조금 들어 있다구. 그동안 내가 벌어 여기서 쓰고 남은 돈이야. 난 이젠 이런 돈 필요 없어. 알겠니? 그리고……."

"뭔데?"

"노트도 몇 권…… 어느 때부터인가. 그동안에 내가 어떻게 살아왔는지 일기 쓰듯이 다 털어놨어. 날마다 쓴 건 아니지만, 어느 때는 밤을 새우면서……, 그러면 마음이 왠지 위안을 받곤 했어. 무슨 보상이라도 받듯이 말야, 그리고…… 부탁이 있어!"

"또 뭔데?"

"너무 급하게 떠나느라고 미처 처리할 틈도 없고, 또 그러기에는 왠지 아깝기도 해서…… 그 노트들을 네가 처리해 줘. 불태워 버리든가……."

"알았다. 읽어보고…… 내가 알아서 할께."

"떠날 시각이야. 넌 그동안 내게 언니처럼 고마웠어. 난 너를 죽을 때까지 못 잊을 거야!"

정차해 있던 버스가 움직이려 하고 있었다. 현애의 손을 꼬옥 잡고 웃어 보인 미선은

"잘 있어!"

말한 다음, 떠나려고 하는 버스로 뛰어가 차 위로 얼른 올라갔다. 그리고 뒤돌아보며 손을 흔들어 보이더니 버스 안으로 사라졌다. 미선을 태운 버스는 인천공항을 향해 떠나가버렸다.

멀리 사라져 가는 공항버스의 뒷모습을 멀거니 지켜보며 현애는 그 자리에 그냥 서 있었다. 그러다가, 어쩌면 이것이 미선이와의 마지막일는지도 모른다는 생각이 퍼뜩 들었다. 그 앤 이 도시, 이 땅을 다시는 찾아오지 않을 것만 같았다.